還珠樓主——著

青城十九俠

還珠樓主
近代武俠經典復刻版

四・煙雲往事

目錄

第一章　靈藥醫病

話說顏覨坐在虎側靜候，等了老大一會，眼看日色偏西。從起床到如今，腹中未進食物，忙中又未帶有乾糧，饑腸雷鳴。靈猿終是異類，心裡懸念著愛子，業已問過那虎幾次，俱無什麼表示。恐將牠招惱，反而不美，不敢多瀆。

正在饑渴愁急，那虎揚頭看了看天色，倏地一聲吼嘯。顏覨心中一喜，以為白猿一定聞聲跑來，又等了一會，並無動靜。那虎已接連吼嘯過幾次，最後起身，踞地長嘯，看神氣，好似也有些等得發急，白猿仍是未歸。顏覨方猜凶多吉少，正在憂急，那虎忽然擺出姿勢，要顏覨騎了上去，顏覨連忙跨上虎背。

那虎掉轉身，轉出谷口，竟擇一較低之處，一縱數十丈，接連幾縱，到了崖上。一路縱越繞行飛駛，跑了好一會，還未到達。崖頂形勢絕險，危石甚多，大小錯落。短樹森列，棘草喧生，彷彿刀劍，犀利非常。兩邊俱是懸崖，窄處不容跬步。休說亙古以來未必有人走過，便獸跡也不見一個。那虎好似怒急，跑縱起來，口中連聲吼嘯，和瘋了一般，比來時著實還要快出好幾倍。正飛跑中，前面崖勢忽然裂斷，中隔廣壑，下臨無地，眼看無路可通。那虎勢子絕猛，又收不住，轉眼便有粉身碎骨之危。就在這驚心動魄，閉目不敢直視的當兒，只聽兩耳生風，別無動靜。微微睜眼一看，崖勢忽又向前展開。再一回顧身後，業已飛越過來。山石草樹，像是急浪流波，滾滾倒退，瞬息已杳。

又跑不多一會，那虎方縱落崖下。前面孤峰獨峙，清流索帶，景甚幽絕。剛一及地，便聽猿嘯兒啼之聲起自峰腰，只不見人。那虎馱了顏覥縱上峰去，往左側一轉，才看見峰腰上現出一片草坪，森森喬木，亭亭若蓋，疏落落挺生其間。靠峰有一個石洞。洞外一株大果樹上，倒吊著那隻白猿。嬰兒也被人用春藤綁在樹上，正在啼哭發怒，將手向白猿連連招搖。虎、猿相見，便互相吼嘯起來。顏覥見嬰兒無恙，喜出望外，只不懂和白猿何以俱都被綁在此。連忙爬上樹去，將嬰兒解將下來。

那白猿吊處離地不下十丈，比嬰兒高得多。按說那虎縱上去，一爪便可將綁索抓落，虎卻不去救牠，竟來啣扯顏覥的衣服。白猿也在樹上連叫帶比，顏覥會意，只得把嬰兒放在山石上面，爬上樹去一看，大為驚異，那綁吊白猿的並非春藤，乃是幾根蠅拂上扯落的馬尾。樹枝上還掛著一片大芭蕉葉子，上有竹尖刺成的幾行字跡。

取下一看，大意說：留字人名叫鄭顛，帶了兩個新收門人，由北岳歸來。中途經此，將二門人留在峰麓暫候，自己往峰頂上去訪一位多年不見的道友未遇。下峰時節，忽聞門人呼救之聲。

趕近前去，見一隻白猿已將兩個門人身上抓傷，正在行兇，當下將白猿擒住。一問門人，才知因見峰腰草坪上放著一個初生的嬰兒，啼聲甚洪，以為別人遺棄，心中不忍，意欲帶回山去撫養。剛抱在手，便見一隻白猿如飛跑來，將嬰兒奪去。二門人雖會武藝，竟非那白猿之敵。當時如晚到一步，二門人必遭毒手。先以為嬰兒是白猿從民間盜來，本想一劍殺死，為世除害，後來尋到嬰兒，見資稟特異，夙根甚厚。白猿不能說出他的來歷，一味哀鳴求恕。

正審問間，恰值青城山朱道友經過，說起嬰兒前身來歷，並算出白猿是受神虎之托，因與峰頂道友有三年獻花果的因緣，曾受度化，抱了嬰兒，前來求取靈丹，並非從民間私自盜來。因初生胎兒汙穢，不得峰頂道友允許，不敢逕自抱上去相見，才放在峰腰草坪上面。

偏巧峰頂道友雲遊未歸。下峰時見二門人抱起嬰兒，彼此誤會，才動的武。雖然事非其罪，情有可原，但是此猿額有惡筋，定非善良通靈之物。更不該嬰兒已奪過了手，又放在地上，仍去行兇，意欲將來人置於死地，實屬凶暴可惡。為此抽出牠的惡筋，又打了三十拂塵，吊在樹上，以示薄懲。那嬰兒已經朱道友給他服了一粒靈丹，他年自有奇效。因他無人領抱，綁在樹上，靜等那神虎馱了嬰兒之父到來解放。此雖佳兒，刑克凶煞甚重，務須隨時留意，以免惹禍招災，危及全家。行時並在草坪左近行了禁法，不是親人到來，自解其絆，無論蛇獸，皆不能近前侵害。白猿本應吊牠三日，知道來人必代苦求，可將馬尾上符結緩緩抽開，其法自解。下寫鄭顛留字。

顏覥知是仙人經過，還賜了愛子一粒靈丹，忙跪在樹枝椏上，望空默祝，虔誠叩謝。然後仔細輕輕地去抽馬尾上的活結。結剛抽開，便見眼前光華電閃般亮了一亮，白猿已墜落下地。跟蹤緣樹而下，抱起嬰兒，又向白猿稱謝。白猿見了顏覥，低著頭若有慚色。

顏覥見夕陽在山，天色不早，黑虎正伏地待騎，重向白猿道別，跨上虎背。那虎長嘯一聲，緩步下峰。然後放開四隻爪，風馳電掣，直往回路跑去，約有個把時辰，到了青狼寨，藍馬婆和許多苗人俱在寨門前延頸而望，見顏覥騎虎回來，好生敬畏，連忙伏地迎接，顏覥剛下虎背，未及道謝作別，那虎便已如飛跑去。

顏覥因到此以來，還未見過男寨主，才想起初見老苗所說之言，他為虎所傷，尚在調養。自己外科拿手，正可示惠，便請藍馬婆一同先到自己房內。顏妻已知神虎將父子二人馱走，前日死中尚且得活，知不妨事，並未憂急。顏覥見狀才安了心。當著外人，不便明說，只用目示意，將經過事情略為增減，說了一些。便對藍馬婆道：「愚夫婦多蒙寨主夫婦解衣推食，借地棲身，深慚無以為報。聞得岑寨主為黑王神所傷，尚未痊癒。在下本通外科，少諳醫道，本想借著面謝之便，略盡心力，代為診治。前日求見未得，彼時正值內人新產，又當山行疲乏，一個打岔，也忘了向女寨主提起，此時才得想起。我想岑寨主不過被黑王神抓傷，又壓了一下，極易痊癒。適聽寨中人說病勢沉重，業已不能下床，心中甚為懸念，意欲前往醫治，不知可否？」

藍馬婆聞言，似甚驚喜，答道：「我也曾見尊客箱子，像個走方郎中的藥箱，因不見串鈴、鼓板和箱上的行道旗，不知真會醫病。再加連日心煩意亂，沒和尊客夫婦多談，無心錯過。我丈夫極好強好勝，自從那日被黑王神所傷，因那是神，只怪自己無知冒犯，沒法報仇。當著全寨人等吃這麼大虧，又悔恨，又生氣。再加傷又受得重，除肩膀上的肉暴裂了好幾條縫，深可見骨外，近屁股處的大胯骨也被壓脫了位。再壓上去一些，肋巴骨怕不壓斷幾根才怪呢。

「本地沒有好醫生，幾條通山外的路慣出虎狼蛇獸，連我們的人出山去採辦貨物，趁墟趕集，都是多少人結伴同行。我們又是本地人，老虎不吃人，惡名在外，走方郎中不易請到。有甚病傷，全憑有限幾樣成藥和本山產的草藥醫治。連日天熱，他傷處已然腐爛。大胯骨脫臼處，因未正位，也腫脹起來。他好強，雖不喊痛，可是臉都變了紫色，每晚不能合眼，整天頭上的汗都有黃豆般大，手臂和腿不能轉動，想必是疼痛到了極處。

「以前他打獵爬山，也曾受過兩回傷，都是拿寨中配現成的藥去擦。雖然傷比這輕些，可是一擦就好，至多才兩三天，不像這次又爛又腫。定是黑王神罰他受苦，不肯寬恕，才這個樣子。也曾向神苦苦哀求過好幾次，連睬都不睬。他又倔強，甘心受罪，不肯親自許願。我急得無法，又想也許黑王神不能顯聖，使他痊癒。正打算明日派幾十個人出山到鐵花墟，去請走方郎中。尊客能夠醫傷，又是神的朋友，自然再好沒有。不過我丈夫性情古怪，我須先去問他一聲。就請尊客同去，他如不醫不見，仍自回來，莫要見怪！」說罷，便站起相候。

顏覥見藍馬婆一張口便是一大串，漢語說得甚是流利，心中好生驚異，正要提了藥箱隨著同行，忽聽顏妻喚道：「你怎不把我身上帶的那包金創藥帶去，省得用時又回來取一趟。」顏覥也甚機警，知道自己秘製金創藥有一大包在藥箱裡，顏妻身上所帶，只有平日上路，照例夫妻各帶少許，以備臨時應急之需的，一樣的藥用不著都帶了去，必是有什背人的話要說，連忙應聲走過去。顏妻果朝他使了一個眼色。顏覥會意，假裝在她衣袋中找藥，將耳朵湊向她的頭前去聽。顏妻低語道：「那山婦甚是詭詐，她丈夫因禍由你起，頗有懷恨之意。適才你父子騎虎走後，她便走來向我打聽你和那虎是甚緣由。

「我先和她說是中途無心相遇，見她神色不對，便說我兒是神人下界，所以虎神保佑他，她才無言而去。等你大半日未回，她又走來，將那四個服侍的苗女喚出兩個，鬼鬼祟祟，在外面低語。進來時我裝睡偷看，她指著我，嘴皮直動，神色甚惡。我夫妻受了人家待承，理應為她盡力。不過苗人心狠，神虎做得太凶。聽說早上還有兩個苗人，因為說我們閒話，一死一傷。你醫道我知道的，決能治好，但要諸事留神，見了男人，把神佑都說在兒子身上。話要少說，以免弄出事來，凶多吉少。等我滿月之後，還是走了的好。」

顏覥點頭稱善，一抬頭見藍馬婆站在門側，正睜睛望著自己動作，好似極為注意。知她看不到妻子的臉，自己又未開口，不致招疑，便仍裝作找藥，口裡故意對妻子道：

「你將藥放在哪裡了？怎這般難找，找不著？莫不是在你身下壓住了吧？我扶著你，翻身看一看。」顏妻會意，不再言語，故意呻吟，由顏覥扶著，往裡微側。顏覥早將藥拿在手裡，故意笑道：「我說在這裡不是？我見寨主去了。虎兒只吃了仙人賜的一粒靈丹，一天沒吃奶，不知餓不餓，莫忘了餵他奶。」說罷，將藥包放在藥箱子裡，用手提起，隨了藍馬婆直奔後寨而去。

這座青狼寨倚山而建，後面恰巧是一條數十丈深的峽谷，地頗寬大，還有許多岔道支谷。當年老寨主藍大山從別處遷居到此，就著谷的形勢，將谷頂用木料藤泥蓋上，當成寨頂。留出好些通天光的地方，作為天井。再用整根大木平插至兩邊壁上，鋪勻了泥土築緊，建起三層樓房。全家居上，下面餵養牲畜。

谷底無路，是一廣溪，裡面也餵些水禽。谷口地勢最寬，外面用山石堆砌成一個堡寨，僅留一個丈許寬，一丈六七尺高的寨門。由門進到谷口那一段，蓋有三列平房，住那較有勇力的苗人。平房後進開有幾個小門，當中一門稍大。門內不遠，有一條石甬道，長約三丈。走到盡頭，便是一架竹梯，直通樓上。餘下小門，有的通藏糧食、兵器所在，有的通到樓下面養牛馬豬羊牲畜的地方。另有兩門，卻不往直平去，一進去，須順著木梯，走向沿壁木石交錯的棧道上去，由此可以通全寨苗人所住的家室以內。

這些苗人的住宅，都是就著兩邊崖壁掘成的土穴石洞，密如蜂巢，全谷峰上到處都是，又狹小，又晦暗，全家住在一個洞穴裡，極少有得到天光的。因為酋長多以力勝，性情凶暴，全體苗人仰息而生，予取予求，生死禍福，任意而行，已成習慣，視為固然。

到了藍大山父女手裡，已是凶惡勇猛，性情乖戾，只知有己，不知有人。這位承繼的寨主，更是陰鷙險狠，智足濟惡，哪裡還把這些處於積威之下的蠢人當做人待。若大一座樓房，無非是藍大山役使眾苗人建築的。但是除了他夫妻全家和手下千百長以及一些心腹惡黨，連供役使奔走的男奴，一共不過數十人外，房子雖多，只是空著。一到關閉寨門，竹梯一撤，內門緊閉，休說是住，就連上也上不去。

齊谷口處，除那五個門外，通體俱是卵石堆砌的高牆，直達谷頂。石縫裡有土，種了些藤蔓花草在上面，年數一多，苔滿藤肥，全牆如繡。遠視近視，俱當它是片崖壁，與兩旁的山一體。青狼寨不過是倚壁砌成的罷了，看去極小，絕不似供千人以上居住的大寨。

顏覥所居便在谷口外石堡寨內那片平房裡面。先還以為這麼多苗人，又不見他們有別的住處，並且一遇災患，立即全體藏入寨內，僅這有限數十間小房，人擠人，也未必裝得下，不知他們平日是怎樣居住的。寨前和四山上頗有許多好地勢，為何不建蓋上些寬大的房屋？一則居人，二則還有個呼應。似這樣蟻聚而居，一旦遇見敵圍，連個救援出路都沒有。

並且寨前不遠還有溪澗，地勢也較高，萬一山洪暴發，此寨首當其衝。岑高雖未見面，就說他們都是一味凶蠻，又蠢又懶，他妻子藍馬婆看去機智非常，聽說苗人祖貫山居，別的都蠢，對於天時地利都有獨到的見識。何以這般蠢法？顏覥一直都存著這般心思。自己從小愛習醫道外，對於兵法堡壘等雜學也極喜涉獵。知他們以前受過青狼圍困，因自己受了人家好處，無以為報。正打算日子一久，賓主無猜之時，給他們出點主意，將大寨改建，相山度水，依勢為垣，星分井聚，人皆散居；再教他們耕織土木之法，使其日臻富庶，以酬收留食宿之德。

這日同了藍馬婆去見岑高，算計走進三層石房，已到盡頭，只見到有限幾個苗人。不但那麼多苗人不知何往，而且每間房內，食宿用具俱都很少，至多只供三五人之用，並不似群居共食神氣。方在奇怪，忽見藍馬婆引他走向靠著山壁的一扇木柵門內，進去一看，裡面竟是別有天地。雖然樓宇建築粗野，不甚精善，卻是堅固結實，猶勝天成。才知這裡苗人不但不蠢，而且饒有心計。

上了竹梯，便入樓裡，一連經過了好幾處複道曲樓，竹橋木閣，忽見前面一座大天井對面，樓形越發寬廣。由一條飛橋通過去，那橋是活的，可以任意收懸，兩端俱有八名執矛的強壯苗民把守。樓門緊閉，門外也有十多名苗女侍立。見藍馬婆引客來，俱都舉矛伏身為禮，面上似有驚詫之容。沿途所經諸樓，相隔處也有竹橋相通。雖然橋上都有兩人把守，卻沒這裡威武嚴肅。知是寨主岑高所居無疑。只不知他寨門儘管堅固，如果敵人能夠攻入，也非區區高樓吊橋及十幾個防守的人所能抵禦，對自己人也如此防範周密，是何居心？

方在難解，藍馬婆已引客過去。顏覥剛過長橋，樓前十多名苗女立即飛步上前，先伏地跪迎，起身用土語向藍馬婆嘰咕了幾句。藍馬婆將手一擺，眾苗女剛一起去，忽聽軋軋之聲。顏覥回頭一看，通兩樓的長橋已被樓這面的防守苗人扯起。知神虎已將他們嚇破了膽，料不致有甚不利舉動，故作未見。內中兩名苗女便過來接了藥箱。

那樓甚大，一排七間，共有九進，岑高住在第四進的居中大間以內。沿途所經，十九都是空房。藍馬婆先引顏覥到了第一進緊靠山谷的一間小屋內坐定，留下兩名提藥箱的苗女，匆匆自去。顏覥等了好一會，不見回來，覺著腹饑異常，才想起騎虎走了大半日，未進食物。回來便遇藍馬婆，跟著進屋一打岔，說起治傷之事，立即催著同來，當時餓過了勁，只顧周旋，竟忘了進食。這時二次又餓，好生難受，其勢又不能向那兩名苗女索食。幸而藥箱內還有前日留給產婦吃剩下的兩塊乾饃和一點鹹菜。取出一看，業已乾硬，那鹹菜更乾得枯了，一根根直和箱中泡製過草藥相似。還算沒壞，趁藍馬婆未來，一口氣吃了，因為餓極，吃得一點不剩。吃完，藍馬婆仍不見到。那兩名苗女見他吃東西，不時看著他竊竊私語，顏覥也未做理會。

顏覥悶坐無聊，見室中兩面俱有窗戶，扇扇洞開，探頭往外去看。見那樓離地已有數十丈高，正面還好，側面山崖壁直如削，與樓相隔不及丈。樓頂上另有一層蓋搭，益發看不見天光，甚是陰暗。隱約見那崖壁上俱是苗人居住的窟穴，密如蜂窩，小到人不能直身進去。穴外只有一條尺許寬的木板或原來石板做棧道，以為通行之用。

那些苗人的婦孺個個汙穢已極，大半探頭穴外，或是坐在棧道邊上乘涼，卻看不出一點憂戚之狀，大有樂天知命的氣概。顏覥不禁嗟歎同種人類，高低不平，只因強弱之差，分出了尊卑上下，便落得一個擁有千間大廈，只讓它空著，放些不三不四，漢不漢土不土的陳設擺樣子，卻令數千同種之人禽居獸處。山中有的是木石材料，又有的是人力，放著寨外許多空曠形勝地方，都不容他們自去建房。區區一個苗人小部落，已是如此，無怪乎擁有廣土眾民、大權大勢的暴君奸臣，更要作威作福，陷人民於水火了。

顏覞止在出神，一陣微風吹過，把壁上洞穴中許多惡臭氣息吹將上來，甚是難聞。不願再看，猛一回身，瞥見藍馬婆已不知何時走了進來，站在自己身後，滿臉強笑假歡，彷彿怒容乍斂神氣，心中一動。未及張口，藍馬婆已先說道：「我丈夫周身腫痛，已有兩日未曾合眼。適才進去，見他睡熟，不忍心驚動，等他醒了，才和他說的。他聽說黑王神的朋友肯給他治病，高興極了。晚來一會，千萬不要見怪。」

顏覞見她說時目光不定，知道所說決非真話，不知又是鬧什麼鬼，只得虛與周旋道：「女寨主太客套了。醫生有割股之心，只有遷就病人才是正理。何況愚夫婦身受寨主厚禮相待，正苦無從報答，問心難安，怎說得上見怪兩字？」

藍馬婆聞言，微喜道：「尊客為人真太好了，說話多麼叫人聽了舒服。請就隨我進去吧。」

顏覞隨她走到第四進當中大室，見門內外服役苗女不下百名之多，個個身上都佩有刀箭，與樓房口外所見苗女不同，心中甚是好笑。

那岑高也是受了活罪，因為肩胛背骨被虎抓碎壓傷，疼痛非常，不能臥倒。只盤著雙膝，在竹榻上兩手扶著面前一個大竹枕頭，半伏半坐地趴在那裡。見人進去，頭也不抬，只斜著眼睛看了一看。藍馬婆跑到他面前，用土語向耳邊說了幾句，岑高把頭一點。

藍馬婆才過來低聲對顏覞道：「我丈夫心煩火旺，不能不和他說一聲，尊客請莫見怪。」

顏覥已看出岑高凶狠躁急，對自己頗有厭恨之意。此次延醫，乃藍馬婆的主意，事前必還費了些唇舌。同時岑高也實忍受不了苦痛，雖然應允醫治，事出勉強，必不愛聽自己多說話。也不再作客套，略一點頭，便走前去仔細一看。傷並不算甚重，肩腫上只被虎抓裂了些皮肉，並未傷筋動骨。倒是背脊近股骨處，有兩根筋骨被虎壓得太重，錯開了一些骨榫；又被虎爪帶了一帶，裂開兩條口子。其實都沒什麼，照理初受傷時，只稍把脊骨掐還原位，就用那苗人平時治傷的草藥。這幾月穿行苗疆考驗過的，曾有奇效，自己藥箱中還配得有，敷上去便可治癒。

本非難事，偏生虎爪中了毒刺，剛經拔去不久，餘毒未盡，那草藥一收斂，毒更聚而不散，於是腫脹化膿，潰爛起來。再遲數日不治，毒一串開，尚有性命之憂。那脊骨又不知掐它還原，天氣又熱，再經這幾天骨榫口處發腫，休說臥倒，動一動就疼痛非凡，幸而遇見自己是祖傳外科能手，復經多年勤苦研求，極有心得。如換旁人，不問能治與否，先要痛個死去活來。這廝為人必非善良，款待全係怵於神虎威勢，一旦有隙，難保不起歹意。於是安心賣弄，藉此機會一下把他制服，免得異日生變。

顏覥便改了沉靜之態，閉目掐指算了算，忽作吃驚，大聲說道：「寨主因為平日虐待手下，本已犯了天忌，日前又觸忤了山神，二罪俱發，才受此傷。如今脊骨左邊痛中帶酸脹，肩上傷口雖沒背上那條傷口腫爛得厲害，可是骨頭裡像蟲鑽一般，奇痛中還帶著奇癢。如今山神因為寨主表面上雖然順從，心中卻在怨恨，不懷好意，越發犯了神怒，冥冥中施展神法，要使寨主將肩背兩處爛盡而死。除了虔心悔罪，立誓不再為惡，忤神害人，或者能得神的回心饒恕，我再從旁虔心苦求山神開恩，賜我神力以便醫治外，無論多好的醫生，使甚別的法子，都不能治癒了。」一面說，一面暗中偷看岑高神色，見他先聽頗有怒容，聽到中間便改了驚恐，末後簡直變臉變色害怕起來。知他外強中乾，正說中他的心病，苗人素畏鬼神，怎得不俱？心更拿穩，又大聲道：「現在死生繫於寨主念頭一轉移間。果能聽我良言，將心腹話當眾說出，向神求告，如獲神允，我治時，便可立時止痛；否則即便我因寨主夫妻留住衣食之情，願干神怒，勉強盡力醫治，治時也必奇痛非常，難以忍受呢。」

岑高本來懷著一肚子鬼胎，不想被顏覥這席話說中，不由通身駭汗，以為真的神要他死。心中一害怕，越覺傷處疼痛難忍，立時氣餒，心想悔過，求神寬有。無奈起初打算傷痊之後，連虎帶顏氏夫妻一齊設法害死，別的尚可，這話怎好當顏覥說出？便喚藍馬婆近前，用土語商量。

藍馬婆雖沒他凶惡狠毒，心眼比他還要刁狡，先還將信將疑，及見丈夫首先屈伏，不由也有些氣餒。暗忖：「他說如得神允饒恕，治時連一點疼痛都沒有。小時隨著父母常在各地來往，見的郎中也多了，無論多好，俱無立時止痛之理，並且傷又如此重法。這人看似忠厚，漢客多詐，莫要被他蒙混過去。」

想好主意，便用土語對岑高道：「你怕這人聽見，不會用我們的話禱告嗎？如他不允，便是他看出我們破綻，或是日裡黑王神馱去告訴他了。不過你只管虔心求告，事後可以叫他再算上一算，到底神允饒恕沒有。免得他醫時依舊疼痛，治不好卻說山神沒有答應。」岑高一則比較心實，二則身受其害，疼痛難忍，聞言微怒道：「你如此說，卻是不信神，還求有甚用處？漢人雖刁，他來不久，言語不通。我們兩人的悄悄話，連身邊人都不知道，他是如何知道的？好在我沒和他交談過，你去問他，就說我對漢語能懂不能說，看是行否？」

藍馬婆便向顏覷說了。

顏覷這時已是看清他二人行徑，智珠在握，日後或者還要長處，不便過逼，故作喜容答道：「寨主能洗心從善，必癒無疑。適才我不過算出山神因他虐待手下，存心不良，又不信服，要他自責悛改，與我無干。再者山神常居此地，自然仍用本地方言為宜。快請寨主就伏在榻上禱告，只要心誠，也無須下來。我也在一旁跪求，算上一算，便知允否了。」這幾句話使得岑高夫妻大喜，益發深信不疑，岑高立時伏枕祝禱。藍馬婆想起平日自己許多殘暴行為，不由害了怕，也不管屋裡服役苗女聽了，傳說出去丟人，跟著跪在榻前，隨同乃夫，互用土語祝禱起來。

顏覷也跪在一旁，口中喃喃，裝模作樣地做了一陣。偷覷岑高夫妻祝告將畢，先掐指一算，忽然起立，驚喜道：「山神見你夫妻悔過虔誠，業已寬恕。快取一碗乾淨山泉過來，待我請神賜些神力，好用這水和藥。我還得脫去衣服，以便施治，失禮之處，寨主莫要見怪。就用這碗洗淨了取水應用吧。」說罷，打開藥箱，取出一隻日常吃飯用的碗，交與近身苗女。然後把上身衣服脫去。要了三支棒香，拿在手裡。請藍馬婆陪著，同往樓外走廊上向天求神，口中裝作念咒，喃喃不絕。念了一陣，然後命苗女去通知岑高，伏在榻上虔心禱告。自己和藍馬婆先後跪祝起身，叫藍馬婆從苗女手中要過那碗山泉，頂在頭上，跪求神賜仙藥在內，或是賜些仙露，自己便拿那三支香在水面上畫起符來，一會，又用兩手中指甲挑水向天彈灑。事先並囑藍馬婆正心誠意，目不邪視。神如降福賜丹，水當變色。又命旁立苗女看定水碗，看自己手指彈處有無動靜，即時稟告。

這時藍馬婆因他所說少時須有憑證，自然是深信不疑，頂著那碗水跪在那裡動也不動。實則顏覞哪會什麼法術，只因想借神鬼之名降伏岑高，又知他夫妻詭詐，惟恐稍有不信，反而有害，開箱時早將京中逃難帶來改變容貌的易容丹，嵌了一小粒放在指甲縫裡。又故意脫衣禱告，命苗女注視水碗和雙手的動作，以示無私。卻乘挑水時將藥彈在水裡。那易容丹小如米粒，不經水是淡白色，一入水轉瞬消溶，水便漸漸由淺而深，便成了碧綠。別有解藥，等治創時，還有一番妙用。

顏覞明知眾苗女隨定他雙手注視，不會想到碗中有變，就是看到碗裡，也看不出來，不過是慎之又慎，以免日後萬一想起生疑罷了。他這裡畫符念咒，那水也由淡而濃。先時苗女還不覺得，後見水忽變成淡青，忙對顏覞說：「水變色了。」

顏覞心想：「索性讓她們信到死心塌地。」便高聲說：「神人已賜靈泉。」一面請藍馬婆將水碗放在樓板上，一面隨了她一同向神叩謝。藍馬婆一看，一碗清泉果成了青色，不由又驚又喜。等到拜罷再看，一會工夫，漸由青色又變成了深碧，越發驚異。正要捧水起立，顏覥說：「靈泉只限岑寨主一人使用，別人不得沾染。岑寨主用它洗創配藥，頃刻止痛。別人無病的沾上一點，便成青色，七日才退。」說著，到了屋中，先沾了一點在一個苗女手上，立即侵入肉裡，青光瑩滑，鮮明非常，拭之不去。岑氏夫妻益發驚奇，不住口地稱謝，請速施治。

顏覥這才二次打開藥箱，又命取來大盆山泉，充作神水，將秘製止痛藥粉灑了些在岑高傷處。將神水兌了山泉，再用棉布蘸了去洗。岑高只說出諸神力，哪知其中妙處。先時那般奇疼酸癢，燒得要發出火來，神水灑上去，立覺清涼透骨，疼癢全消。雖然傷癒還早，就這一點，已令他喜謝不盡，深信不疑。

顏覥先用藥止疼，安了他夫妻的心。然後逐一施治。用小刀割開了傷口，擠出汙膿淤血，上了藥粉；又將背骨輕輕拍好，骨榫腫錯雖免不了有些疼痛，一則手法高明，二則比起先前總強得多，只略疼過一陣，也就不疼了。前後經有兩個時辰，才行畢事。岑高如釋重負，疼止倦生，不覺臥倒。夫妻二人千恩萬謝不絕於口，全屋的人無不視為神奇。

顏覥早又暗中將解藥下在水內，對眾說道：「寨主的傷，如果三日能癒，七日生肌還原，餘下神水無處應用，少時山神必然將它收去，仍還你半碗白水。否則也不過再多治上一回，遲上幾天，也不妨事。寨主新癒，業已幾夜未睡，讓他好好安歇。我也回房，明早再來看望。」岑高又感謝了幾句，仍由藍馬婆親送出來。

顏覥堅請留步，並說：「寨主剛上了藥，須人照料安眠。此後親如一家，打擾之處甚多，只命一侍女領送回屋已足，何須如此客氣？」藍馬婆執意不肯。顏覥見她固執。好似別有用意，並不是出諸客套，知道苗人習忌甚多，只得由她。一路暗中留神，見過了大樓前長橋以後，每經一樓，總有一二十個手執刀矛毒箭的強壯的苗人防守，與初進來神情不同。那些苗人見了藍馬婆，總是由一個為首的上前舉手為禮，後面諸人隨著。初見時並無一個答理顏覥，有的竟怒目相看，必由藍馬婆用土語向眾宣示，說上幾句，才紛紛過來朝顏覥禮拜，面轉喜容。連經諸樓，俱是如此。

快出寨牆時，藍馬婆忽朝眾中一個小頭目說了兩句土語。那人立時舉著雙手後退了幾步，倏地撥轉頭，往外奔去。顏覥朝前面一看，寨牆門外黑暗中，似有無數人影矛光，從門右往左閃了過去，隱隱聞得苗人赤腳雜遝行地之聲，好生疑慮。這時藍馬婆忽然將腳步放慢，故意向顏覥說長問短。

顏覥早看出一條路盛布兵衛，頗似自己適才入門之後才設下的埋伏。又聽她語不由衷，想起先後經歷都非佳兆，又不便形於顏色，只得故作鎮靜，和她且談且行。暗忖：「他夫妻雖然凶狠，但是剛治癒了他的創傷，又假神力恐嚇，即便就是天良喪盡，也不會速然忘恩反噬。所怕的是他夫妻本有害人之心，等自己一進去，一面埋伏相俟，一面去傷害自己妻兒，萬一蠢人莽撞，不等事完先下了手，就算他目前感恩知悔，錯已鑄成，也來不及了。」

顏覥正在焦急，已然走出寨牆門外。偷覷兩邊，並無一人，知已退去。及至走到自己門前，見有兩名服役的苗女正探頭外屋觀望，見藍馬婆和顏覥走來，內中一個忽然迎上前來，低聲說了幾句。藍馬婆立時面有難色。顏覥也不顧再作周旋，乘她二人說話之際，首先邁步進了內屋。見愛妻面帶驚恐，手中抱定嬰兒，已在床上坐起，枕頭邊放著一個小包袱和那柄小刀，有兩名苗女，一個叫蘭花，一個叫銀娃，彷彿正在交頭接耳，低聲說話。一見顏覥好好進來，顏妻機警，側耳一聽，外面還有腳步之聲，忙把包袱、小刀往被中一塞，和顏覥使了個眼色，翻身臥倒，裝睡起來。蘭花搶近頭前低聲說了一句，便和銀娃輕輕縱向一旁，臉上也帶著驚疑之色。

顏覥見妻兒無恙，雖然略為心安，可是見了這般情形，未免生疑。當時不便追問，只得故意說道：「這半日工夫，你覺得好了些麼？」

顏妻裝睡不答。顏覥還未問第二句，藍馬婆已帶了門前那兩名服役苗女，面帶怒容，進屋說道：「這些鬼丫頭崽子真是可惡！我因丈夫身受重傷，不及常來照料，老怕她們服侍不好。適才我在門外再三盤問，才知她四人這幾天果然沒有好好服侍你們。今天恩人進內給我丈夫醫病，她們竟敢引了些人來看小娃兒，鬧得坐月子人不能安睡，真是可惡已極！現在我要責罰她們，將這四個鬼丫頭娃子帶去責打。另外換幾個勤快的來服侍恩人了。」

顏覥未及答言，顏妻也裝作被藍馬婆說話聲音驚醒，有氣無力，喚著顏覥的號道：「辱生呀，請你快對女寨主說，她四個人並沒什麼不好。適才有人要看小孩，雖然爭吵了幾句，也與她們無干。我們彼此風俗習慣不同，蘭花、銀娃剛處得熟些。我很感激女寨主的厚意，不過我們也無須用那麼多的人。如一定要留人，請把蘭花、銀娃留下，感恩不盡，也不必再叫人來了。」說罷，喘個不住。顏覬知她脈象甚好，半日之間，不會變得這般衰弱，其中必有原故，忙代四女求情，又堅請把蘭花、銀娃二女留下。

其實藍馬婆已無害人之念，只因起初邀顏覬入內時，因痛夫傷，懷恨那虎，並及顏氏夫妻。以為顏覬果是神友，必能手到病除，自無話說；否則，連日岑高傷勢加重，百求不癒，那虎既肯讓他騎走，必非山神。黑王神雖然自己小時見過，事隔多年，不曾出現，恐牠不真。目前這般突如其來，焉知不是漢人詭詐，特地把養好的一條黑虎前來傷人需索？當時藍馬婆只管答應請去醫治，一面早去和岑高商量，不問是否山神，反正不佑自己，定下詭計，層層埋伏，一個醫不出道理來，便叫顏覬自行出去，由眾苗人將他殺害。又命人埋伏顏覬屋外，如聽見蘆笙吹動，便入內，連同那四名假充服役，暗作奸細的苗女，一齊動手，殺了顏妻母子，暫洩心頭之忿。同時命人掘下極大虎阱，內置枯枝，四處埋伏好了火箭，準備殺虎，以報夫仇。如真個那虎連火也不怕時，再把動手殺害顏氏夫妻母子的幾個苗人獻出去抵命。

誰知顏覬居然用計謀取了神水，藥到回春，岑高立時止痛，再也不由他夫妻不怕不信。雖然混了殺機，偏生要她在旁捧水跪求。後來又看出了神，忘卻撤去埋伏。因有她本人同行，不發號令不會動手，尚可遮掩。那埋伏寨牆外和顏妻屋外的人較多，直到快達寨牆，才得想起。連忙派人傳語吩咐速撤時，苗人躁急無知，屋外埋伏的一撥因久等無信，不耐煩起來。又加四名苗女中，有兩個最是刁狡凶頑，已引人進去囉唕了幾次，一會又要將嬰兒抱走。多虧蘭花、銀娃兩名苗女因日裡受了一點恩惠，仗著也是藍馬婆身邊寵信的人，再三力阻，才保無事。

藍馬婆到時，一問那兩名苗女，知道她們性急，將事做錯，又愧又急。恐顏覵生疑見怪，才故意這般說法。一聽顏氏夫妻要留蘭花、銀娃在彼，此時已是敬畏不違，怎肯違忤，立時應允。並說二女不敷應用，還須再派兩名勤謹的來。顏氏夫妻仍是再三不要，只得罷了。因時已不早，想起顏覵累了一日，尚未飲食歇息，誠誠懇懇安慰了顏妻幾句，一再稱謝，作別而去。

顏妻先見情勢不佳，凶多吉少，向著蘭、銀二女求救，已有相約偕逃之意。只是屋外有了埋伏，別無出路，正想由蘭、銀二女去將他們騙開，拚死命衝出逃命。不料這般好結果，知是醫藥有效。正和顏覵互相述說前事，談不多一會，藍馬婆忽命人抬了許多酒肉果品前來。顏覵先時匆匆吃了一點乾糧，本未吃飽。顏妻產前服了仙果，也是體健食多，只因心懸丈夫、愛子，雖有蘭、銀二女忠心服侍，不似那兩名苗女悖謬可惡，心中有事，也未吃飽。當下強喚過蘭、銀二女，夫妻主僕先飽餐了一頓，方行安歇。

第二日，顏覵入內醫治，岑高夫妻自然敬禮逾恒，不但全無仇視之心，連他手下男女苗人見了顏覵，也都下拜為禮；迥不似前兩日見了他們，大半面帶厭惡之容的神氣。

治完後，當日岑高已能起坐。又命人去將他手下千百長等喚來拜見，歷述昨日神異。問顏覵願在寨中居住與否，請說出來，如若不願，便催手下苗人連夜將那谷口新居建好。

顏覥嫌寨中氣悶，自然願意在外面住，但故意說假居兩月即要告辭，寨主不要費事。岑高驚問何往，顏覥說：「我素來抱救人之志，打算妻子滿月，身體復原，仍去行醫。」

岑高笑道：「我道恩人有什要事，本寨苗人約有二千以上，平日生病，或受蟲獸咬傷，寨中草藥一治不好，便即送命，傷重殘廢的更是隨時都有。並且在每年春秋都有重病流行，一是出天花，一是瘴疫。深處山中，正苦無法延請名醫。恩人醫道如此神奇，又是神人好友，真是天賜福星，我們請也請不到。如說行醫，我們照舊治一個有一個的謝禮。如說為了救人，這裡每年有的是病人和受傷的，何必到遠的地方去，每日奔波勞苦呢？看恩人意思，是想在外面住家。我命他們連夜興工趕造，不消三五日便可建成。恩人並無別的要事，已然自己口裡說出，就是想走也不行了。」

顏覥原因攜妻抱子到處飄零，不特倍嘗困苦饑寒，諸多不便，一個不小心露了馬腳，被閹狗手下爪牙捉去，就有性命之憂。難得遇到這等機緣，豈非絕好藏身待時之處？而且受人敬禮，衣食無憂，真是再好不過。先說的話本不由衷，一見他夫妻虔誠挽留，略為謙謝了幾句，便即答應暫住半年，再行他去。

藍馬婆笑道：「恩人既然應允，真叫人高興。好在離半年的期還早呢，且任下去，到時再說吧。」當下岑高一面催手下苗人速建新居，一面又叫藍馬婆陪了同去，看看建屋的地方和形式好否，如不合意，拆了另建。

起初岑高因為黑虎所傷，當眾出醜，雖然當時惜命跪下求饒，後聞黑虎並不是有甚寶物發現，只領了一對貧窮的漢客到來，女的又是一個剛生子的產婦，想起因為這兩個人身受重傷，越想越恨。漸漸疑心黑虎並非寨中傳說的黑王神，以為是漢家豢養熟了的虎，窮途生產，縱牠出來需索。依了他的心思，恨不能立刻殺死洩忿，幾次叫藍馬婆召集手下親信人等商議。還算好，藍馬婆小時見過黑虎，力說不可造次。那親身迎接顏覥夫妻的老苗，昔年曾經目睹靈異，也幫同勸阻，說這等辦法，山神必降奇禍，說時，仗著自己是前寨主的至戚，又是幫助他岳父興創基業的功巨，以為岑高不好把他怎樣，便借著這場事把岑高規勸了一場。意思說他如非平日凶暴驕橫，決不致干犯神怒，再要恃強不悛，死亡無日。

岑高正在忿怒之中，如何能忍受譏嘲，雖聽愛妻之勸，暫緩些日，等看出破綻再行下手，卻把那老苗恨極，命手下爪牙綁起，就在病榻前毒打了一頓，如非藍馬婆擋住，幾乎廢命。

藍馬婆因為乃夫傷重苦痛，對於顏氏夫妻亦有些忿恨，只是心中畏神，無可奈何。

等到第三日早起，那兩個與岑高預謀異日殺害顏氏全家的百長坐在寨前石上，正在商談，忽被黑虎聽見，由石後發怒衝出，一死一傷，黑虎兀自不依，踞地怒吼。藍馬婆得信，忙著去尋顏覥打發。不料看錯了人，走至顏妻榻前，被嬰兒在臉上抓了一條口子，越發怒恨，當時未便發作。及見後來顏覥抱著嬰兒騎了虎去，又騎了虎回來，越想越不對：「哪有山神肯被人騎之理？

況且那虎多年未見，自從顏覟來到，每日必來寨前一兩次。」

當日更因見顏覟不在場，老虎發怒傷人，不禁為乃夫之言所動，看動作是家主自養的老虎。藍馬婆正在將信將疑，欲下手又不敢之際，顏覟命不該絕，忽被請入內給岑高治病。

這一舉恰好是個試金石，因為醫術神奇和應付得法，才有了這暫時誠心善意的款待。谷口建屋，本是初到那天藍馬婆的主意。因為怕神，又怕引鬼入室，不放心外人住在寨內。惟恐日後真是山神的好友，遣之不去，所以才想出這法子，在寨外谷口建上一所竹屋，與他夫妻居住。第三天見顏覟騎虎，起了疑心，已命人停工候信。這時雖然變敵為友，可是他夫妻狡詐多疑，當時留住雖出至誠，仍不喜外人住在寨內，一聽顏覟口氣，正合心意。

高興頭上，不知怎的，強盜也會發善心。想起那老苗被打得周身傷重，自己處治稍過，並且藍大山死時又曾囑善待。見顏覟正要起身出去，忽然動念，將藍馬婆喚回，用土語商量。

藍馬婆說：「本族苗人素來記仇，這老傢伙是老苗，素得眾心，既然傷重待死，莫如由他死去，省得將他治好了，異日暗中報仇。」

岑高素來恃強，以為一個衰老之人造得出甚亂子、執意要叫藍馬婆就便陪了顏覟，先去給那老苗醫治。岑、藍夫妻情愛甚濃，見他重傷初癒，不便違拗，只得依了。

藍馬婆當下陪了顏覟，帶著手下幾名苗人，出了樓門，往寨內走去。剛走到寨牆，便說那老苗做錯了事，受責打得甚重，如今不能起床。他夫妻仁慈，為了寨規，當時不能不打，打後又覺不忍，意欲請往醫治，不知可否？顏覥一聽是那接自己的老苗，想起來的那一兩天還是好好的，忽然被打甚重，說不定還許為了自己。正打算市恩，接納下幾個岑高的苗人，以便平時多個耳目，聞言立即應允。

藍馬婆笑道：「尊客能給醫治甚是感謝。不過他們多不愛乾淨，石洞很髒，人不能走進，不比我夫妻樓房乾淨。待我命人將他搭出，在這裡等候，等我們看完屋子回來，再給他醫吧。」

顏覥忙道：「那人年老，精血已衰，既然傷重不能起床，搭將出來著了風，豈不加重痛苦？我在各處行醫，多髒的地方都去過，本來一半為救人，髒點怕什麼？看房何時都可，還是先給他醫治為是。」

藍馬婆並沒把老苗生死看重，無非因為丈夫再三說給他醫，不便不允。因知眾人住處汙穢異常，恐顏覥不快，才這般說法。既是顏覥願去，便也樂得省事。

等到藍馬婆引了顏覥順內層寨牆台階下一拐，轉向崖壁棧道上去，忽然想起那老苗挨打正是為了顏覥，難保不心中記恨，向他訴苦。況且他的住處極髒，自己從未涉足，不願一同進去，然而已將走到，又說不上不算來。正在盤算進去與否，業已到了老苗住的穴門以外。藍馬婆素常私心最重，以為穴中不定怎麼汙穢，實不願進去聞那股子臭味。至於怕老苗洩機，此刻倒另有寬解。暗忖：「現在我夫妻對於顏覥甚是敬禮，老苗如說出什麼話，他也未必相信。即便他有些不快，只是再待他好些，也就挽回他的心來了。何況還有提藥箱的親信人跟著，老苗不說便罷，說了，過去這一時，再要他的老命。」

於是故意問顏覥要不要自己入內相助。顏覥說是無須，只命人通知他一聲，取些山泉備用足矣。藍馬婆還沒命人通知，老苗婆正從穴中出來取東西，紅著兩眼，見了藍馬婆，照例跪倒行禮。從去的苗人說了來意，山婆子自然歡喜感激。藍馬婆推說裡面地方不大，只命那提藥箱的人隨了進去，自己和餘人都在外等候，並請顏覥醫完速出。

顏覥見洞穴外果然用具堆積甚是零亂，以為裡面也和昨日樓上所見苗人洞穴一樣狹小汙穢。及至隨了山婆子走進去一看，穴中乃是一明五暗的石室，除進口明間較小外，餘下五間都不在小。像是一個天然的石洞，用竹籬間隔而成。裡面品字形三間，點著火炬和油蠟，照得甚亮。更是淨無纖塵，除有些油煙與松柴混合的臭味外，並不汙穢，什物榻几也都井然有序，左首最末一間，才是老苗臥室，顏覥微聞呻吟悲泣之聲。山婆子早搶先揭開門上掛的皮簾，搶步進去，說了兩句，才行走出。

內簾啟處，忽見一個苗女的影子從後簾縫裡閃過，看去背影衣著甚是眼熟。及至到了室內，只見老苗一人，遍身傷痕，瘦骨支離，赤身臥在竹榻之上。不見那苗女蹤跡。靠牆那一邊卻有一個小洞，約有二尺方圓。估量裡面還有一間洞穴，苗女必從此中隱去。這般避人，不知是何緣故？

等顏覥走到榻前一看，老苗傷勢雖重，可是有的地方已然結了疤。傷處有一小半敷著藥膏，細一辨認，那藥竟是自己秘製的萬應白玉膏。心中一驚，猛想起那苗女背影頗似在自己房中服役的銀娃。愛妻昨晚曾有幫她小忙之言，因為累了一整天，上床到頭便睡，沒有細問。這藥專治跌打損傷，蛇毒獸咬，自己藥箱中藏有兩大瓶。餘外還裝有一小瓶放在愛妻懷中，原為臨時取用方便。看起來銀娃必是老苗的親人，見他受傷，向妻子討藥，只給了這一小瓶，受傷之處太多，不敷應用，所以沒有擦遍。自己是老苗接來，又為自己受此重傷，越該盡心醫治才對。

因有藍馬婆的人隨在身側，顏覥不便詢問。先診了診脈，知他內傷也不在輕，幸而年紀雖邁，體質尚好，還不大妨事。便命取來山泉，用棉花連舊擦的藥一起洗去。洗到腐肉上，老苗負痛，不禁呻吟。

顏覿道：「你如想好得快，這些腐肉還要用刀削去呢。怕痛不妨，我洗完，給你上點藥，立時就可不痛了。」

這一句無心之言，卻給日後種下禍根，幾乎一家大小俱遭毒手。此是後話不提。

那老苗也是有一肚子話想說，不便出口。顏覿昨晚入樓醫治岑高，原已得信，深知他醫藥靈效。便說：「我哼是無心，巴不得早日痊癒，情願多忍一會疼，恩人只管下手割治無妨。」說完，又看了那提藥箱的苗人一眼。顏覿會意，答道：「你內裡也還須服藥呢。我先給你上好止痛藥，再治吧。」說著，洗淨他傷處，先上了定神止痛的藥粉。

稍停了停，等藥性隨血水浸到肉裡，才用刀挨次去起那腐爛之處。刀下去，老苗一絲也不覺疼痛，心中感極，不住口地誇讚。顏覥將他腐肉修盡，上好生肌化毒的藥粉和那萬應白玉膏。又給他配了一副湯藥，吩咐熬來吃了。安睡一日夜，明早再來看一遍，便可逐漸痊可。老苗夫妻自是感激異常。老苗不便起身，由老苗婆跪下叩頭，千恩萬謝地恭送出來，又向藍馬婆叩頭稱謝。

藍馬婆在洞外早等得不耐煩了，正眼也沒看她，逕自含笑舉手，揖客同行。那一段棧道甚窄不能並肩。顏覥在前，回頭謙謝之際，見那老苗婆正對藍馬婆身後戟指怒視，咬牙咧嘴，神態甚是醜戾凶惡。只一瞥，便縮入崖洞之中。顏覥知他夫妻對人忌刻太甚，眾叛親離，早晚必有發作不可收拾的那一天，不禁起了一點戒心。又想起自己是在此做客，平日還可用醫道來和他們接納。況又有神虎為助，苗人素畏神鬼，即使叛了岑高，也不致危及自己。再說眼前實沒安身之處。念頭略轉了轉，也就罷了。

顏覥當下隨了藍馬婆等順棧道出了寨牆，先命一人將藥箱送回房中，交與顏妻，然後一同往寨中走去。剛出寨門，忽見一個短髮披肩，腰圍麻裙，赤足赤身的小孩跑來。

跟著一個年老苗婆，手中抱定一個年約兩三歲的女孩，跑得氣喘吁吁，口裡說不出話，兩手向著藍馬婆等連搖，意思是想眾苗人代她截住。那男孩生相甚是粗野，跑起來一隻右手背向身後，看去不過七八歲，腳底下卻是飛快，晃眼工夫，便離眾人不遠。藍馬婆剛伸出雙手，用漢語叫了一聲：「乖娃。」想要去按，那孩子把頭一低，再往前一躥，竟從她肋下穿出，飛也似直向顏覥奔去。

顏覥以為孩童淘氣，沒防到他這點年紀會下毒手，見來勢太猛，方要讓他過去，以免撞上。那男孩一聲不出，倏地對準顏覥，將背後藏著的那隻手一揚，一連氣便是三支連珠小箭，由弩筒內射出。幸而顏覥武功也曾得過高明傳授，一見日光之下有三點星光先後射到，忙將身微偏，一伸右手，先將頭一枝齊箭杆抓住。更不怠慢，就用那箭一撥一挑，餘下兩支也會都失了準頭，往斜刺裡打落在地。

這時眾苗人俱都大驚，齊聲鼓噪喝止。那孩子身後還插有一把小苗刀，正要拔出前砍。藍馬婆著了大急，早跑上去攔腰一把將他抱住，劈手奪過弩筒，扔向遠處。後面老苗婆也抱了女孩趕到，一同下手，才將他制住。那孩子已急得暴跳如雷，怒罵道：「該死的漢狗，竟敢勾引黑王神害我阿爸麼？」急得藍馬婆一面用手捂緊他嘴，一面喝問帶他的那個老苗婆：「好端端出去，這些話哪裡聽了來的？」老苗婆便說了經過。

原來那孩子先並不知岑高受傷和來人底細，顏覥初來時，他還隨同眾人前去迎接。今日隨了老苗婆，往寨外閒遊，用了一張小弓射蟲蟻玩，遇見昨日因背後述說害人險謀，被黑虎抓斷了一隻臂膀的百長。他因為遷怒顏覥，心中痛恨，聽說顏覥昨晚入內用法術請來神水，將岑高那麼重的傷當時治癒，這一來愈發奈何仇人不得，越想越氣。又恨岑高夫妻沒有情分，一轉臉便把仇人當做恩人，不問他的閑賬。

一見岑高之子豬兒到來，知他年紀雖小，頗有一把子蠻力。尤其素得父母鍾愛，平日任意欺凌全寨小孩子，硬搶強奪，凶橫已極。稍一犯了脾氣，不論對方是大人小孩，動手就打，舉刀就劈，並且還射得一手好連珠箭。如將他說動，讓他出其不意射死顏覥，岑高夫妻見來客已死，自己愛子所做，莫不成還殺了與他抵命？豈不把仇報了？當下百長把岑高受傷之事，添枝帶葉加上一大套，硬說那虎是顏覵引來，日後還要咬死他全家。

現在他父傷重待死，這兩日未讓他進去看望，所以他遠不知道底細。小孩子哪經得起蠱惑，並且那孩子性情又是十分暴烈，立時大怒，拔步往寨中追來。原想到顏覵室內行刺，不想寨前相遇。一見乃母在側，越發膽壯，知道射得死人固是快意，如若不敵，有母在側，也不會吃虧。便不問青紅皂白，張弓便射。那老苗婆子知那百長之言闖下大禍，一把未拉往，連忙追將下來。無奈上了年紀，手上還抱著一個，也是天生劣根，一路掙鬧，走起來更是費事，等她追到，已經無及。

藍馬婆聞言，既恐子犯了神怒，和百長一樣；又恐將顏覵得罪。勃然大怒道：「這兩個該死的畜生！自己不好，起了奸心，觸犯了神的好友，才惹了大禍。他僥倖沒有送命，還不知道便宜，趕緊誠心悔過求神饒恕，竟敢捏造些鬼話蠱惑我兒。他一個小娃子，曉得些什麼？就是恩客不見怪，要被黑王神知道，豈不把一條小命送在他手。」

說罷，朝手下苗人先使了個眼色，然後一迭連聲，命去將那百長抓來，打死治罪。又向乃子耳語，說顏覵已將乃父創傷治癒，是個會仙法的神醫，又是山神的朋友。快聽娘的話，上前去叩頭賠罪，以免山神動怒，降下禍來。又自己先向顏覥恭禮賠罪。小孩性質惡劣，又刁鑽，又倔強，自從降世，無論對誰，從沒吃過下風。不但不聽哄勸，見乃母向前賠話，反用土語亂罵，過去拉她。

偏偏無巧不巧，遠遠傳來兩三聲虎嘯。眾苗人平時尚且談虎變色，何況在這剛剛小孩得罪神友之際，不由大吃一驚。最厲害的是藍馬婆，因為心疼愛子，更嚇了個魂不附體，一時情急無計，竟朝顏覥跪下求饒。小孩本是仗在自己門前欺人，平素慣出來的強性，一聞虎嘯，本已心驚；再見乃母和眾人嚇得那個樣兒，更為先聲所奪，害起怕來，立時住口不罵，拔步想往寨中跑去。

這時顏覥正將藍馬婆拉起勸慰，力說自己承她厚待，決不會嘔小孩子的氣；再者他為父報仇，足見孝思，只有嘉佩，決無見怪之理。請她千萬不要介意，藍馬婆見他雖是詞誠意美，無奈神怒難犯，解鈴終須繫鈴人。兒子不肯認錯，惹了神怒，終無倖理，仍是擔驚害怕。一見乃子欲遁，急得一把將他拉住，抱在懷裡，含淚急喊道：「乖兒子，小祖宗，這不比別人，好由你性兒打罵著玩不要緊。你聽黑王神怒吼之聲越近，跑有甚用？躲得了今日，躲不了明日。你又不願在寨中待著，整天在外四下亂走，一旦遇上還有命麼？你阿爸因為不信，幾乎死去。前天那兩個不過是在背地裡說了兩句悄悄話，還沒像你這樣拿箭射人呢，一個送命，一個殘廢。你怎好大意得的？還不快跪下求饒麼？」

小孩聞言，雖然格外害怕，側耳一聽，虎聲忽止，以為是近處路過，不到黃河心不甘，哪裡還肯輸口。正在和乃母倔強拌嘴，倏地一陣大風吹過，眾人眼前一閃，寨側廣崖之下黑的白的黃的花的，飛竄起數十條猛獸，直撲過來。嚇得藍馬婆和大小苗人紛紛跌趴在地，大半骨軟筋麻，動轉不得。

顏覥首先看見當頭一個正是那隻黑虎，心中好生驚訝。暗忖：「難道那虎真個通神，凡事都能前知不成？」連忙將身一縱，越過眾人，迎上前去大喝，躬身說道：「尊神少停貴步，看在下薄面，莫要驚嚇他們。」

那虎果然聞聲不再向前，吼了一聲，蹲踞在地。

顏覥定睛一看，這次來的野獸真不在少，除黑虎外，還有六條大金錢豹，十來個猴子，日前所見白猿也在其內。各啣著拖著許多已死的獐狼狐兔野豬之類的野獸，聽虎一吼，全都放落。僅白猿一個依舊人立，餘者都各自蹲伏不動。顏覥猜是那虎不願自己白受苗人待承，特地送了許多野貨來當酬謝，卻又不敢拿穩，正在躊躇，回望眾苗人嚇得跪伏在地，不敢仰視。適才行兇的小孩，已嚇得倒在藍馬婆懷中，母子二人亂抖做一處，面無人色。見顏覥一回看他，以為將要不利於己，更嚇得失聲驚叫起來。

顏覥情知那虎不是為此而來。暗忖：「這小畜生受母縱慣，實在凶横。如不乘機將他降住，日後終為隱患。」

想了想，頓生一計：故意向眾人搖手示意，有自己在，決無妨害。人卻向虎走去，先向虎耳邊問道：「恩神帶了這許多野味到此，如是送給他們，可點一下頭，以便轉述德意。」黑虎果將頭點了一下。顏覥又低聲說及小孩凶橫，請恩神相助，稍加恐嚇，只是千萬不可傷他，臉上卻做出哀求神氣。那虎也點了點頭，忽朝顏覥低吼了幾聲。

顏覥藉此，裝模作樣跑向藍馬婆身前說道：「黑王神今日處置山中群獸，行經此間，得知小寨主行兇之事，本欲降禍。經我一攔一勸，念他年幼無知，已然寬免。並將那許多野味送給在下。一則感貴夫妻相待之厚，二則也吃用不了許多，意欲全數轉贈。不過神仍有些怪小寨主，須由在下保了他帶向神前跪求，日後相遇，方保無害。」

藍馬婆知顏覥不會誆他，否則神如見怪，不上前也是一樣受害，自然巴不得有此一舉。可是那小孩這時已嚇得膽裂魂飛，哪敢隨同上前，賴在娘懷中不走，直喊：「漢客救我，下次再也不敢啦。」顏覥見他畏服，本想作罷，那虎卻似不肯輕放，忽然怒吼起來。

顏覥想：「虎倒真心相助，何不做像一些？」便著急道：「你再不去，神發了怒，你們這些人都難活了。我是為好，如傷了你一根毫髮，情願讓你父母將我殺死，還有錯麼？」藍馬婆聽虎又怒嘯，越發心寒，不住口直勸小孩快去。

小孩無法，才戰戰兢兢地站起。剛一離開乃母，走沒幾步，一眼望見那虎威猛之態，不由心膽皆裂，身不由己，撲通一聲，跪倒在地。顏覥連哄帶勸，力保無事，將他半抱半拉地拖至虎面前不遠跪下，然後裝作代他求情。小孩先原閉著雙眼，後聽顏覼不住口代他求情，那虎無甚動靜，偷偷睜眼一看，那虎蹲踞在地，就有四五尺高下。闊口開張，白牙如劍，朱舌亂吐，約有尺許，腥涎四溢。再襯上那比水牛還要粗壯的虎軀，鋼針一般的長毛，端的神威赫赫，凶猛非常。雙方相距遠不及丈，方在害怕，那虎忽將那雙精光閃閃的眼睛朝他直射過來。驚急迷惘中，彷彿虎口突地大張，似要起立撲向身上來的神氣，不禁哎呀一聲，嚇得暈死過去。顏覼本想事完，隨虎去看看牠的受傷之處。見做作過度，小孩吃不住嚇，其勢不能捨了小孩近前，還得抱著他。急切間又無台階可下，只得向虎祝告道：「此子膽小，尊神既然恕了他，就請先行帶了仙猿和部下諸神獸回山去吧。」

那虎真也聽話，聞言果然站起，輕嘯一聲。那隻白猿便縱上虎背，率領同來猴豹，掉轉身軀，往崖下縱去。風聲起處，遙望崖下林莽中煙塵滾滾，轉眼不知去向。

藍馬婆遙見兒子嚇暈過去，倒在顏覼懷中，早心疼得要死。見虎一去，便哭著跑過來，抱起小孩，心肝肉兒亂搖亂喊。哭說：「娃兒的魂被黑王神勾走了。」

顏覼勸她不聽，拉她不開，急道：「他不過一時嚇暈，我包還你一個好人就是。女寨主這般哭鬧，時候一久，就是救好，人也變成呆子，豈不反害了他？那可不要怪我。」又命旁立千長速代自己去往房中取來藥箱，並帶上一碗清泉，以便施治。

藍馬婆原是連嚇帶急，神昏意亂。聞言略一定神，想起顏覼是神友仙醫，又有保他兒子無事之言。見乃子手足漸涼，仍未甦醒，一時情急，又要向顏覥跪下求救。

顏覥道：「女寨主快請讓開，我好救他，死了將我抵命如何？」說罷，就藍馬婆懷中將小孩抱起，前心貼後心，放在自己懷中坐下。將他雙腿用力彎轉，口中作喃喃念咒之狀。然後覷準他身上兩處氣穴，中指用力一點。接用左手抓住他後頸，往前一推。右手掄圓，照著脊樑上就是一巴掌，立時將他閉住的氣穴一齊震開。小孩哇的一聲，吐出一口濁痰，人便緩醒過來。睜眼一看，虎豹猿猴俱都不在，地上散放著許多死獸，身子卻坐在顏覥懷內，隱隱有好幾處作痛。初醒神志不清，還當顏覥是對頭，吼一聲便要縱起。

顏覥早料及此，成心要使人知道自己的力量，不可輕侮。口裡大喊一聲：「萬動不得！」兩臂早一用力，將他上半身抱緊，束了個結實。藍馬婆見小孩回生，驚喜交集，越把顏覥之言奉如神明。忙也下手緊緊按住，流淚勸慰道：「乖兒子，多虧恩客才活轉來呢。他說動不得，你快不要亂動呀。」

小孩聞言，這才想起虎神發怒，要吃自己，還是顏覥保救的。不想力氣還這麼大，身上被他束得生疼。忙喊：「恩客下手輕些，乖乖不動了。」說罷，一眼看見親娘滿臉急淚，忍不住也張口大哭起來。

顏覥把手一鬆，心想：「你這小畜生，知我厲害就行了。」一會藥箱、泉水取到，顏覥取了一副安神藥丸與他服了，又給他身上揉按了一陣，說聲：「好了，起去吧。」小孩頓覺疼痛立止，不由他不信為神奇，從此皈依服法，死心塌地地敬畏起來。

藍馬婆貪心本熾，見兒子吃了一場無恙的大虧，卻得了不少奇珍野味，轉覺苦去甜來。也曾再三辭謝，顏覥執意非轉贈不可，只得滿面堆歡收了下來，命人送回寨去。

這場亂子原是那百長一人惹出，藍馬婆心中雖是痛恨到了極處，卻恐他照直反訐，只能事後處罰，不便當時抓來拷問。口裡毒罵了一陣，說是少時定行責罰，並未派人去抓。

那百長已然得了信息，小苗豬兒射那仇人未成，幾乎送命。知道岑氏夫妻心毒手狠，當時縱未便發作，日後決難免死，竟乘藍馬婆陪客看房，未回寨來傳以前，偷偷帶了妻子，收拾隨身刀矛細軟，連日連夜逃出山去不提。

第二章　三熊中計

且說藍馬婆痛罵那百長和老苗婆一場，仍然帶了子女和眾苗人，陪顏靦去看新居。

顏靦見那新居就建在昔年神僧、神虎同滅千狼的死谷口上，依山面崖，旁有清溪。屋下面用大碗公粗的木竹搭成高架，上建層樓。下棲禽畜，設有柵欄，可供啟閉。樓外復有三二丈長方形的平台，高約十丈，足供遠眺。西邊設有竹梯，以便上下。樓共三間，正在動工，雖然甫具規模，已覺形勝舒暢，兼而有之。心中大喜，連向藍馬婆謝了又謝。藍馬婆定要顏靦鋪排添改。顏靦遜謝不允，只得說了兩項。藍馬婆見諸均合意，也甚高興。

當下看畢，一同回寨。

那豬兒經這一場驚恐，竟和顏靦化敵為友，親熱起來。豬兒的妹子才得四歲，也不時伸手索抱。顏靦因豬兒畢竟年幼，咎在乃父母的嬌縱，適才那一嚇也夠他受的，樂得藉此收科，一一敷衍。到了寨前，已該是吃飯時候，隨行的千百長，各自禮別散去。顏靦也向藍馬婆母子們作別歸屋。豬兒還要當時跟去，因岑高在病榻上，聞得愛子聽信手下人的蠱惑，箭射神友，觸犯虎神，如非顏覥求情，幾乎送命，很不放心，已命人探看了兩次，藍馬婆亟欲帶他回樓去見岑高，連哄帶勸，才將他兄妹二人引走。

顏覥到了自己屋中一看，妻子睡得很香。兩苗女只有銀娃一人在屋守侍，面有淚痕，青稞粥和糌粑菜餚酒果之類已備辦齊整。見顏覥進屋，便跑向顏妻榻前，低聲悄喚道：「大娘，主人回家來了，請起來吃飯吧。」

顏覥忙跑過去，低囑：「產婦未滿月，不能下地。反正她是坐在床上吃，由她自醒，不要驚動。」顏妻業已醒轉。

銀娃拭了拭淚痕，笑道：「這是大娘招呼我喚她的。今早主人一走去，大娘便下了地。這有兩樣菜，還是她親手做的呢。」

顏覥驚問：「才產數日，又是頭生，月子裡如何便可下床做事？」

顏妻笑道：「我自那日吃了那崖上墜下來的半個奇怪果子，除產時下面痛了一陣外，人總是發軟愛睡。自從睡醒過來，精神體力不但沒覺虧損，好似比沒懷胎以前還健旺些。因你再三囑咐，恐產後失調，做下老病，脈象雖然極好，仍以不動為是，也就罷了。我睡在這裡，常想身子如此好法，吃的定是一個仙果。只可惜留給你那半個，被虎一嚇，也不知扔落何處。早知虎不吃人，還是救星，讓你吃下去多好。今早你走後，想起昨天先凶後吉那場虛驚，苗人心理終是難測，萬一出事，還不是因我累贅。既能下床，何苦還躺在榻上受悶罪？不一會銀娃回來，說起你因去看新建的房子，小孩用箭射你，惱了虎神，差點又出了事。後來聽說事情平息，又想起你連日所受的磨折，心中難過。知你愛吃燒爛羊肉，恰好女寨主送有上好一條肥山羊腿。銀娃說這山裡羊大半野生，一點也不羶氣。又見還有幾大束野菜，都是你逃到雲貴苗疆之中才嘗到的美味。左右悶著無事，嫌她兩個做不好，特地下床親手做來，與你打牙祭，我也跟著嘗點新。」

顏覦含笑稱謝，過去一摸脈象，竟是好得出奇。

夫妻二人正在溫存體貼，顏覦見妻子使眼色，回頭一看，銀娃口角笑容猶自未斂。猛想起山寨洞中醫傷時所見苗女背影好似銀娃，怎地倒是蘭花不見？便問：「蘭花何往？」話才出口，銀娃臉上忽改了憂容，匆匆跑向外屋看了，一見無人，才進屋來，跑向顏覦面前跪下，口稱：「謝主人活命之恩。」

顏覦喚起一問，才知那老苗不但是寨中功臣，還是前寨主藍大山的總角患難之交。大山未死時，除了寨主，就得數他的聲望。自從招了岑高為婿，夫妻二人見大山老病纏身，恐他死後老苗權勢太重，不時謀蘖其短。老苗卻也知趣，竟然向大山告退，辭去千長職司，把所轄手下苗人讓給岑高率領。大山以他多年勞苦功高，給他撥了三頃山田，十名苗人代為耕種，使他老夫妻和子女們坐享其成。死前數日，並召集全寨土著，令岑高折箭為誓，以後不得稍有虐待，除有關係要事請他出來相助外，平時也不許岑高夫妻任性役使。

及至岑高嗣位，見他那三頃青稞山田甚是肥沃，按時撒種，一年三熟，坐待收穫，幾可不用什麼人力。心下垂涎，叫藍馬婆和他商量，推說人多，寨中吃的不夠，另拿三頃山田和他相換。老苗看出他不是東西，反正自己吃不了那麼多，餘下還是散與大眾，一句話不說，立時應允。岑高偏是貪心不足，見他遇事謙退，好說話，只撥了一頃能耕的尋常山田和兩頃生地與他。青狼寨一帶山地石多土少，生地開闢起來極為費事，又是山陰不見陽光的惡地，名為三頃，還抵不住原來一頃。老苗倒未在意，山婆子因子女逐漸長大，每年富餘的糧食正好與山中來往的漢客換些用物牛馬，無端被人奪去，心中自是不甘，卻也沒敢說出。

岑高見老苗由他予取予奪，先倒不甚憎嫌，彼此相安。當顏覡來的前一年，山中忽然奇旱。老苗的十名苗人早還了岑高，三頃山田變成一頃，還得夫妻子女親自耕種。偏遇旱年，所種青稞齊都枯死，以前被岑高奪去的那三頃仍是極好收成。

老苗婆因那兩頃土石夾雜的廢田生地正當泉源水路，宜於種稻，便帶了一子二女前去開墾。誰知那裡上面是一層浮土，下面全是山石，簡直沒法弄，分明原來並不是預先測定的生地，乃岑高隨便指來欺人的。越想越有氣，口中一路咒罵。並打算把兩頃地全都掘通，好歹也開它二畝三畝出來，種一些山芋麻蛋子之類。掘了幾日，通沒一絲指望。老苗再三勸她不要徒勞，老苗婆兀自不聽。眼看兩頃地試掘了三分之二。

銀娃年輕氣盛，見乃母不肯住手，又恨著岑高夫妻不講理，才鬧得這樣。心中沒好氣，兩手握著鐵鍬一陣亂掘，起落不停。只見石火四濺，沙礫紛飛。蘭花年紀稍長，性情也較溫和。見老母口罵手揮，淚汗交流；妹子又在那裡一味使性子，氣得瘋了一般。

想起暴主勢盛心刁，老父年邁，兄長藍石郎懦弱無能，自己和銀娃雖有點力氣，偏生在青狼寨女人不吃香的土著以內，好生難受，正想過去勸住銀娃。這時因銀娃一發怒，加上她力猛鍬沉，一落下便是一二尺深的洞穴，那一片地面上被她掘得東也是窟窿，西也是坑坎，和馬蜂窩一般，到處都是洞穴。蘭花又走得忙了些，一腳踏虛，陷在銀娃所掘的石穴裡面，腳被拐了一下，又踏在穴底碎石上面，扎得疼痛非凡，倉猝中往上一拔，未拔出，不禁哎呀一聲，坐倒在地。

老苗婆母女們聞聲奔過來一看，那穴不大不小，剛夠一腳，下去是個猛勁，因被石旁震裂的稜角所限，略一轉動，便覺奇痛，上來卻難。如將後側面再用鐵鍬將石穴掘大，又恐裂石震傷腿足。費了半天事，蘭花怎麼設法，想將腿腳緩緩拔出，俱不能夠。知道皮肉已被鋒利的石稜刺破，受傷不輕，恐再延下去，更難拔出，只得拚著忍受一點痛楚，命銀娃仍用鐵鍬輕輕旁敲側擊，碎一塊，扳一塊。約有半個時辰，費了無窮氣力，好容易才將四周的穴口逐漸向下開大，蘭花還算沒過分受著傷害。剛剛拔起那隻腿腳，因另一隻腳橫坐地上太久，業已酸麻，不由將傷腳往地上一站，覺著被一塊尖石在腳板心扎了一下，其痛徹骨，重又坐倒。搬起一看，除腳皮鱗傷，血污狼藉外，腳心還貼著一塊黑中透紅的碎石，已然扎進肉裡，連忙忍疼拔出。

蘭花正要扔開，老苗忽覺那石塊有異尋常，以前年輕時似在哪裡見過。忙要向手中一看，乃是一塊比拇指略大的生山金，心中怦的一跳。算計穴中還有，跟著將身伏倒，伸手下穴一撈，抓出一把來看，見沙石夾雜中，果有不少碎金塊在內。不由心中大喜，悄和二女說了，再和銀娃用鐵鍬將穴掘大了些。仔細一看，離地面一尺五六寸以下，竟然發現了金層。老苗夫妻以前常和漢人來往，知道這東西雖然饑不可食，寒不可衣，在山中毫無用處，漢人卻拿它當寶貝。只要有，無論什麼東西，都能用這個掉換。只要有一斤半斤的，不論是零塊，是沙子，都可以換上一大堆極好的吃用穿戴，真比藥材皮革糧食之類要強得多。這一喜，真是非同小可。

老苗惟恐被岑高夫妻知道，又來奪去，就著原穴一口氣直掘下去。先還分辨，看準是金塊才要。掘到黃昏，也不暇再問是金塊是沙石，掘起來就用大筐盛起，上面鋪上沙土，往屋裡運。無奈所居在寨內崖壁之上，回家須得經過寨門，難於隱秘。山金這類東西不比煤炭，只一發掘出來就一大堆，多半與沙石夾雜，成塊的極少，須要運將回去，細加選擇。掘時極費心力，運也不是三兩次可以運了；第一天母女幾個運回了十來筐，人有問起，尚可推說是些石沙，修理居室。第二天再運，人都知老苗所居崖洞，雖比別的苗人要大得多，但是穴居的人上不怕滲漏，下不畏缺陷，如有坍塌，只有由內往外運沙石的，即使要用沙石堆砌什麼火池爐灶之類，也用不了許多，未免起了疑心。有兩個岑高手底下的心腹爪牙便去稟告。

岑高未入贅前，專給漢客做通事，時常經手買賣黃金，雖非個中行家，卻也能猜出幾分。原打算治他全家私行盜掘公地之罪。乃至一查看，乃是前數年用壓力硬換給他的生地，掘處正當中心，沒有超出一點界限，人所共知，原是他家個人私有。前次強換，已聞有多人不服，再要強麼，知道說不過去。留待徐計，又恐金子被他掘完。想了想，暗派兩名心腹去和老苗商量，仍用他原地二頃換回，已掘得的決不要他獻出。老苗笑了笑道：「當初原不是我們要換。這掘到的都在屋角堆存，還未及選擇出來，我們也不知究竟能得多少。我有一子二女，只要寨主肯念老苗情面，時常照應，有這三頃好地，已經夠吃用的了，也用不了許多金子。既承寨主好意，不肯追回，這樣吧；請回去上覆寨主，說我願得原地，並非為了出產，只緣是當初老寨主好意，不忍割捨。如今能換回兩頃，甚感大德。除自請金穴換回原田外，並願將這山金獻出一半。請二位不要都走，留一人在此看守，以表我沒有私藏起來。另一人一面去給寨主回信，一面教我那老婆婆帶著女兒們回來，我將這堆夾有沙石的山金子分成兩起，任憑寨主挑選，立時兩下交割。二位我也另有一份謝禮如何？」說時，蘭花姊妹正挑了一筐夾金沙石回來，老苗立命倒在堆上，再當著來人分成兩起。銀娃因這一筐成數越少，正要張口，被老苗以目示意止住。

來人聞言，自然高興，忙著一人速去依言辦事。一會老苗婆回來，得信自然滿臉怨望之容。老苗卻是神色自若。來人俱都看在眼裡。岑高因是理虧，萬不想如此容易得手，又愧又喜，忙和藍馬婆親來點收完畢。在堂上當眾說明出於老苗自願，照老例雙方交割清楚，並命親信人即日前往開掘。

老苗回洞，見老妻甚是憤怒，便命一女在外巡風，以防有人竊聽。然後悄聲說道：「你怎麼這樣呆法？我們在他勢力之下，休說將原田來換，便是硬要了去，又饒上全家的性命，還不是白死麼？縱因他凶暴無理，使人心不服，將大家激變，可是我們還是死了，有什麼用處？我和藍大山從小就淘掘砂金山金來賣給漢人，受過多少年的艱難，又學會過提煉，哪一樣不曉得？那穴中金的成分有限，頭一筐還好，第二筐起，便一筐不如一筐，今日這兩筐更尋常了。適才親去一看，果不出我所料。昨晚我叫你們只揀那成塊和易取的，或是含有金子多的悄悄收起，餘下一齊堆向屋角，早料到事情非穿不可，也必要前來強索。想不到他夫妻天良還未喪盡，居然肯用原田來換，這真是求之不得的事。我算穴中金已無多，下面俱是沙石。他弄巧成拙，心不甘願，若再換回好田，又實在對眾人說不過去，必另想毒計暗算。

「我為蝕財免災計，已想了個絕妙主意：當著來人把挑剩的分成兩起，送一半與他。穴中雖無所得，有這一半，也足抵得原田二三年中的出產。我精華已到手，更是不用說了。就這樣，還恐他萬一生疑，過些日，我再勸他熔煉出來，再與漢人交易，要值得多，同時再把我外面這一半，也當著眾人，在寨外場壩上去熔煉。比他多時，送些與他，以求免禍。另再分出一多半，向漢城中採買些東西，分送全寨人等，以結人心。這兩起，看去連沙石一大堆，提出來還不及昨晚所藏淨生金塊三分之一呢。幾輩子也用不完，何況還有田哩。如非將來想走的話，真是再好都沒有。我們有了命才能享受，不是麼？」老苗婆方始恍然大悟。

岑高帶人一掘那金穴，上面半尺許，還略有一點金礫，再掘下去俱是沙石。心還不死，又往寬裡去掘，枉費了許多心力，把那一片地面都掘成了深坑，漸至一無所獲，得不償失。啞巴虧是吃了，口裡又說不出來。早知如此，單取那分的一半，不再換田多好。

岑高正在悔恨，老苗乘機進言，願為提煉。岑高夫妻正想看他那一半多否，又知煉出值價得多，自是願意。人多手眾，只半天便搭好沙爐。煉到結果，兩家相差不過十幾兩。岑高所得較多，共有三千餘兩純金。一估價，足抵百十年三頃肥田的出產。若不煉，當做荒金連同沙石一齊換與漢人，還值不到原數十分之二。心中甚為高興，不但沒疑心老苗私藏，連那兩頃肥田，暫時也不再計較了。

老苗照著原定的方法，將提煉所得的三千餘兩純金留下一半自用。提出一千七百餘兩，交給採辦貨物的苗人帶出山去，往城鎮中換來了好幾十擔苗人心愛的布帛物品。取下兩成貢獻岑高夫妻，八成分給全寨苗人，真是人人有份，個個歡騰。老苗見眾心已定，疑忌全消，這才命人去將乃子藍石郎由山外喊回。

那石郎在苗人中雖比較文弱善良，卻有一肚子的好算計。老苗原因岑高嗣位，恐不見容；又因苗人尚武，乃子氣力不濟，在寨中時常受人輕侮，心中難受。恰好山外寨集中有一家戚友，那裡又是個山寨集墟，便命石郎去隨那戚家學習與漢人交易的方法，以免萬一不幸，玉石俱焚。三數年的工夫，已學到全副的生意訣竅。到家之後，老苗悄悄和他說了前事。藉口將自己所得的金子送往漢城購買貨物為名，乘人不覺暗中卻將那藏起的金塊帶出山去。由那戚家相助，陸續在別的山寨墟集間購買田產，興建房舍。原準備一切就緒，相機全家棄了岑高而去。山寨荒山，消息難通。老苗父子又做得機密謹慎，岑高等一個知道的也無有。

這日老苗已然得著石郎由野花墟新居托穿山漢客帶來的口信，說諸事俱辦停妥。就在這全家遷移之際，偏巧日前黑王神晚間來到寨外傷了岑高，大肆咆哮，藍馬婆要他隨神同去。他一見顏覥，便知所生嬰兒得虎神護庇，必非尋常。因岑高意欲加害，知他逆神害人，定遭奇禍，一個不好，還要累及全寨，自己是要走的人，他夫妻雖然刻薄刁狡，請般可惡，但是以前藍大山相待甚厚，實不願坐視危亡，一言不發。當時看在死人份上，勸說幾句。不想竟把岑高觸怒，一頓毒打，鬧得遍體鱗傷，悔恨怨艾，已是無及。

蘭花姊妹一則因生得伶俐秀美，二則因前番乃父獻金之功，藍馬婆將她們選充了近身的侍女。在她以為是加恩，二女卻因此不易脫身，著急不已。先原是表面上派來服侍尊客，暗中卻和其餘二名心腹苗女一般，奉命監視。這日得知老苗挨打受傷，自然焦的擔憂，不覺面有淚痕，被顏妻看出詢問。蘭花年長一些，早從乃父口中得知大概，便和盤托出。顏妻聞言，方知危機四伏，存心施惠，把身帶的一些傷藥給了她。蘭花偷偷回家，與老苗一敷，頗有奇效。只惜傷多藥少，不敷使用，正想和顏妻再要，顏覺業已騎虎歸來，被藍馬婆逼同立即入內醫病，藥箱也隨手帶去。不一會，風聲緊急，埋伏四布。

二女見形勢不佳，忙向顏妻告急，商量要抱了嬰兒，由她姊妹保住一同逃出。同時先分人去與老苗送信，自己全家也乘此逃出山外。顏妻為人慎重，知她姊妹年輕，不敢造次，正打聽有無別的出路，顏覥醫術通神，已轉禍為福，由藍馬婆撤去埋伏，護送回來。夜間顏覥睡後，二女才得說起討藥之事，顏妻又取了些與她。因內層寨門已閉，沒法送去。

第二日一早，顏覥入內看視岑高疾，銀娃才抽空把藥送回。顏覥也受了岑高之托，去給老苗醫傷。銀娃怕被隨去的苗人看見，躲入石壁內穴中藏起。顏覥走後，老苗全家自是感謝非常。銀娃回來，又換了蘭花前去看望，所以不在房內。

顏覥聽完經過，才知先見的苗女後影，果是銀娃。想不到二女俱是老苗所生，多了好幾個心腹，暫時可以免去許多顧慮憂疑，心中甚喜。過沒幾天，便由寨內移入新居。

岑高已然復原，供張甚盛。老苗傷癒之後，借著拜謝為名，去與顏覥相會，再三力說岑高夫妻狼子野心，不可共處。自己不久全家同逃，恩人如無安身之處，可相隨同往，情願奉養一生。顏覥也曾動念，但一則因老苗新立的家業與城市相隔太近，恐住久了，為仇人爪牙偵知；二則書生結習未忘，頗愛新居形勝，四時咸宜，不捨棄此他去。以為黑虎每隔三五日必來看望，苗人敬畏，勝如天神。岑高夫妻雖然險詐，重創之餘，業已畏服無地，既怕神禍，又感相救之恩，必不敢再生異心。便用婉言謝了老苗，推說異日相機行事，稍見不妙，再投奔他不遲，此時不便同行。老苗告辭出來，由此便不再去。過有月餘，二女忽來泣別。黃昏時，聞得人言，老苗棄了家業田產，只帶著隨身刀箭，全家逃去。

藍馬婆知他與山外寨子土人都極熟悉，此去必是記恨月前打他之仇，勾引外寇前來報復，好生埋岔岑高說：「他在老寨主手裡從未受過責罰，你既然打了他，就該將他弄死，不應婆婆媽媽，反請神醫給他醫傷治病。傷癒以後，偏又信他父女一味花言巧語的假奉承，不加小心，如今弄出這事。老傢伙以前是有名的奸鬼，一肚皮壞主意，叫人防不勝防，看是怎好？」岑高因近年老苗無聲無息，輕視已慣，聞得逃走，並未放在心上。

這時聽藍馬婆一說，才想起乃岳藍大山何等英雄，在日也曾屢次稱讚他的謀勇雙全，已非其敵。臨終時，還再三叮囑不可稍微慢待。不由也動了心，立時派了手下心腹，分率數百名強壯苗人分頭追趕，趕上便將他全家殺死，一個不留。

那老苗早就防到有此一著，動身絕早，又未攜著東西。一切細軟金珠和路上必需之物，早在前一日，由蘭花姊妹運出寨去，存放在去路上的洞穴之中，事前未露一絲痕跡。

黃昏前，岑高有事尋他，才得知道，已然走出了一整天。再加老苗心計周密，知自己和山婆子年老力衰，恐被追上，除沿途故布疑陣而外，又加了一些有力的接應。但追的那些心腹，因岑高性如烈火，若追趕不上，恐回去遭殃，俱都窮追不捨。

無巧不巧，內中有一個百長，名叫藍三熊的，最是矯健多疑，為人詭詐，常時出山辦事，路又極熟，別的苗人都把路徑追錯，獨他追對了方向。先也受了老苗兩次疑兵之計，跑了許多冤枉路。追到第二天早上，忽然被他猜透路徑，心想：「老苗不打此路走便罷，否則非由此走不可。」便照他所料方向，不停地苦苦追趕下去。快追出山界，還未見逃人影子，才方著急，先時途中耽擱，追晚了一步。忽然走向高處往下一看，老苗一家四口，正在前面谷中挑著行囊，緩步往谷口外走去。知道一出谷口，便入了別的土著地界，老苗既然打此經過，事前必有勾結。同追的人一出寨，便都分開，自己只帶了四十多個手下，擒殺逃人雖然易如反掌，如和異族對敵，未免勢孤力單。幸而逃人行處離出谷還有三里多路，看神氣甚是暇逸，尚未覺出後有追者。如此刻急速抄山頂上近路趕去，還來得及。

藍三熊想到這裡，忙率手下苗人，由山頂抄近路往谷底追去。並令只要追到箭矛能及之處，即時動手發射，不必臨近生擒，先射死他四人再說，以免被他發覺，有一個漏網逃出谷外，諸多不便。令發出後，一面順著山嶺前追，一面留神注視下面。見老苗在谷底正走之間，忽從挑擔上取了一根簫向耳邊揮著，好似聽了聽音，嫌它不好，又取了一個蘆笙，放在口邊吹將起來。老苗神氣還看不出，山婆子和蘭花姊妹似現急遽，各把挑上刀矛弓弩取在手內，不時交頭接耳，腳底步法也加快了好些。

三熊哪知他的行蹤已早被老苗用他秘製的傳音聽筒聽了去。先還以為被他看出行跡，後一想：「他四人始終沒見回顧。再者上面是山路，靠下一面滿生叢莽，樹石繁雜，由上望下還可，由下望上決看不見；相隔又高，山風又大，再加林葉蕭蕭，蟬聲聒耳，也決聽不了去。不過是娘兒三個因為將要出谷心慌，要不然老苗怎的未見慌亂？」一心還恐逃人腳步加快，不等追上，便出谷去。由上到下盡是林木修篁，參差阻隔，不到適當地方妄發矛箭，反倒打草驚蛇。

三熊方在揮手作勢，率眾苗人縱高躍矮，飛步急行，山頂地勢忽斷，兩山相隔數十丈，雙峰對峙，崖壁如削。下面的路成了一個沒鉤的丁字，逃人正在那一橫上跑。追得兩下裡已將並肩，忽然無法飛渡，如何不急？前面不行，再看側面，往谷底的山形是一斜坡，看去似可下落，只是林密菁茂，荊榛叢集，並無道路。除了由此縱躍而下，從逃人身後明追上去，便無善法。先想抄上前去堵截暗算已經無用。及至率眾下甫一半，不特坡道愈更險陡，林莽看去一片平蕪，底下卻是有深有淺。加上竹箭荊針，大小怪石，劍一般森列，稍有失足，便有碎體裂膚，洞胸斷足之禍。逃人影子已看不見，自己人先傷了好幾個。好生後悔剛發現逃人時，如由彼處下去，路要好走得多，不該弄巧成拙，步步艱危。哪敢快走。好容易咬牙提心，下到三分之二，見下面山角突出，形勢險惡，遮住前面谷徑。

三熊方愁逃人已遠，忽然老苗同了長女，空著身子，手持弓刀，從前面往回走來。猜是丟失了什麼東西，返身尋找。正在心喜沒有被他逃走，只要再下去一些，林木稍疏，即可下手。老苗父女忽然立定，手指上面大罵道：「不知死活的狗東西，敢來追我！快些現出原形，看都是誰，平時留過情面沒有，好放你們活命回去。」

三熊欺他只有父女一人，匆促間沒想到敵人如無所恃，怎敢輕回。接口大罵一聲：「老狗看箭！」一支毒箭剛從林隙往下發去，猛聽前側面轟的一聲暴噪，長矛短箭雨點也似發來。知道中了埋伏，喊聲：「不好！」不敢再下，連忙率眾蹲避時，左臂已被一支長矛打斷。因有崖石擋件，也不知敵人有多少。還待忍痛拚死應戰，耳聽底下蘆笙起處，矛箭忽止。老苗大喝道：「追我的原來是三熊麼？如是別人，必不會如此窮追。看你平日那般凶惡，本該殺了雪恨。想起你與我終是同族，又看在死寨主面上，不與你一般見識。現在我埋伏的人比你多好幾十倍，莫說和我打，便是逃也逃不回去。聽我好話，快將手上刀矛丟下，即時與我滾下來，我只要你們與岑狗崽夫妻帶幾句話，決不傷害，否則莫怪我無情無義，誰不下來，都免不了死。」

三熊手下的苗人大半都受過老苗的好處，又當計竭勢窮之際，早不等吩咐，轟的一聲，齊口答應，將手中弓刀紛紛往下面拋去。三熊無法，也只得隨風轉舵，跟著棄了手中兵械。老苗父女便喝道：「你們既不願打，也慢慢下來。毋須著急。坡上面盡是狗棘子和刺藤，不好走呢。」說罷，又朝崖石後喝道：「石郎兒，我已看清來的有多半是好人。你帶著他們，仍在原處拿箭比著內中幾個壞東西，不要大意離開。只派出二十個人來，將這些刀矛弓箭收去便了。」崖後石郎答道：「你們這幾百人仍在原地埋伏，不要離開。雷哥快帶二十個人搬兵器去。」崖石後轟的應了一聲。內中一個說道：「這崖也不甚高，我們都跳下去吧。」

三熊聞言，一看那崖，正當兩山斷處，一大片危石從山角斜伸出去，離地少說也有四五十丈高下，居然說是要跳。素知石郎荏弱，哪裡去弄來這些出乎尋常的生力軍？正在驚疑不信，耳聽崖後靠斷壁的一面叭叭叭連聲響動，從下面山角轉過二十來個身材高大的苗民，每人都著一身青，包頭短褲，足踏草鞋。背插一把明亮亮大而且闊的苗刀，腰佩連珠弩筒，手持鴨嘴紅纓的矛杆。個個衣械鮮明，神健身輕，步履如飛。先跑到老苗面前，口稱主人，拜伏在地。行完了禮，然後回轉身，各將地上兵器拾起，往崖後跑去。三熊哪知老苗共總只有石郎統率的這二十個苗民，諸般做作，全是假的。不禁心驚膽寒。暗忖：「幸而自己忍辱負痛，沒有逼迫手下和他對敵，這樣有本領的人，休說數百，便是這二十人，也非對手。」哪裡還敢再生異志。其餘隨去的眾苗人畏威懷德，更不用說。一行互相扶持攀援，費了好一會時候，才由叢莽棘中順坡而下，見了老苗，俱都帶愧跪倒。

老苗一一喚起。指著三熊說道：「那兩處埋伏，俱在你們來路的頭上，一射一個準，全都可以了賬。只因這事都怪岑高狗崽一人可惡，難怪你們，想起以前又都是一家人，所以不願傷害。你雖可惡，適才如不先動手罵人，也不致將你左臂打斷。」

「如今我放你們回去傳話，給岑高夫妻說他們背義忘恩，欺人太甚。我久想要離開，暗中佈置已非一日。如今忍無可忍，才遂了心願。你看我這許多手下，俱經我派人相助石郎一同在山外招募訓練來的，就應知我厲害了。如不看在已死老寨主份上，今日擒了你們，便帶了我自己的手下等趕回山去，硬奪他夫妻的青狼寨，又當如何？從今以後，他如改惡向善，對人放寬厚些，我也不再尋他的晦氣；如還是和從前一樣，我定帶人前去報仇，為全寨人等除害了。」

「我現時已在菜花墟金牛寨另創基業，我兒石郎便是一寨之主。這事在數年前已起頭佈置，去年又得了無數金塊，益發助我成功。可笑他岑高夫妻幾次三番弄巧成拙。先是依勢逞強，用沒出產的荒地奪去老寨主給我的三頃肥田。等我掘出金子，又來強行換回。卻不知山金已被我妻女當日掘盡，早料他要來惡奪，成塊的早連夜挑出，只把挑剩未盡的大堆沙石與他平分，其實還不到我原得的十分之一二。直到我一切成事，全家出走，他連鬼影子都不知道，真是蠢得可憐。他如不服氣時，隨時都可到菜花墟去尋我，就怕他沒有這大膽子罷咧。」

「還有他這人反覆無常。日前新來那位姓顏的貴客，又是神友，又是我的恩人，叫他務要好好侍承，始終如一，稍存壞心，必遭慘禍，那時悔之晚矣！」

「你們刀矛弓箭本應發還。只是我父子新寨建成，這是第一次在外得的彩頭，須要全數帶了回去。我也不願白拿你們的東西，每人送你們一匹上好的漢綢，一大包鹽茶。今日忙中卻未帶著，可在半月之後，我父子命人送來，仍在此地交割，作為和你們換的，總比你們和漢客交易要合算得多。青狼寨窯坑裡鐵有的是，只需你們再費點手腳力氣罷了。

「我今日因不願多傷自己人，所用矛器都沒毒。你臂膀雖斷，我這裡有止血的好傷藥，給你上些，包紮好了回去，再求顏恩客給你一醫，也許能夠接好。照你平日為人，本不應放你活著回去，總算第一次碰到我的手裡。我事先囑咐手下留情，放的都是空矛空箭，難得你們也知好歹，沒和我拚打，除你一個外，全無死傷，索性保全到底，才容你活命。此番回去，如巴結岑高夫妻，拿弟兄子女們出氣討好，不消多日我必知道，那時相見，休怪我心狠手辣。」

老苗說罷，取了傷藥布條，將三熊斷臂包紮停當。將手向崖石上一招，石後一片縱落之聲，又過來了二十名與適才一般的勇健的苗人，裝束器械與前相同，只上衣卻換了黃色。老苗吩咐押了三熊等，無須登高跋涉，逕由自己來路送過山去。三熊平日雖然凶頑，這時身受重傷，利器全失，已成了喪家之狗，站在旁邊垂頭喪氣，任憑老苗發付，一言不發。那二十名強壯苗人，近前向老苗行禮之後，由兩苗人在前領路，餘人手持矛弩，在後督隊押著三熊和他手下苗人上路。

三熊哪知此時老苗基業新建，金牛寨新買到手，共總才招雇了數十家苗民。仗著他那親戚是個好幫手，精於訓練，這次前來接應的，除乃子外，實在只有那二十名苗民。

因是眾中挑選出的健者，事前調度有方，所擇的地勢又絕佳。每人隨身器械外，俱帶有好幾套各色的衣服，以惑敵人眼目，先原不在崖石後埋伏，俱前後分開，在高處隱身瞭望。因為老苗父子地理原熟，又有秘製的聽聲筒，敵人在十里內外便可聽出多寡動靜。

當三熊發現老苗時，老苗用聽筒聽出有人追來，忙命妻女加緊前進，又用蘆笙發暗號，將接應人召集攏來，利用斷崖形勢趕向前去。匆匆授了乃子一番機宜，然後返身回來誘敵。一切部署，胸中早有成竹，所以三熊一照面便落了圈套，見老苗指揮從容，怵於聲勢，始終以為敵人埋伏至少要比自己多兩三倍。當時由敵人押送過了山，抱頭鼠竄，慘敗而歸。

三熊見了岑氏夫妻，為遮羞臉，事先和同行的人說好張大其詞，說老苗埋伏眾多，聲勢如何浩大，同去眾人全被生擒。自己力戰不屈，致受重傷。並聞買了金牛寨，以乃子為主，早晚帶人來報日前毒打之仇。因念眾人前是一家，才奪了器械，放將回來報信，指名與寨主作對。

岑氏夫妻本知老苗厲害，又知金牛寨是菜花墟孟王寨主孟菊花所有。孟菊花是漢時蠻王孟獲之後，雖是個未嫁女子，但本領高強，族人有好幾萬，久為各山寨之長，最是難惹。既將此寨田産賣與老苗，必然和他同黨。這一驚真是非同小可，聞言半晌說不出話來。想了想，只有關門保守，嚴加防禦還好一些，如去尋仇，簡直是自找晦氣。當下傳令，吩咐早夜派人巡探，嚴加防禦，準備老苗帶人前來尋仇。連過了兩三年，並無音信。

岑高因老苗曾有善待顏覥之言，他人本疑忌，心想：「顏覥如不將他的傷醫好，任其死去，怎有這場隱患，這一來，真應了老婆的話。」一面暗怪自己當時何故發此善心，一面對顏覥也未免有些遷怒，偏生三熊那年受傷，求顏覥醫那斷臂，顏覥說主要筋脈已斷，再加傷後奔馳，用力流血過多，傷雖可癒，臂卻難以恢復如初。三熊一心信他是個神醫，岑高和老苗的傷勢那般沉重，尚且能醫，為何自己這條斷臂獨不能治，又想起老苗帶話，不許岑高慢待之言，疑心他和老苗一黨，存心與己為難。暫時怯於神威，還未敢怎樣現於詞色，心中卻恨他不亞於切身之仇。加上藍馬婆雖然刁狡凶頑，卻與岑高恩愛，專信夫言，不論是非，也跟著岑高一同生心。

顏覥因日子過得甚是安適，山居清趣，四時咸宜，除常時給寨中苗人醫病而外，每日專心習武。準備在青狼寨寄居三數年，將全寨苗人從岑高以下都結納成了至好。那時官中搜捉必然鬆懈，再獨個兒出山，身懷利刃暗器間關變服，前往京師，刺殺奸黨，以報殺父之仇。以為苗人不再反覆，可以無事，全沒曉得危機已伏，時到即要爆發。

三年過去，岑氏夫妻見他仗著醫道，竟使得全寨歸心，苗人敬畏如神。又加三熊不時進讒，每次提起老苗咒罵，顏觀又未加可否。益發忌恨在心裡。只苦於那一虎一猿常來寨前相訪，有時顏覥竟攜了幼子騎虎偕遊，連虎、猿護了虎兒，獨自出遊之時都有，靈異之跡甚多。並且每隔半月，虎、猿必送死野味前來，看去甚是親密。猿還不說，那虎的苦頭以前已然吃足，怎敢妄動。就此甘休，又恐顏覥得了眾心，萬一勾結老苗入寇，報那前仇，豈非心腹之患？岑高暗中派人去往金牛寨打探，回山報信，俱說老苗父子財多勢盛，糧足人眾，看神氣必有尋上門來的一天。他不知老苗成心恐嚇他，又加佈置周密，所去的人不是被擒了去威迫利誘，使其與己同謀，依言回話，便是以前受過老苗好處，再一略加小惠，便為之用。所以鬧得異口同聲，傳來不好消息。原本無事，他卻每日自己和自己搗鬼，既懼外患，復慮內憂，好生難過。

岑高好容易挨了三年，日夜籌思，縱因畏神不能把顏覥怎樣，為安全計，也應將其遣開，才得安枕。這日夫妻二人正為此事發愁，三熊忽同了一個串列山寨的漢客到來。

青狼寨幾條通路極為險阻，輕易也沒個漢客穿行，有來的可換許多需用之物，自是高興招待。

那人名叫韓登，因奉省城大官之命，冒險往各地山寨採購幾種極珍貴難得的房中淫藥。同行結伴原有三人，俱會武藝。因那兩個同伴居然在離青狼寨三百餘里的荒山之中未花分文，由崖壁間得到兩種極珍貴藥草，韓登心術不正，便說入山以前雖然言明全憑財運，各自為政，但是既同甘苦，仍應三一三十一，一體平分，才算合理。偏那兩人小氣，執意不允。當時又挖苦了他幾句，說他小人貪利背信，不許同行。韓登負氣離開那兩人，心中越想越恨，連藥也不再尋，悄悄尾隨兩人身後。乘內中一個出去取水時，用射猛獸的毒箭，將留守的一個射死。然後潛伏在側，等取水的回來經過，躍起一刀，也立即了賬。採藥客人入山遇險乃是常事，屍首只需扔落山澗，輕易決無人敢來尋找。何況韓登藥已到手，有那大官維護，也不妨事，放心取道歸途。不知怎的走迷了路，在亂山之中串列了好幾天，一個失足從山畔跌下。當時見傷並不重，取了點隨帶的金創藥，用水敷上，以為數日可癒。不想那溪水毒重，第二日半邊肩臂等敷藥之處全行腫潰。身上又挑著貨箱行囊，眼看危在旦夕，恰巧三熊帶了人出寨打獵遇上。

那時候的漢客，因為民俗淳厚，壞人不多，誠信尚未全失，所帶俱是苗人心愛和日常必需之物，除了觸犯禁忌，或是誤入深山，遇見慣食生人的土著而外，所到之處，常受歡迎禮待，並不仇視。再者韓登老奸巨猾，熟知山情，並不明向三熊求援，只說自己是入山採藥的大幫漢客，因取水迷路，落了單，忽然臂傷遽腫，難以行路，請他派人扶往寨內調治，借與宿食，願以重禮酬報。三熊因近年漢客不常到來，全寨中人都不方便，正好借他回去，帶口信引人入寨交易。當下將他扶了回來，向岑高夫婦一說，果然立命進見。韓登知苗人貪貨，一到首先從貨箱中取了不少件苗人心愛之物，送與岑高夫妻和三熊，再行請求安置宿食。岑高自然高興，見他肩臂袒露，腫爛之處甚多，面容甚是愁苦，便止住他道：「客人且慢休歇。莫看你傷重，我這裡住有一位神醫，準給你一治便好。」說罷，便命人去將顏覥請來。

韓登原以為荒山山寨，有什麼好醫生。況且自己所帶傷藥乃是多年精研配製，靈效非常，因溪水中有毒，才落到這般光景，只想得地調養，仍用原藥慢慢洗滌敷治。一聽說是神醫，先還猜是巫公巫婆之類，明知未必有效，但是酋長好意，不便拒絕，只得任之。強忍著痛坐等了一會，醫生請到，竟是一個漢人，大是出乎意料。及至彼此通名禮見之後，要下手治時，暗忖：「既是良醫，怎地長久居此？」恐藥有誤，不甚放心。便用言語支吾說：「我自己也帶有藥，剛剛敷上不久。請顏兄看完，將藥留下，到晚來我自己調敷吧。」顏覞知他用意，笑答道：「小弟不才，醫道出諸祖傳，業已數世。韓兄傷處爛肉尚須割治，小弟先上些藥，必能止痛，只管放心就是。」韓登聽說還要開刀割治，益發膽怯，禁不起岑高夫妻和三熊再三稱讚顏覞醫藥神奇，並舉前事為證，韓登無法，只得答應。但說自己怕痛，先上點藥試試再說。

顏覞先見他是漢人，空谷足音，頗為心喜。後察覺他言談粗鄙，面目可憎，完全是一個市儈小人行徑，又那等膽怯神態，不禁心中冷了一半，好生不耐。答道：「話須講在前面，如此時不肯開刀，藥下去痛雖立止，但是傷處不特治癒需時，非十天半月可了，而且每年逢春必發，那時休來怨我。」韓登見他詞色不善，又恐得罪不便，不住口陪話支吾，也不知如何是好。顏覞不再理他，取了山泉，倒些藥粉，用木棉浸了，先給他把傷處洗淨，再將秘製傷藥與他敷上，便即坐過一旁。

韓登先還惴惴不安，剛一洗傷，便覺傷處清涼。等藥一敷勻，果然疼痛若失。這才信心大起，驚喜交集。看出顏覰有些惱他，所說開刀割治之言，定然不假。自己巴不得早些將所劫藥草帶回省去，獻功受賞，傷處自然是除根的好。慌不迭地跑過去跪在顏覰面前，請求割治，口裡「恩公」「神醫」喊個不住，連說：「癒後小弟必有重謝。」顏覰見他做作卑鄙，又好氣，又好笑。只得拉了起來，再去給他割治。韓登見刀下去，如摧枯拉朽一般，所有腐肉淤血成片成塊般地墜落，自己竟一毫不覺痛苦，心中益發驚奇。

暗忖：「此人談吐舉止，均是書香仕宦人家出身，非江湖郎中一流。不用說別的，就拿這一手醫道，無論走到哪裡，也吃著不盡，怎單跑到這種荒蠻地界來作長住？如說是隱居避地之人，又不應托庇在酋長宇下。」心中好生不懈。當時自然未便探問，滿口都是感恩圖報的口頭話。顏覰始終懶得答理，上完了藥，便自告辭而去。

岑高正對來客說那醫術怎樣通神，恰巧那日隨顏覰去給老苗醫傷的一個百長在側，無心接口道：「要說他也真奇怪。去年老苗被寨主打得傷勢那麼重，拉回去躺在床上，只差斷了氣，我們都料他必死。也是這顏恩客給他治的，藥面子才撒上去，立時就不疼，比起當初老寨主留傳的傷藥還靈效得多呢。」一句話把岑氏夫妻提醒，俱想起適才顏覰給來客醫傷。明明見他藥到疼止，何以去年初來時給岑高醫傷，卻那等張致？要受傷人向神前起誓發願，力改前非，得神允許，賜下神泉，才能止痛痊癒。莫非其中有詐，那泉水變色也是他故意鬧下的鬼？

當下安置好了來客，互相提說前事，越想越覺可疑。藍馬婆道：「近來因為老賊逃走，像是與他同謀。我夫妻對他表面上雖未做出，心裡早和從前不一樣了，我有時想起，背地常在罵他。三熊更屢次對我們說就不殺他，也應將他全家轟走，以免日後為老賊作內應，留下心腹之患。我還恐被黑王神知道，又生禍事。後見半年多全無動靜，老在奇怪。今日一想正對，那黑王神常來，我們看慣了，不覺得有甚神奇，不過比別的老虎凶猛長大些罷了，如說是神，怎的以前知道我們要害他，卻又不管呢？

「況且那日他取神水時，叫我跪伏在地，由他一人搗鬼，沒叫我親見。旁邊雖還有幾個娃子，都是蠢東西，曉得什麼？等我起來，水已變顏色，焉知不是他鬧的玄虛。依我想，那虎或許是他家養，定然懂得人話。那早我們的人不該在外面說起要害他的話，被虎伏在石後聽去，白送了一個心腹人的性命。他看出我們心事，又仗著能醫，故意如此做作，好在這裡過活一輩子，省得到處亂竄，找不到衣食。要不的話，他也是人，我們也是人，那虎要是真神，常保佑他也就是了，為什麼三天兩頭來陪他解悶，由他騎著滿山閑跑呢？

「我們上了他這麼久的當，你和我兒都差點被他送了性命，此仇怎能不報？不過那虎甚是厲害，恐我們的人敵牠不過，一個不巧，受害更大。這事只可打慢主意來除他，最好先將那虎害死。仍是不能明來，你先莫露在臉上，由我來做，免得萬一弄它不死，又反害了你。只要真留了神，不愁下不了手，遲早與你出氣就是。」

且不說岑高夫妻又生陰謀。只說那韓登在寨中調治了三四日，創傷逐漸痊可。按說顏覥對他也無異於救命之恩，理應真心感激才是，誰知此人天良早喪，感謝固然是句虛話，反因顏靦對他詞色冷淡，心中懷忿。認為醫傷出於酋長所命，與姓顏的無干，無須承情。又看出賓主有些不投性情，不特未送一絲謝禮，反因顏靦行藏隱秘，猜來猜去，竟猜出他不是朝中罪臣子孫，便是犯了大罪的逃犯，官府定然還懸有賞格。行時再三向岑氏夫妻借話引語，盤問其根腳來歷。

岑高夫妻何等奸狡，以為他也是漢人，又受了顏靦好處，雖因收了許多禮物，不便慢待，心中卻還防著。及見他對顏靦甚是虛假，傷好後既未登門叩謝，也無饋贈，卻又送了自己一些心愛之物，口口聲聲說此次得救，全仗寨主夫妻命人醫治，並不提起顏靦。先頗奇怪，後來才想起漢人最愛講過節，定是初來時顏靦得罪了他的原故。這一來正合心意，隨問隨答，把顏靦怎生來寨經過一一說出，語氣間對顏靦自是不滿。

第三章　捕快洩機

話說韓登老奸巨猾，哪還有看不出的道理。一聽神虎等情，便力言其假。說道：「這些事只好騙騙苗人。那隻黑虎定是平日教練純熟，因苗人信神，特地帶出來詐騙衣食。知道這裡有黑王神的傳說，他那虎又是隻黑的，正巧相合，於是便稱了心意。不然他既行醫，就該走那熱鬧墟集才是；若無猛虎仗恃，怎會帶了臨月的婦人，走此窮荒僻險的所在？只看他鬧些鬼把戲，哄得人們相信，便賴在這裡不走，就知道了。我疑他是個逃犯，此次回轉省城，只須略為打聽，定可查出底細根由。寨主如嫌猛虎難制，可仍穩住了他，等我二次來時再作計較。他案情加重，簡直還無須我們下手，官中自會發兵擒他，我們還有很大賞格可領呢。」

岑高大婦聞言，不禁大喜。彼此計議停妥，韓登方行別去。

顏覥見他癒後不曾來謝，小人忘恩負義乃是常情，一笑置之，全未放在心上，萬沒想到他會恩將仇報。

光陰易過，不覺又是一年。顏子虎兒雖然年紀還不到六歲，因為生具異稟奇資，已長得有十一二歲孩童模樣。最近一兩個月，猿、虎常來引他騎虎同去，並不要顏氏夫妻隨去，也不知到甚所在。只覺他上下山崖，步履如飛，本山差點的苗人，都跟他不上。岑高夫妻見乃子豬兒在有十多歲年紀，還比不上對頭乳臭未乾的幼子。寨中苗人又愛和顏子逗弄，常常在山前看他縱越為戲，歡笑如潮，讚不絕口。因猿、虎來得益勤，儘管不信是神，到底有些奇蹟。就是小孩，也有種種怪處，與眾不同。驚弓之鳥，仍不敢妄動。

偏那韓登行時，原說至遲往返不過三四月，定即重來，卻過期不至。除數十個心腹外，全寨苗人大多俱都敬愛顏氏全家。未決裂前，為防走漏風聲，和上次一樣出事，又不便禁阻他們與顏子嬉戲。相形見絀，只有心中越發忌恨。

這日岑高夫妻正在寨中生悶氣，忽見手下苗人來報，韓登來到。一問顏覿，尚不知道，因天近黃昏，寨門將閉，自己人也不過是十幾個人看見。岑高聞言，傳令下去：不知道的人，無論對自己人對外人，俱不准提起來客隻字。然後將來客引進，延往後寨居樓款待。三兇見面，比前更是投緣。

一談經過，才知韓登回省交了差，便向官府中詳細打探，近年各項犯罪中，有無顏覿名字，俱都回報沒有。初聞此言，心氣冷了一半。偏巧他劫來藥草甚符所期，得了官府一份厚賞。那兩同伴的家屬見三人同去，只他一人獨歸，兩人卻無下落。問他，說是因意氣不投，行至途中，便即分手。他們走的是熟地方，不像自己肯冒險，想決無差錯，過些日，自會得了彩頭回來。那兩家聞言，俱都疑信參半。隔不久，便在縣衙門告了一狀。仗著他手眼通天，工於彌縫，事全無佐證。同時那些向他購藥的當道，得藥後用飛馬傳驛入京，獻與奸黨，如法服下，大見奇效。除重加獎賞，各有封贈外，又來信索取，自然仍須借重於他。於是，示意縣官把他放出，還將兩家苦主責罰了一番。

他因顏覷的事查不出端倪，也懶得再往青狼寨去，二次帶了人逕去採藥。也是合該有事。不但一入山便將藥採到，而且回省復命時，那當道官兒忽然傳話說，京裡王爺派下來一位催取藥草的差官，因聽人說苗人採藥頗多異聞，最是艱險不過，要傳他入衙問話。

韓登何等奸狡，為了表功，重提起上次採藥所受奇險經過，又格外加了許多油鹽，繪影繪聲，又將肩腹等傷痕現出為證。那差官原是奸黨手下得用的太監，平日奸謀俱所預聞，一聽到深山苗疆中有一姓顏的醫生，觸動前事：當初顏浩頗有醫名，自被諂害後，他子顏師真攜妻逃亡，行檄天下，窮搜未獲，已逾三年之久，自今尚存懸案，猜是對頭兒子改名潛隱。

那大官因他一提，也想起前事。因恐自己鬧下失察之咎，便說事尚難定，探山險阻，苗人凶悍，官兵少了不濟事，多了還未入山，他已得信遠揚，難再搜拿。韓登既和酋長結有好感，正好不動聲色，命他二次前去，極力與姓顏的結納，探出實情。如若不虛，再以利誘，將酋長說動，擒獻上來，方為穩妥，差官點頭稱善，連說「好計」不迭。

韓登想不到有此巧遇，既可建功取媚權奸，以得重賞，又可聯絡岑氏夫妻，於中取利，日後更有大用，聞命下來，高興已極。因當道官兒又背了差官再三叮囑：「昨日話雖如此說，可是此番前去，不問姓顏的是否原案人犯，俱要設計擒到。」再加與岑高相約之期早過，須要速去。韓登於是當日便告辭起身。官府除優給盤川外，還派了四名精通武藝的教師，數十名幹捕，隨去相助，俱都裝作大幫入山採藥的商人模樣。由省城去青狼寨，如抄近路，恰須打從菜花墟邊界上亂山叢中經過。韓登前兩次因那一帶山中野獸太多，俱繞著路走，不敢通行。這次仗著有武師能手同行，為了求快，忽然決定抄近。

這一日行到離墟二十里的楊柳山，日已偏西。全程只那一帶最險，又是野獸蟲蛇出沒之所，便將行帳支起，飲食安息，準備明日午前再趕過山去。夏日天長，有兩個年輕幹捕，因在路上聞得人言楊柳山出產黃兔，烤來吃肉，作松子香，甚是肥美，自恃武勇，背眾商量，相距獸區還遠，樂得在附近打上幾隻就酒。

誰知走出行帳不足半里，便見一條未盡的乾溪，白沙如雪，底甚寬平。僅有當中凹處略有幾條尺許數寸寬窄的流泉，激石飛駛，水聲淙淙，既清且淺，正有七八隻大小黃兔在那裡跳逐飲水為歡。二捕心中大喜，忙跑下去捉時，那黃兔最機警不過，一見人影，便自四散逃避。二捕俱在高興頭上，哪裡肯捨，自然緊緊追趕。可恨那些黃兔聞聲即逃，逃不幾步便又停歇。似這樣追來追去，不覺追出四五里路，好容易打中了兩隻，餘兔已逃得精光。

二捕嫌太少，不夠大家一頓，還要再往前搜捉時，忽聽轟轟之聲，山搖地動。回頭一看，來路上流頭一片白光，疾如奔馬捲來。知是山洪暴發，歸路一面正在懸崖之下，無法攀緣。只對岸略低，剛一爬上，洪濤駭浪已如萬馬奔馳，從眼底一閃而過，當前潮頭，其高何止十丈。身上衣服全被飛濺濕，溪中的水立時漲平。水深溪闊，無法飛越，忙沿溪回跑。未及半里之遙，歸路忽為絕壁所斷，意欲繞將過去，不料越前行，離溪越遠。匆速之下，不覺走迷了道，竄入亂山之中，連那條大溪都找尋不到影子。

不一會，腥風大作，獸嘯四起，聲勢甚是驚人。惶駭卻顧之間，忽從前面山坡上飛也似跑下三隻花斑人豹，平空十餘丈直撲過來。二捕見那豹又長又大，來勢凶猛，哪敢迎拒，一個驚慌失措，想往旁竄避。三豹已當頭撲到，相距不過數尺。危機瞬息，哪裡還躲得及，不由同喊一聲：「死啦！」各將手中苗刀往頭上一舉。二捕身子正待往下矮去，猛覺眼前一圈黑影一閃，腰間倏地一緊，身子好似被什麼東西套住，往旁一扯，再也立腳不住，順著那扯的勢子，頭重腳輕，撞了出去。就在這呼吸之間，只聽耳畔風聲，身早離地凌空而起。百忙中眼看下面，三隻花斑大豹分成品字形，剛向身畔擦過，往下撲落。稍為延遲須臾，必死於爪牙無疑。魄悸魂驚，未容思索，忽又聽兩三聲慘嘯，震得四山都起了回音。同時咻咻連聲，似有好幾件暗器由上往下飛落。

二捕強著膽子，一手攀定腰間懸索，偏頭往下一看，見上升之處乃是一座懸崖，崖口站著幾個苗民，各用矛箭向下投擲。身體已被索圈套住，仍是上升不已，不消片刻，拉上崖頂。見苗人共有十七八個，都是一色整潔靈便的短裝。為首一人，是個二十餘歲的清秀少年。大半腰掛弓矢，背插梭鏢，手持長矛。有的空手持弓，站在崖口拍手歡笑。

見將二捕拉了上來，忙將套索取下，由一人引過去，與那為首少年相見。二捕忙謝了少年相救之德，匆匆彼此通了姓名。因苗人正忙著打豹，未便多說，便在旁立候。驚魂乍定，聽崖下群豹悲嗥怒嘯騰撲之聲，兀自未歇。崖口苗人梭鏢箭矛，仍紛紛往下投射。

暗忖：「久聞菜花墟各寨苗人手法極準，標矛弩箭多半上有見血封喉藥。這崖又不算很高，怎麼憑高下擲，還制不了三隻豹子的死命？」好生不解。

二捕正疑想間，忽一苗人向少年行禮回話。少年說：「還剩多少了？總要除盡絕了，後日才好動工，丟的矛箭，等都殺完，再下去取吧。好在出來時各人都帶得多，沒有用完。何必在這時候忙著下去，白費氣力則甚？那苗人諾諾連聲而退。二捕聞言，才知下面豹子還不知多少。不禁驚問：「寨主今日是安心出來打獵的麼？」

少年道：「你猜對了。這裡是菜花墟最險惡的兩處地方，下面山溝子叫斷魂溝，慣出野獸。尤其豹子最多，從來無人敢走。因爹要在此辦一樁事，新向孟寨主買過來才幾個月。想了好些法子，命我隔三五天來此打豹，單豹皮我得了千多張。後日便是興工吉日，今天必須除完，所以帶得人多些。分好幾處將豹群趕到溝子裡，打算一下子殺盡，今天幸是漢客早來了一步，被我看見，知下去救已來不及了，忙叫他們用套索拉了上來。再晚一步，事情就難說了。如今豹子已死得差不多了，他們還在動手，分上下三面夾攻，一隻也走不脫。漢客要看，還看得見。這裡豹子因從無人敢惹，越生越多，比哪裡的都凶。如不是我爹想的法子，回回都佔著頂好的地形，我們的人恐怕也不免於受傷呢。」

二捕走至崖邊，往下一看，那谷徑似個大半截葫蘆形。來路那段最寬，蔓草叢生，樹木疏列，已被苗人放火隔斷。由此過了里許長一條寬路，越往前越窄，出口處已用大石堵死。兩連崖壁一高一低，俱都伏有苗人，據崖下射。那豹群大大小小，果然有百多隻，被苗人用毒矛毒箭殺死十之八九，零零落落，橫屍於林蔓坡陀之間。初見三豹縱落的土坡，原是崖壁間一個缺口。口外也有不少苗人，各持丈七八尺長的三鋒長矛與極鋒利的鋼鉤，密集如林，向著谷裡，防豹衝出。想是早就埋伏在外面，等將豹群全數誘進，才行現身。因是三面夾攻，防堵周密，手頭又準，所以一個也跑不出去。

剩下的俱是些大豹，個個吼跳如狂，凶猛非常。無奈成了網中之魚，有力也無處使。初看時還有二十來隻，不消片刻，又倒了一大半。只剩下六、七隻，和瘋了一般，竄前撲後，嘯聲動地。有兩隻最大，似欲拚死，猛然狂吼一聲，四足騰空七八丈，逕往缺口外苗人頭上撲去。眼看臨頭不遠，口外眾苗人全不閃避。內中有七八人，各將左手端起長矛，右手握了矛柄，往後一抽。猛的一聲吶喊，雙手用力，斜著向上朝來的豹扎去。

這時剛好那豹撲到，兩下裡迎個正著，七八根長矛，輕輕巧巧，正分扎在兩豹胸腹之間，攢著挑了起來。那些執鋼鉤的苗人，更是手疾眼快，一見刺中兩豹，立時便分出四人，伸鉤上去鉤住，往裡一帶一甩，那八個矛手借勢一扯，便將長矛拔出。手一順，又朝向外面。同時一聲慘嗥，七八股鮮血飛射處，兩隻比鹿還大的花斑大豹，俱被甩落後方去了，動作敏捷已極。再看場中，又有五豹被殺，僅剩一豹，在落日暗影中悲嗥亂竄。跑出沒多遠，崖上一矛飛下，立即了賬。

跟著缺口外三十多個苗人紛紛跳入谷中，往來路火場奔去，鉤矛齊施，火後也縱起四人相助一齊動手，將火路鉤斷，殘火約束在一起，任其自熄。然後往前開路，將口上石塊移開。二捕見火後還堆有不少柴薪，才知那火也有人掌管。放火之處，兩邊石崖絕高，至多將那一片蔓草雜木燒光，不至蔓延成為野燒，設想佈置，真個周密異常。方在嘆服，忽聽身後少年首長發話，命手下苗民將大小豹配勻，兩人合抬三四隻，分班抬回寨去，交與未出行獵的人去開剝。

二捕見那酋長甚和易，便懇求派人引路送回。酋長問二捕：「水性可好？」二捕答言：「不會。」酋長笑道：「這麼說，今晚就難走了。」二捕問故。酋長說：「並非我不肯派人相送，實因這裡兩個險地，除了斷魂溝水，便是兩位漢客來路，名叫可渡溪。

「每當天明日出，水便流乾。一到午後申酉二時中間，就洪水大發，最深的地方足有二三十丈，淺的也有七八丈。兩邊懸崖峭壁斷斷續續，只中間三五里，水未發時有幾處淺石岸，人能上下。一發水也都漸漸淹沒，而且水猛流急，非絕佳水性，還得知道一定上下地方，才勉強可以渡過。要不的話，被水沖到盡頭水口那裡，地勢忽低，下面是一座大懸崖，水流到此，化為飛瀑，直落千丈，人下去怎有命在？名為可渡，實實艱難，除非等它水乾，別無法想。漢客來時，必是當水初發，恰巧遇到上岸的好通路，才得到此。

「此時要回去，怎能辦到？如是繞路，要走過一條不見星月的暗道，就不怕蛇蟲野獸，也須繞行二百多里難走路徑，不走到天明也回不去。照著今天情形，我替二位漢客打算，只有下岸，隨我們迴轉金牛寨，見了我爹，住上一夜，明日一早，溪水漸乾，再派人護送過去，才是穩妥。」

二捕一聽無法，只得道了謝，隨定酋長迴轉金牛寨。

那少年酋長便是老苗之子藍石郎，人雖文弱，機警處正不亞於乃父。所說兩處險地，雖是實話，實則仍有渡溪之法。只因以前慣和漢客交易，看出二捕並非尋常客商神氣，先疑是官軍，想對菜花墟一帶寨子生事，扮了行客，來此窺探。後聽所說的去路又是青狼寨，不禁心動，特地設詞引入寨內，探他口氣來歷。二捕人還沒到，石郎已早派人趕回去與老苗送信去了。

老苗接報，暗忖：「青狼寨並無甚上等藥材與珍貴出產，未逃來以前，往往二三年不見一個漢客，怎會有人結幫結隊前往？必有原故。」

第四章　元兇授首

話說老苗忙傳令，準備好酒、食物款待來客，自己逕往離新砦三里的山口外寨之中相候。一會，石郎引了二捕到來，主賓相見，二捕重又謝了相救食宿之恩，老苗父子悉知漢俗，極口謙謝之外，款待甚是優厚。

二捕本來心中感激，老苗再乘他們酒酣時拿話一套，二捕俱在年輕，心直口快，以為山中苗人無關緊要，漸漸把此行機密吐露出來。

老苗一聽，果是官軍改扮，並非前往掃滅青狼寨，竟是岑氏夫妻勾引外寇陷害恩人全家，不由中驚忿交集。當時也沒說什麼話，安置二捕睡後，父子二人籌思密計了一夜。

第二日天還未明，小苗人受了乃父機密，將二捕喚醒，先每人送了五十兩黃金和一些珍貴物品。然後說那姓顏的是自己一家大恩人，平時為人行事最是仁厚光明，此次定係岑氏夫妻恩將仇報，勾結外賊，向官府告密陷害。如蒙相助脫難，指引他夫妻來此暫避，還當不吝重酬相謝。並說：「顏氏一家都有虎神保佑，人不能近，那全寨苗人俱畏虎神，縱有官兵相助，也必不敢明去捉他。二位也無須怎樣出力，只要在事前暗中與他報一警信，或是遇上之時背人點醒，指明路途，叫他騎了虎神直奔金牛寨。我等二位一走，便選出千名精壯，分赴青狼寨三處要口接應，無論如何，也不能讓他全家受了惡賊的暗算。」

二捕昨日親身歷險，以為這裡苗人尚且如此武勇，其酋可知。再一聽張口就派遣千人，拿自己這面的人一比，相差實在懸殊，即使此去得了手，中途也必被他劫去，反倒不美。自己既受了救命之恩，又承他如此優禮厚贈，也須有份人心，此去不過隨聲附和，因人成事。上賞還隔著好幾層，決沒他送得多。不如結個人情，日後說不定還有大用。

一轉念，滿口答應。先還謙謝，不肯收那黃金，禁不住石郎再三相強，沒奈何地收了。石郎再三叮囑，事要機密，不可洩漏。又將顏家所住方向位置及父子夫妻三人的相貌說了。二捕一一記在心裡，方行謝別。由石郎帶了四名苗人親自護送，繞到昨日溪邊，那大洪水已差不多退盡，只剩下幾泓淺流，畦步可越，看著二捕過了溪，方才迴轉。

話說二捕回到行帳，因昨日他二人久出不歸，尋到溪邊，見急流阻路，不能飛渡，以為不會過去，在附近找尋了半夜，終無下落，俱猜是葬身蛇獸腹內，正準備今早起身沿途尋去。二捕假說過溪水漲，幸遇一打山柴的苗人，得知水退須在明日，自己不能和他一般泅水而歸，只得尋一石洞安身，候至天明水退方回。並沒提起老苗父子隻字。石郎所贈諸物雖然珍貴，俱都不是大件，二捕回時早已藏好，誰也沒有看出破綻。韓登一行萬沒想到一夜之間，起了內叛，以致遭報慘死。

那些官兵派來擒捉顏覥的人們，都經三熊安置在寨外岑高新建的一座瞭望樓內居住。倚山而建，居高臨下，地勢僻險，漓寨原只三數里之遙。當岑高夫妻與韓登密計之時，二捕也一心想給顏覥送去密信，無奈山中情形不熟，又恐被同行諸人看破，不敢造次。正想不出善策，恰值那四名教師中有一個名叫陸翰章的走來。

這人原是撫衙鏢師，本領不高，性情卻是古怪乖張。自恃本官信賴，恃強逞能，目空一切。這次因為人地不熟，事由韓登做主，心中本已不快。再加上韓登也是貪功自大的小人，以為官府授了應付機宜的全權，同行諸人俱應聽從指揮。除向捕役們擅作威福，隱然以統帥自命，進止惟心，做張做智外，對那四個官派的武師，也不過是假意客套，不論大小事兒，都非強自做主不可。每經一處，事前必要粉飾鋪陳，說得前途道路如何艱險，苗人又是如何凶悍，應如何如何才能平安渡過。

起初眾人還不覺得，走了幾天過去，一行人沒一個不厭惡他到了極點。其中尤以陸翰章為最，兩人已拌過幾次口舌。只因奉命差遣，韓登老獪，心中記恨，口裡卻善收風。雖沒有鬧起來，可是兩人相處日久，嫌怨漸深。

此時他也是因為韓登遇見三熊越發裝模作樣，把眾人引往安置，甚話未說，趾高氣揚地同了三熊一去不歸，心中氣忿，下來閑蹓。見二捕在此坐談，便走將過來答話。三人拿韓登亂罵了一陣，眼看黃昏月上，還未回轉。忽見三熊同了幾個苗人，攜帶著許多酒食來，說是寨主所贈的犒勞。並說：「韓差官今晚要住在寨內，與男女二位寨主共商擒捉要犯機密，不回來了。吩咐帶話給眾人，早些安睡，養好精神，等明早虎神走開，再行傳令入寨下手。」

眾人一聽來人傳話神態，分明他把一行人都當做了他的屬下，個個氣憤，當時不便發作，勉強把酒收下。

二捕見來人俱通漢語，早乘機探問了一些寨中的形勢和顏家住處。並知天一黑，寨門便閉，須要明早才行開放，除幾處遠近要口，瞭望樓上輪值的防守人外，全數苗人均須歸寨安歇。只顏家住在寨前谷口，內外隔絕。一一記下，好生心喜。

二捕見三熊等方走，陸翰章便提起韓登名字大罵起來，忽生一計。悄悄和他使了個眼色，將他引向一旁說道：「陸武師何須生此大氣？休說諸位武師名震江湖，便是我們吃多年的公門飯，什麼大案子沒辦過？個把犯人，餘者還是婦人小孩，又還有那麼多苗民之子做內應，就算他養著一隻老虎，有什麼了不得？卻這般裝腔作態，又不要我們進去。分明勾結苗民之子，故意把事說得凶些，明早動手出力還是我們，回去卻由他一人去冒功。真是又可惡，又氣人！今晚我兩人意欲偷偷混進寨去，見機行事，如可下手，便乘黑夜偷偷把主犯擒住盜了出來，連夜分入押送出山，明早再和他算帳。我兩人實是氣他不過，回去功勞情願奉讓。只是少時走後，有人問起，須要隱瞞一些。你看如何？」

陸翰章素來嘴硬骨頭軟，最愛找便宜，真遇上事，卻又畏難。知道苗民之子凶悍，不好惹。和韓登又不對勁，雖承客禮相待，此去事若成了固是妙不可言，萬一犯了苗民之子禁忌，韓登再藉機報仇，吃了大虧，回去還要受本官的處分，太不上算。一聽他二人自告奮勇，並不要他同行，只須代為遮掩，心想：「有功可圖，還可洩忿，成敗都於己無傷。哪裡去找這般好事？」當下極口應承。

先由二捕藉詞屋小人多，天氣大熱，要攜行囊到樓下，另擇適當的山石展鋪安歇。陸翰章也從旁邊附和。眾人不知他三人有了算計，因地方不熟，幾個防守的苗人都在高樓上居住，恐受蟲獸之害，俱未隨往。三人又攜了酒食，同到樓下，假意高聲談笑勸飲。

到了夜深，算計樓上諸人業已安睡，有幾個防守的苗人，目光也都注在外山口一面，二捕才攜了防身器械，悄悄沿崖貼壁避開苗人眼目，照日裡探得的路逕往青狼寨走去。過了瞭望樓前半里多長一段險路，便是入寨大道，因苗人終年修治，石路雖陡，倒也寬潔。

松杉夾道，蔓草不生，加以月光普照，甚是好走。二捕本來矯捷，腳底一加勁，三四里程途，不消片刻便到了青狼寨廣崖之下。沿途除宿鳥驚飛，蟲鳴草際外，連野獸也未遇見一個。

二捕伏身側耳往上一聽，並沒什麼聲息，略一定神，便順崖坡疾行而上。到頂一看，那崖地方絕大，左邊矗立著一座大寨，偏右相隔百步之遙是一條夾谷，谷口崖腰上滿生竹樹，濃蔭叢密，風動影移中，時有一點燈光明滅隱現，四外靜蕩蕩地不見一人。料那燈光必是顏家所居的竹樓，且幸寨門緊閉，未被苗人發覺，忙往谷口跑去。行近數十步，地略一轉，月光照處，已看出危樓一角，心中大喜。

二捕剛待跑過，忽聽腦後風生，似覺有異。猛回頭一看，身後一條白影已從頭上疾飛越過，晃眼工夫，便投入前面崖腰竹樹叢中去了。疾同箭射，全未看清那東西的面目，也不知是鳥獸是怪物。不由嚇了一大跳，急忙緊握手中兵械，覓地藏起。

因那東西去處彼此同一方向，一捕膽子較小，來時初意本就不定，一見有了怪物，便想退回。另一捕名叫趙興，力說：「受了人家救命之恩，怎連一個口信也不帶到？況且我們行後，老少酋長已派了上千苗民之子，分路在各要口攔截，歸途相遇，何言答對？豈不凶多吉少？韓登為人又那等可惡，成了也不見得有我們的份。樂得救個忠良子孫，結交有用朋友，還消了連日悶氣。已然走到，只差一點路，哪有回去的道理？適才見那影子，必是這裡的大鳥被我們驚起。要是鬼怪，不早把我們害了麼？」說罷，又等了一會，不再見有甚響動，二捕又戒備前進。

二捕走出去還沒二十步，忽聽前面竹樓中有腳步聲音微微響了幾下。剛在揣測，便見兩片白光帶著兩條人影，一先一後，從竹樓中飛身躍下。

二捕身在險地，又受了適才一個虛驚，心神本不安定，再加來時藍石郎只說顏覞是個神醫，並沒提起他夫妻會武，一見白光人影，一疑怪物去而復轉，一疑顏覞被擒，來的是本山苗民之子，心中害怕，不約而同拔步往後便縱。原想避開來勢，看清來的是人是怪，再定行止。誰知剛一縱起，身子還未落地，猛覺眼前一花，一條白影一閃，二捕各被一條毛手似鐵箍一般束緊，手中刀械也被壓住，一些轉動不得。剛喊了一聲：「哎呀！」人已被那毛手夾著，凌空而起，往谷口內如飛縱去，只瞬息間，已到谷底，身子一鬆，忽然落地。

二捕回身一看，面前站定一個白猿，身量不過半人高下，遍體生著雪白猿毛，油光水滑，映月生輝，火眼金瞳，光射尺許，兩條臂膀卻有七八尺長，看去似可伸縮。二捕見牠身量不大，兵器又在手內未失，膽子略壯，意欲死裡逃生，互相一使眼色，冷不防舉刀便劈。

那白猿好似並未在意，眼看刀到，只聽叭的兩聲，刀砍在白猿臂上，竟是不損分毫，那白猿反齜著一嘴白牙向二捕直笑。

二捕知道厲害，不敢再砍，立時抽身，回頭便跑。逃出十餘丈遠，不見後面追趕，百忙中回頭一看，月光之下，那白猿仍在原處，揮舞兩條長臂，一縱七八丈，正朝他們兩個怪笑呢。二捕不解何意，腳底哪敢遲疑。方在亡命急奔，猛見前面危崖阻路。定睛一看，原來那谷竟是死的，已到盡頭，無路可通。

以為白猿明知就裡，存心甕中捉鱉，暫時不來追趕，那崖又高，陡削不毛，無可攀附，少停仍然難逃毒手。這一驚真是非同小可。正在驚心駭汗，四下尋覓逃生之處，忽聽腳步之聲。再回頭一看，前面一男一女各執苗刀，如飛跑來。那白猿卻緩步而行，跟在二人身後。

二捕看出來人俱是漢裝，才想起：「這裡除顏家外，並無漢人。來人頗似適才縱落的兩條人影，白猿怎不傷他？莫非便是顏覥夫妻不成？」

想到這裡，反正無可逃避，趙興首先大著膽子迎上前去，高聲問道：「來的可是顏公子麼？小人趙興，受了金牛寨少寨主藍石郎所托，冒險入山來報機密，為何這等追逼？」言還未了，來人已四手齊搖，連令噤聲。

雙方相見，一問來人，果是顏覥夫妻。因今日黃昏閉寨門時，豬兒到顏家玩耍，不知怎地把虎兒逗急，當胸一把，抓裂了三條血口。顏覥知道岑高夫妻珍愛乃子如命，大吃一驚，連忙給他上藥安慰，又將虎兒打了幾下。

雖幸虎兒年紀太幼，豬兒頗為愛他，當時一哄，止痛止哭，口說回寨決不告知父母。那隨行乳母又受過自己好處，也許不敢回去告訴。無奈傷痕宛在，任是神醫靈藥也不能立即復原，況在熱天，無法遮掩，難保不被發覺，心中終是有些懼禍。

偏巧當日神虎已然歸去，無可為恃。閉寨後，恰值白猿前來獻果，顏覥便和白猿說了前事，求牠去請神虎，以防不測，白猿點頭自去。如照往常，至多不過個把時辰，猿、虎必一同趕至，誰知候到深夜未至。

顏覥近日因官府查得不緊，日久疏忽，破綻逐漸顯露，岑氏夫妻相待不如從前，處處都顯示著疑忌之狀，哪經得起又闖了禍。又知岑氏夫妻狠毒奸詐，反臉就不認人。寨中雖結納有不少苗人，事急之時怯於岑氏積威，未必就敢倒戈相助。如乘猿、虎未來以前發動，自己老小三口獨立無援，怎放得下心去？夫妻二人懷抱幼子，將苗刀放在手旁，望定寨門，哪敢合眼，越想越怕。

二人正商量當地已難再留，莫如乘他未公然仇視以前離去虎穴，另謀善地，忽見寨旁出口路上有兩個短衣人各持著明晃晃的苗刀向谷口走來。

方在驚疑，猛的又是一條白影從竹葉叢中穿人，落在露台之上，定睛一看，正是白猿。知牠生相雖沒神虎威猛，可是長臂多力，一縱十來丈，矯捷處更勝於虎，苗人未必是牠對手，而且此來或者已將神虎尋到，不禁寬心大放。剛要招手喚入樓窗，見那猿朝著樓外連指。

二人跟縱出樓一看，適才所見兩持刀人已走離樓前不遠。心想：「這裡更無漢人，看來人不叩寨門直奔這裡，好似專為自己而來。莫非岑高因畏虎神不敢下手，勾引外人來此傷害不成？否則月夜荒山，人又不多，怎敢深入山寨？」

正尋思間，白猿忽將長臂比了幾下。顏覥明白牠是要自己放下睡熟的虎兒，夫妻二人持刀下樓，悄悄擒捉來人，益知所料不錯，忙即依言行事。剛剛躍下，白猿已從頭上飛過，跟著來人往死谷中飛去。跟縱追到一看，來人已逃向谷底，被危崖擋住，倉皇亂竄，欲逃無路，以為定是岑氏所遣外賊無疑。及至追臨切近，來人忽然發話。顏覥夫妻聽是老苗父子所遣，因受猿驚誤會，當下一塊石頭方落地。

經二捕一說經過，二人不禁大吃一驚，知道事在緊急，當時拿不定主意，忙把白猿找過一問。白猿又比手勢，知令逃走。岑高夫妻已引來外賊韓登，明早便要發動，哪敢稍延晷刻。匆匆謝了二捕，慌不迭地跑回竹樓，收拾好了細軟、藥箱及平日所得酬金。

由白猿隨定護送，趁著夜靜無人，寨門未開，下樓逃走。二捕報完了信，業已逃回，便也不去管他。逕由寨側小路，避開瞭望樓，取道金牛寨而去。

他全家老小一走不要緊，第二天岑高夫婦黎明起身，連寨門還未開，便命隨侍苗人去請韓登。照昨晚計議，原是等午後神虎回山之時，假裝請宴，將顏氏一家三口誘進寨來，用酒灌醉，綁好，堵了口，裝入蔴袋，當貨物一般連夜送出山去。

因那虎日間一來，雖然也有連來幾天之時，但是交午即去。除顏覥父子要騎牠出去遊玩外，當日決不再至，十有八九要第二天才到。有這一天時間，足可抄小道趕出山境。人走後，便在顏覥樓前掘下一個大陷阱，裡面安上硫磺焰硝和引火之物，四面上下埋伏。第二早那虎到來，必照慣例，去至樓下吼嘯，一旦入阱，便發火將牠燒死，永除後患。

一會，韓登到來，正要派人出去與同來武師、捕役們送信，叫他們去至前站，準備接人。這裡一切都由韓登與岑氏夫妻率人下手，好獨膺上賞。

按說發動還早，偏巧帶豬兒的山婆子，昨晚見豬兒被顏子抓傷，當晚回寨時想起顏家平日的好處，又加岑氏夫妻正與來客歡會，沒有前去告訴。後見豬兒傷痕頗深，雖然藥有靈效，沒聽喊痛，不過事非小可，這夜裡如不平復如初，遲早要被寨主夫婦看見，這一頓苦打如何能受得住？本就越想越怕，拿不出主意。第二早剛起身，便被豬兒的妹子和一個引帶的山婆子看見。

自被上次虎嚇以後，豬兒兄妹早就分別有人照看，兩人本是不和，情知不能再為隱瞞，為了卸責，只得先去告訴。岑氏夫妻最愛乃子，一見傷痕甚深，不由怒發如雷，仇恨更大。又擔心顏覷被擒走了，無人醫傷，意欲先將他所有的藥方、用法騙到手裡。忙請韓登迴避，命人去喚顏覷來問。

一會，去的人歸報，在谷口竹樓下連喚數聲，並無回音，許是全家騎虎出遊。岑高大罵為何不上去呼喚。正喝命再去，藍馬婆忽然心中一動，止住道：「這廝昨日傷了我兒，今日便喊不應聲，莫非出了變故，懼禍逃走？還不領人前去看來！」一句話把岑高提醒，忙率眾苗人出寨，往樓下跑去。

其實，虎兒如昨日不傷蠢子，照著平日光景，眾苗人俱畏神虎，不等午後虎去，輕易也無人敢在谷口一帶走動，豈不正好從容逃出山去，哪有許多周折。也是合該韓登等遭劫，無巧不巧，偏在隔夜鬧了這場亂子，將岑高激怒，以致死傷多人，鬧出許多事故。

這且不提。

岑高到了樓下，也連喚數聲，不見答應。命人上樓一看，房中空空，並無一人。因在夏日，顏覷走得雖忙，所攜只包裹、藥箱，房中什物並未移動，乍看好似全家出遊，不似逃走神氣。後經岑高自己上樓查看，也未想到那只藥箱，拿不定是否逃走。知神虎將至，心想：「萬一真個逃走，那虎來了，不見那父子在樓，難免不出亂子。」正待率眾暫且回寨，藍馬婆也同了韓登趕到。一聽這般情景，想起那只藥箱，又命人上樓重去查看。歸報無有，才斷定是全家逃走無疑。這樣往返查看商議，不覺又延了半個時辰。

韓登見要犯逃走，心想：「不該昨晚貪功，沒讓同行諸人入寨。自己又與他們不和，回去豈不疑是賣放？」

好生焦急，立時便要岑氏夫妻派人四出追趕。偏生岑氏夫妻吃過那虎苦頭，本來想設計暗算，並不敢明裡下手。及見顏覥舉家逃走，暗忖：「昨晚韓登來後不久，便閉了寨門，又在密室計議，幾個心腹俱在面前，不曾離開，只三熊偷偷出寨送了一次酒食，無論如何，決不致有人走漏消息。他是怎生得知，走得這般快法？如說為了他子抓傷豬兒畏禍逃走，一個乳臭小兒知道什麼，大人怎好公然計較？再者自己表面上對他禮遇未衰，他又有那黑虎作護身，決不疑心有人敢與他為難。莫非真個神異，未卜先知，事未發動，便由那虎保了逃走不成？」一會又想起早年吃虧之事，不覺首鼠兩端，悔懼起來，恐黑虎尋來撞上，只說回寨再議。

回寨又待了半個多時辰，韓登看出岑高心意不定，只得半騙半嚇他說：「此事已驚動省城大官，死活總要擒到方可，否則必疑寨主與他暗通消息。國家要犯不比尋常，萬一派遣大軍前來剿寨問罪，如何是好，我們雖帶得有人，無奈地理不熟，寨主如肯相助將要犯擒回，官家必有重酬。寨主不可自誤。」

岑氏夫妻聞言，果然又動了心；三熊更在旁慫勇。當下岑高便派三熊為首，帶了三百名精壯苗人，相助韓登一行往各山口追拿顏觀。又暗中傳令與附近山口瞭望的苗人，如見黑虎，急速吹起蘆笙報警。

眾武師、捕役早經韓登派人送信趕來，一聽犯人隔夜逃走，俱稱心意。其中只有向顏家告密的二捕明白，連與二捕同謀的陸翰章，都被二捕用謊語瞞過，轉疑韓登做了手腳，當著眾苗人不便明說，只朝著韓登冷笑。韓登自知理屈，也無法辯白。

眾人起身時，岑高忽想起顏覗本意在此久居，除了往金牛寨去投老苗父子外別無逃處，便和韓登背人一說。韓登貪功之心仍然未死，一聽犯人有了地頭，好生歡喜。又知黑虎來路正是山北一帶，恰與相反，欲令同來諸人撲空，再遇上虎更妙。便特地把兵力分成兩路，眾武師、捕役帶一百苗人往山北追趕，自己同了三熊帶二百苗人往山東南去金牛寨的路上搜尋。

人已派定，陸翰章卻說：「這次犯人已逃走，還由你獨斷，卻不能行。我們來人也須分勻，彼此回去好有個交代。」執意要將同來諸人分些在韓登隊中同去。

又經過一番爭議，末後韓登強不過，只得由他和其他兩名有本領的武師帶了二捕等人隨往，別人仍舊。幾經耽延，約到了辰巳之交才行起身。

韓登還以為既打聽出犯人有了落腳之處，無論金牛寨主與他是什麼交情，只須加上一番勢迫利誘，總能就範，將犯人獻出。至於那虎，不過苗人素來疑神疑鬼，說得厲害罷了，真要遇上，憑自己所煉見血封喉的防身毒弩，一下便可了賬，因此全沒放在心上。

眾人因人逃已久，個個腳底加勁。苗人本來矯健，韓登等久慣山行也自不弱，走到午時已追下老遠。一行人等因烈日當空，天氣炎熱，俱打算找一個陰涼地方喝點山泉，涼快歇息一會再走。韓登雖然不願，因三熊也是那等說法，一不壓眾，只得應允。經行之處原是一個石樑，寸草不生，只側面山澗旁有水有樹，須要斜退著繞行下去，相隔還有二三里路，眾人趕到，便紛紛下澗取水。韓登見那裡地極僻靜，一邊通著一條峽谷。

谷裡林木蓊翳，草莽怒生，高的過丈，低的也有數尺。加上危崖交覆，谷徑又窄，越顯陰森，估量是一個人獸絕跡的死谷。一問三熊，果然以前只在石樑上經行看到，並無一人往谷中去過。

韓登正在說話閑眺，忽聽陸翰章與眾苗人在澗底驚噪之聲。以為發現了蟲蛇之類，忙和三熊趕下。見眾人俱立在澗旁淺灘之上，圍著兩個倒地的苗人，在那裡呼喚；陸翰章手裡拿著一頂小涼帽，與同行武師、捕役觀看，面現驚訝之色。近前一問，才知眾人見澗水發源前面山瀑清甜無毒，正在痛飲，內中兩個苗人忽然看見澗壁上有一朵從未經見的奇花，一面喊大家來看，一面向花走去。

眾人在後，見那兩人走到花前，頭才往下一低，立即暈倒，當是觸犯了花神。連忙搶抬過來，業已人事不知了。退時，陸翰章又在花側不遠拾著一頂小涼帽，越發疑神疑鬼起來。

韓登要過那小涼帽一看，乃是當地細藤所編，有鏤空的花紋，甚是玲瓏精緻，決非出諸苗人山婦之手。只形式甚小，不似大人所戴。那澗一邊是高崖，一邊卻是平坡。澗水水清見底，看去澗中心極深，數尺以外，便漸漸往兩旁高了上去。小涼帽就在澗旁近壁之處拾得，那一帶水痕宛然，猶未全乾，分明遺留不久。

韓登再走過去，見那奇花生在離澗數尺高的崖石縫裡。花只一朵，獨幹挺生，大如車輪，形似放大的芙蓉。又勁又厚的花瓣，長逾徑尺，五顏六色，妖豔無比，卻聞不見一點香味。不敢再走近前，方欲回身相詢，三熊已用特製解瘟去瘴的聞藥，將二人救醒，走了過來，說二人因愛那花好看，聞得一股子古怪的香味，頭腦一悶，人便昏倒。

韓登正聽之間，一眼看到花那一面濕沙中有幾處足印。眾人齊說取水在花這一面，前行沙軟蓄水，俱未去過。韓登猛的心中一動，忙招眾人堵鼻屏氣，越將過去。一看，那腳印還有女的，零零落落，隱現沙中，順斜坡直通上去，到了澗岸以上，走出十來步，方行絕跡，料是被追人夫妻所遺無疑。無心繞道來此歇息，不想竟會巧得線索，觀察行跡，離澗必然不久。尤妙是，除他夫妻外，並無那虎爪痕，可知不曾同行。以為天助成功，不禁狂喜。悄對三熊道：「犯人就在前面，我已看出，並且沒帶著那虎。你可帶著二十名精壯手下，假裝先走一步，隨我跟蹤追上前去。如能拿到要犯，休說省裡宮府有重賞，便是我也有重禮相謝。」三熊為利所動，立時應允。

韓登先想好了言詞，故意向眾聲言自己要先走，問誰同去。眾人在熱地裡跑了一早晨才得歇息，自是不願。陸翰章更是存心作梗，朝大家一使眼色，這一來越發無人理會。

韓登暗自得計，假裝負氣道：「你們要是都不走，我可走了。萬一遇上犯人，休說我佔先搶功。」

陸翰章見三熊也未答言，以為和自己是一樣心意，不願冒暑急行。冷笑道：「昨晚我們要一同進寨，不許不致讓要犯逃走了呢。人家昨夜就得信逃出，今早我們才起身追趕，這半天工夫連個影子都沒追上，犯人不是死了，難道還在前途等我們去捉他？你暫時總是個頭目人，我們什麼事也不明白，功罪都是你的。我們又熱又累，好容易才歇歇腿，要罰我們苦力，也須等上一會。你只管先請，成了功，決沒人與你爭搶，放心吧。」

韓登明知言中有刺，自恃成竹在胸，也不發怒，說聲：「失陪。」便要走去。三熊忽從地上起立道：「那廝手頭著實有兩下，韓客人雙拳難敵四手，莫要真個遇上，又被他夫妻逃去。我現時水已喝夠，待我分幾個娃子與你同去，索性將人做兩撥去。」說罷，便問手下苗人哪個願往。苗人最敬畏頭目，起初三熊不發話，所以沒有答言。及至三熊一問，轟的應了一聲，全立起來。

三熊道：「用不著你們都去，只挑出一二十個，餘下的可隨陸武師他們做一撥，隨後起身抄小道過去，在缽子口會合，先到先等便了。」說罷，假裝挑人，卻用土語發令，命眾苗人沿途故意耽擱，不令追上，以免和韓登爭功。

三熊共挑出二十個強壯苗人，與韓登一同起身追趕。

眾人方想起韓登與三熊交頭接耳，這等行徑頗似商量好了一般，才知又上了他當，好生氣忿。依了陸翰章，當時也隨後追去。

趙興勸道：「陸武師，算了吧。他這裡人地都熟，苗民都幫他。昨晚我二人往竹樓探看，不見一人，還當犯人不在那裡。今日一看，分明早就被他放走，他只是做過場罷了，哪裡還會追？中他獨斷獨行，回省無法交代，自有報應給我們看，這時睬他則甚？」

趙興原知顏氏夫妻逃走已遠，又有老苗父子接應，追上也是麻煩，見韓登搶先，正合心意。免得同行時遇上，不動手不好，動手又恐非老苗父子之敵。陸翰章還不肯聽，等一說起身，三熊所留數十苗人，俱推說天熱口渴，不肯就走，要歇一會。自己人數不多，路又不熟，苗人性野，又不便得罪，同行諸人一勸，只得忿忿而罷。

且說韓登、三熊帶了二十個苗人，往前追趕顏覼，追了十七八里，還沒一絲徵兆。三熊說：「再有五十多里便是本山出口，口外岔道甚多，就不好追了。」韓登聽了，越發心急。正趕路間，眾人忽見前面有一座山峰阻路。韓登知峰前是一片平陽，再往前，山勢漸合，方是出口。心想：「高處可以望下，拚著多跑點路，或者能查出一點蹤跡。」

便請三熊命眾苗人從峰底繞行，自己同了他往峰上走去。那峰孤立亂山之中，本不甚高險，二人一會便到了頂上。往前面岔道上一看，綠草平蕪，雜生花樹。兩邊山勢如長蛇蜿蜒，直向最前面山口聚合。一眼望過去，靜蕩蕩的，全沒一點人獸之跡。

韓登心中正在失望，猛一回頭，看見峰右隱現一條峽谷，彷彿與適才溪澗旁的暗谷通連，隱藏在右側長嶺後面，透迤曲折，隨著山勢往前通去。雖然前頭山勢展開，看它不見，可是那條山嶺較它後面的山脈稍短，未達山口，便即截止，前後兩層，缺口分明，不禁心中一動。暗忖：「那澗不當正路，涼帽和男女足印卻在澗底發現，當時斷定逃人離開不久，這般急追並未追上。適才澗旁谷徑陰森，林莽繁茂，問起苗人，均未去過，一時大意，以為是條死路，沒有入谷觀察。莫非另有捷徑，被他由此穿越不成？」想了想，忙請三熊招呼眾苗人暫緩前進，二人下了峰，逕往側面那條長嶺上跑去。

那嶺原從來路溪澗旁斜行彎轉過來，相隔有三四里路。中間奇石森列，叢莽怒生，甚是難走。再加上嶺雖不高，卻是高離地數十丈，壁立到底，寸草不生，陽光又極酷烈，炙石如火。眾苗人見韓登越眾先行，路上時東時西，亂出主意，白受了許多辛苦跋涉，雖然畏懼三熊兇焰不敢違抗，心中都是老大不願。韓登率眾趕到嶺壁之下，也看出眾苗人面有忿色。因知犯人如不能擒到，回省不好交代，結果必致求榮反辱。再加上同伴們一說壞話，弄巧還有一場大罪享受。事已至此，悔之無及，只得仍以利誘。便當眾聲言，無論犯人擒到與否，同來的自三熊以下，每人例有酬謝。不過遇事得聽自己調度。這一番話，才將眾苗人說動，重振精神，又沿著嶺壁穿越險阻。

眾人前行里許，找到生著藤蔓較易攀援的所在，費了好些手腳，才一一援壁而上。

三熊等苗人還好，韓登平日雖慣在邊山中行走，似這等極難走的險徑危壁，畢竟經歷還少，又在心慌情急之際，等到了嶺脊之上，周身皮肉已被荊棘尖石刺傷了好幾處，累得口乾舌燥，氣喘吁吁，兩太陽穴直冒金星。再看下面夾谷之中林深草長，兩壁藤陰交覆，遮住目光，望不到底。看去又是靜靜的，不似有人走過，依舊一無所獲，好生失望。已然上來，不好意思又說不去。一則急切間打不出主意，二則心中還存萬一之想，略歇了歇，只得忍受痛苦，沿著嶺脊往前趕去，邊走邊往谷中查看。

約有里許之遙，韓登見路側一株絕大的桃樹由石縫中長出，大半株斜向谷中，往外伸出，結桃甚多，又肥又大。三熊已命苗人停步，要去採食。心想：「這倒用得著。」

正要上前採摘，行近樹下，忽見地下桃核零亂，約有二三十個，有的還未啃食淨盡，背陰處的幾個核上餘肉汁水猶潤，分明方食不久，並且看出吃時甚是匆忙，連忙喚住眾苗人。韓登細查樹上折枝，俱是新的痕跡。心想：「如是猿猴之類採食，決不會採得那麼整齊，定是人為無疑。可是這裡素無人蹤，不是逃人經此採食解渴還有哪個？」心中欲望頓起。料定前行未遠，必可追上，催著大家各採了些，且食且追。

他卻沒想到，靠谷一面嶺壁削立，有數十丈高下，凡人怎上得來？再者碗大桃子，差不多十一二兩一個，顏覥只夫妻二人，帶著幼子逃亡之際，略吃一兩枚解渴，採些帶走尚可，怎一口氣吃得下三十來個？

　　韓登因二次逃人又有跡可尋，當下又鼓起精神，往前快跑，不一會，追出了十來里路。嶺勢愈低，漸見谷中現出一條野路，雖然叢草繁茂，人並不是不能通過。不時更發現荊刺叢裡，有兵刀砍斷與攀折的痕跡。益知所料不差，心中大喜，只管毫無顧忌往前追趕。反是三熊昔年吃過老苗父子大虧，走了一陣，看出下面峽谷雖非上次老苗經行之路，可是峽谷後面，高嶺盤亙，形勢險惡，由斜刺裡蜿蜒而來，與谷平行，頗似前回慘敗之地。

　　再加上相隔山口越近，逃人猶無蹤影，出口便是菜花墟。該地乃寨子的世界，事前沒通款送禮，卻過界追人，無異挑釁。不禁起了戒心，起想越不妥，便和韓登說了，要他到了山口，如未追上，須要放謹慎些。

　　韓登笑道：「這是國家欽犯，聞得菜花墟寨主多半是蠻王孟獲的子孫部屬，雖然勇悍，卻極怕漢官，每年向官府還有貢獻，比別的土著要服王化得多。我身旁帶有公文，料他不敢作梗。為防萬一，等到走完這條長嶺還未追著逃犯時，到了山口，先派兩人與他答話，許他酬謝，請他相助我們，還可省事呢，怕他怎的？」

　　三熊聞言也放了心，奮力率眾前追。

　　那嶺路已快到盡頭，地勢忽往左側彎過去，恰將前面里多長一段谷徑掩住。韓登本不時遙望最前面的山口，始終沒見一個人影。從種種情形來看，斷定逃人決未逃出，定是下逃上追，尚未碰面。弄巧已快追上，先後同時出谷，此刻必還在谷盡頭轉彎之處。

貪功心盛，真恨不能插翅飛向前去攔住谷中，迎頭堵截。偏生身上有好些傷痕，又冒著暑熱奔馳多時，又疼又累，漸覺力氣不濟，拚命急跑，只跑不快。韓登見三熊和眾苗人仍是輕輕健健的，因為等他同行，未免也走得慢了些，惟恐犯人逃出山口，到底口外歧路大多，不知苗人是否肋力，終要費事得多。一時情急，忙對三熊道：「你們快向前去，把住下面谷口，不必等我同行，省得誤事。不問人捉到沒有，我到之後，再定行止。」

三熊也巴不得捉住顏覥解恨，聞言，領了手下二十苗人如飛跑去。

韓登在後面見三熊離開自己，果然格外矯捷，步履如飛，不消片刻，已追離嶺頭不遠，方才心喜。這時兩下裡相隔不到半里，韓登眼看前面三熊和二十苗人已跑到了嶺下面，剛把苗人散伏兩旁，倏地從谷口內飛起一個白東西，一縱十餘丈，疾如鷹隼，一晃眼便到了三熊面前。定睛一看，頗似一隻半人多高的白猿。

三熊那麼矯健多力，竟鬥那白猿不過，才一照面，手中苗刀先被打落。緊接著，人也被白猿抓住，縱起老高。韓登方駭異間，只見三熊身在空中略一掙扎舞動，便被白猿順著下落之勢，長臂甩處，摜將下來，倒栽蔥撞落在谷口岩石之上，料已無有活理。下面苗人登時一陣大亂，紛紛散避，各舉弓矛射擲時，白猿跟著飛落，跑入苗人群中，兔起鶻落，縱躍如飛，不到半盞茶的工夫，苗人所用刀矛弓箭，全被奪去，一折便斷，擲落地上。苗人紛紛順著嶺麓，往回路逃竄不迭。

韓登見狀大驚，以為谷中既有怪猿，顏覥一家必難倖免。僥倖自己沒有與眾苗人當先同行，得免於難。正欲返身逃避，忽聽谷口內有人大喝道：「此事與眾苗人無干，仙猿切莫傷害他們，快拿仇人要緊。」

韓登大著膽子往谷口一看，谷中出來一夥短衣苗人，約有二十來個。當先發話的一男一女，手拉著一個小孩，正是顏覘夫妻父子三人。

可笑韓登死到臨頭，還不自省悟。因見來人不多，好生後悔適才不該貪功，用計支開同行諸人，分卻多半力量。否則，有一二百名強壯苗民同來，豈不立時可以成功？心想：「相隔嶺下還有半里，這末一段嶺頭上，到處都有奇石大樹，盡多藏身之所。苗人俱都沿嶺逃跑，敵人必在嶺下搜索，決想不到自己藏身嶺上。何不暫避不走，探查逃人虛實動靜，看準他打從何路逃生，等後面大隊救兵到來，仍可追上。縱然那隻怪猿厲害，適才三熊只是事起倉猝，誤遭毒手，如果先有防備，一陣亂箭，便可將牠射死，也無足大慮。」

他正打著如意算盤，想起存身之處絕險，怎不先藏將起來？剛要隱入左側樹底下去，還未舉步，忽又聽一個極洪亮的小孩聲音大喝道：「爹爹快看，土山上那鬼頭鬼腦的，不是我們的仇人麼？」

韓登一看，正是顏覘帶的那個小孩。經這一喊，敵人已齊聲吶喊，作勢要往嶺上追來，再想藏躲，已是無及。暗罵：「該死的小畜生！」正想撥頭逃生，猛覺脊樑上被甚尖銳東西紮了兩下，很痛。剛一轉身，只覺眼前一花，人影刀光閃處，不知何時身後竟來了十幾個敵人，俱是一色葛布短裝，赤足草鞋，腰懸弓刀，各持手中長矛，指定自己，圍成一個半圓圈。那尺許長，寒光耀眼的矛尖，離身不過數寸，稍為前進一步，怕不刺穿一二十個透明窟窿。同時身後吶喊之聲，也已覺漸漸逼近。

韓登前後受敵，兩面俱是十數丈高的懸崖削壁，怎不嚇得亡魂皆冒。昏惘惶駭中，知道這些苗人無可理喻，解鈴還須繫鈴人，除了哀求顏覥饒命，別無逃生之望。想到這裡，兩眼覷定那些明晃晃的長矛，先一步步緩緩後退。韓登見那些短裝苗人，只端著長矛一步一趨，緊緊逼他往嶺下走去，並不刺來，越猜是受了顏覥囑咐，要想生擒。只要能容自己說話，或者還有一線生機。偏生自己事情做得太過，拿甚說話？好生暗恨岑氏夫妻無知蠢人，不知保守機密，被他逃走，畫虎不成，白害了自己一條性命，太不值得。

眼前除把主謀一切都推在岑氏夫妻身上外，委實無辭可借。

韓登正打不出好的主意，耳聽身後顏覥所率苗人吶喊之聲忽止，只剩對面苗人持矛逼近。求生心切，意欲偷看動靜，不禁把臉一側。頭還沒有扭轉過去，猛覺腦後風聲，後頸皮和右肩胛毛茸茸一陣奇痛，身子已被人抓起，凌空往嶺頭那一面縱去，兩三起落，才行及地。睜眼一看，顏覥夫妻不知何時已回到嶺下，坐在谷內大石之上，身旁站定一個少年首長。那抓自己的，正是那隻白猿，已然放手，睜著一雙金眼，露出滿口雪牙，笑嘻嘻指著自己，引逗顏覥的幼子又跳又笑，意似說話。

韓登身落仇敵之手，心膽皆裂，哪敢細看，身不由己，跪了下去。小孩跳跳蹦蹦，拉著白猿長臂，上前伸出小手，劈臉就是一掌。虎兒生具神力，韓登又在膽落魂驚，精疲力竭之際，這一下，如何能忍受得住，立時滿嘴鮮血直流，牙齒被打落三四個，疼得用手按住左臉，啊啊連聲，說不出話來。白猿見虎兒打人，跳得越歡，口中連連長嘯。

虎兒明白牠的意思，掄圓了巴掌，二次又打上去。頭一下，韓登幾乎不意，吃了苦頭，知道厲害，早防他又來第二下。一見掌到，在仇人勢力之下，又不敢出手抗拒，只得將上半身往側一偏，意欲閃過。誰知虎兒手疾眼快，見一掌打空，立即一拳對準韓登的肩胛打去。緊接著，底下又是一腳。韓登原本半伏半跪在那裡，閃躲不得，兩下全被挨上。

肩胛一拳，虎兒就著餘力打出，還不甚重，下面這一腳，正踢在膝骨之上，硬碰硬，委實著了一下重的，幾乎骨斷筋折，痛徹心髓，連嘴也顧不得再按，啊啊呀呀直喊饒命。

旁立苗人見狀，俱都嘩笑不已。虎兒越發高興，還要再打，多虧顏覠喝止。韓登已萬分支持不住，一歪身，倒在地上，暈死過去。

顏覠正要用藥將他救醒，一眼看見地上許多折斷了的刀矛弓矢，不禁心中一動。忙和藍石郎說，吩咐派上二十名苗人，去將適才逃走的青狼寨所派苗人一一追回，又命白猿隨去相助，只是不可傷害。眾苗人與白猿領命去訖。

三熊手下苗人先見三熊身死，俱各沿嶺逃跑。後聽顏覥發令，只擒首惡韓登，不與別人相於。那些苗人大半俱受過顏覥好處，平日敬畏如神，此次追趕原是岑氏夫妻與三熊所逼，不敢違抗，並非心願。再加長途冒暑疾馳，都有些疲乏，一見不追，韓登早已被擒去，以為無事，樂得歇息，俱各站在遠處觀望。忽見敵人追來，二次想跑，已經無及。白猿上下縱落，疾如鳥飛，無論往何方逃跑，俱被追上。派去的人更說：「顏老爺只要你們回去問話，並不殺害。」那些苗人明知逃跑不了，手中兵刃又全失去，只得乖乖地相隨回去。

眾苗人到了顏覥夫妻面前跪下。顏覥含笑咐咐起立，說道：「我與你們無仇無怨，不必害怕。只是現在有幾句話要你們帶回去，可能應得？」

眾苗人聞言，齊聲歡呼。

顏覥道：「回去可對岑高、藍馬婆說，三熊、韓登二人追我到中途，便帶了你們與大隊人分手。追到此間，被黑王神與神猿搶折了你們的刀矛弓箭，將他二人殺死。還要將藍石郎前來接我之事隱起不提，便不與你們相干。如何？如有洩漏，休怨黑王神降禍。」

眾苗人同聲允諾。顏覥便向石郎要過箭來，命他們折箭為誓，站過一旁。

這時，韓登神志稍清，一聽顏覥那等說法，知道不能容他活命，嚇得戰戰兢兢，忍著疼痛，膝行上前。正在哀聲求告，忽聽遠遠虎嘯之聲。眾人剛是一怔，那白猿又當先跑去。

原來顏覥自從昨晚攜了妻子逃出寨來，因赴金牛寨那條山徑只平日聽寨中苗人說起，並未走過；而且還得避開瞭望樓上苗人耳目，繞著路走。夜靜山荒，跋涉險阻，雖然愛妻習於武事，幼子非比常兒，畢竟也非容易。加以神虎未尋到，只有靈猿隨行，如有少數苗人追趕，自信遠可合力應付，萬一大隊來追，便無辦法，心中好生不安。只管加急前行，恨不能當晚便逃出險地才好。路上幾次問起神虎何往，白猿只把兩條長臂揮動，亂比亂叫，也猜不出是甚用意。

行至中途，天已微明，顏妻、虎兒忽然同呼口渴。顏覥四望近處無水，那取水的溪澗在山岡右側之下，相隔還有許多遠近，己身尚未脫離險境，本不願再作耽延。無奈大人口渴還能忍受，虎兒卻急得亂嚷亂蹦，非喝不可，倏地掙脫顏妻懷抱，往白猿身上縱撲。白猿原本提攜行囊藥箱，便勻出一手接抱，口中連嘯幾聲，往下走去。顏覥忙喝止時，虎兒搖著小手直喊：「爹爹、媽媽快來，白哥哥牠說前頭沒水，就這裡有呢。」

顏覥心想：「白猿甚是通靈，虎兒有時頗明白牠的意思。前行既然無水，現在大家口渴，索性喝些再走。此時寨門已開，如照往日，正該虎來之際。自己不進寨門，輕易無人向竹樓走近，或者未被發覺。倘真發覺追來，也不爭多走一二里路，少時路上加些勁也就夠了。」想了想，便拉了顏妻一同追往。

二人到了澗邊一看，澗水清淺，水流潺潺，澗旁並無蟲獸之跡，看去甚是潔淨。白猿已把虎兒和箱囊放下，順著澗底淺灘往上流頭跑去。顏覥取出竹筒汲了水，試出無毒，遞與妻子先喝，自己也跟著喝了幾口。顏妻奔走半夜，喝完忽思小解。顏覥說：「左旁澗底無人，不妨就在當地解完了好起身。」顏妻不肯，定要擇一僻靜之處，便帶了虎兒往下流頭澗崖下去找地方。

顏覥恐白猿心野，走遠難以尋覓，又不便過於高聲相喚，便往上流追去。跑出沒有四五丈，白猿已採了幾枚山果回轉。顏覥剛立定相待，忽聽虎兒驚呼了一聲，「爹爹！」回身追去一看，愛妻、愛子全都倒臥地上，不省人事，不禁大吃一驚。細一查看，身上無傷，地下又無蛇蟲之跡。方在駭異，白猿也趕了過來。長臂指向崖壁間嘯了兩聲，又朝地下躺的顏妻一指，逕將虎兒抱起，走過一旁。

顏覥抬頭一看，原來離頭不遠，生著一朵絕大的怪花，形如芙蓉，有車輪般大小，獨幹挺生，五彩花瓣又勁又厚，看去甚是妖豔。這才恍然大悟，知是中了花毒。不敢再近，忙把妻子抱起，隨了白猿走至澗邊，將妻子扶臥澗石之上，由藥箱中取出解毒之藥，用澗水調好，撬開牙關，連灌了兩碗，未見甦醒。一按脈象，卻是好好的。

顏覥方在憂急，忽見白猿倏地側耳凝神，彷彿聽見有甚響動，心疑敵人追近，越發驚懼。幸得澗中地勢幽僻，只要不出聲，絕難被人發現。正拉著白猿不令走開，以免上澗招惹，鬧出禍事，忽聽步履奔騰之聲由遠而近。又一想：「妻子尚在昏迷，無法逃避，萬一敵人也來此飲水，豈非坐以待斃？這暫時隱避甚是不妥，還不如將人藏起，悄悄走上岸去，探看一個虛實動靜。如果能躲更好，不能躲，索性給他一個迎頭堵，將來人引向別處動手。那時或勝或敗，妻子總還可以保全。」想到這裡，低聲和白猿說了。此番上去，如果形勢不妙，請牠及早抽身回到澗底，等候妻子醒來，護送往金牛寨去投老苗父子安身。自己萬一得脫羅網，再行趕往相會。說時，白猿只把毛掌連搖，意似說不至於此。

顏覘也不管牠，匆匆和白猿分抱著妻子，往上流頭尋一石穴藏好。待要上澗，聽那步履奔馳之聲已越來越近，只是並非來路，好似另一方向傳來。恐被闖下來相遇，不敢再緩，縱上澗去。剛跑向高處，正待留神查看，忽見斜刺裡暗谷叢莽中鑽出一隊苗人。

顏覘大驚，剛把身往近側樹後一閃，為首一人已是高聲喊道：「顏恩人莫怕，我是石郎，爹爹命我來接你的。」

顏覘聞言一看，果是老苗之子藍石郎，率領著百十個葛衣短裝的強壯苗民如飛趕至，不禁大喜。那白猿在旁也歡喜得直蹦。

二人見面，顏覘先謝了他父子命二捕送信之德。後又說起妻子中毒之事，現在岑高追兵必已發動，施治無及，請石郎急速派人扛著中毒的人上路，等趕出險地方好施治。

石郎答道：「任他追來無妨。我爹爹恐事經官家，不得不加小心。又料定他們既把恩人當做要犯，決不敢中途傷害。這條路和我爹爹從前逃走的那條路平行，是我父子早年打通的，給它起了個名字叫父子谷。裡面彎彎曲曲，有寬有窄。中間石崖隔斷，有一極隱秘的石洞通連。外人都當是條死路，除我父子，從無第三人走過。岑高夫妻近來設了好些座瞭望樓，打從別路深入，容易被他看破。再者我爹已與菜花墟孟寨主說好，各出口均有埋伏，他們無路怎走？插翅也難飛過。為了機密，特地命我帶了二百人由谷中走來。

「算計路程，恩人如若被擒，他們打從正路走，有我爹親身在那裡攔堵，固是無妨；如早得信逃出，我們抄出這谷，恩人也還未必走到。除非騎了神虎逃出，那他們又不敢追了。

「算得好好的，適才在谷中，命兩個快腿腳的人上谷頂探看，才知恩人已來澗中飲水。上面居高臨下，那兩人帶了爹爹做的望筒，看得很遠，說追兵影子還沒有呢，只管放從容些。這裡離谷口極近，又不當路，我們只一進谷，他們就看不出來了；萬一真個追進去，無非送死，我已命人迎上前探看去了。不過恩人醫道和神仙一樣，怎會中點毒便救不轉來？那大花我雖未見過，好像是我爹爹說的煙雲蓮，那是山澗中瘴氣所結。如是那花，現帶有解瘴毒的藥，一聞便好。」

二人邊說邊往前跑，剛到澗下，白猿已當先跑到石穴內，兩條長臂分夾著顏妻與虎兒，迎上前來。石郎一眼看到壁上那朵大怪花，果與乃父昔日所說的煙雲蓮一般無二，忙從身畔取出解瘴毒的藥粉，塞些在病人鼻孔之中。不一會，便打了個噴嚏，各自清醒，顏覥才放了心。一問昏迷經過，乃是顏妻解了手起立，看見壁上生有一朵大花，愛其鮮豔，無心中湊上前去，一聞香，立時覺著頭暈。忙喊：「此花有毒，虎兒快喊你爹來。」

末一句沒說完，人已暈倒。虎兒見娘倒地，著了急，想縱上去將花折斷。不料力大年小，手腳俱沒有準，那花看去鮮豔，卻極堅韌，一下沒撈著花幹，頭正碰在花上，聞著那股子怪味，立覺頭腦發昏，落到地上。未容二次縱起，只喊一聲：「爹爹！」也便暈倒。

顏覥將妻子救醒以後，見那藥粉顏色烏黑，聞去還有草腥味。據石郎說，此藥名為丞相散，乃漢時諸葛武侯征蠻所遺。可是知道配製的苗人絕少，這還是藍大山在日，老苗和他深入雲南極邊魔寨子，在一個八九十歲的老猓猓手中得來的方子。青狼寨中苗人只要是個小頭目，俱帶得有，裝在小瓦瓶內，隨身備用。專治瘴蟲之毒，其效如神。藥方只老苗一人記得。自從那年神僧、神虎除了青狼去後，本山便絕少毒瘴之氣出現，就有也不厲害。再加內中有兩樣主藥生在山中絕頂猿猱難渡之地，極不易找，配時很費時，用它之處又少，除因藍大山在日曾有吩咐，帶慣了外，全無人把它看重。

顏覥這才想起：「常見寨中苗人身畔帶有一個小瓦瓶，原來內中藏的竟是此藥。自負醫道高明，沒有細心考究，老苗和一干相近的苗人又把自己當做治病的活神仙，也未提說，以致幾乎把這等千金難買的解瘴聖藥錯過。可見學問之道沒有窮盡，雖是蠻鄉僻壤，一樣也可增長見識，尋求異寶。現在親仇未復，還須滯跡苗疆，以行醫自給，此藥大有用處。等見了老苗，定將藥方抄來，看看內中有何妙藥，這等靈法？」

顏覥因妻兒無恙，接應已來，膽子頓壯。正在尋思想走，沒說出口，忽見兩個苗人如飛跑來，說道：「適才在左側長岡嶺上用望筒瞭望，遠遠看見一百多人順嶺路趕來，大約至多還有小半個時辰便來到了。」

石郎聞言，便問顏覥如何處置。

顏覘道：「我一家三口死裡逃生，全由賢父子所賜。適才曾說，事已經官，須要慎重。我不知貴寨與菜花墟情形，一切還是請你做主。只求得當便好，個人之仇不妨俟諸異日。」

石郎接口道：「我父子與恩人全受過他們的害。三熊昔年曾受我爹恩義，受傷又是恩人醫好。還有那漢客韓登，更是可惡。這些人專以恩將仇報，如不殺他，天理難容，再者也留後患。我原想就此埋伏，中道截殺，恐他還有別的援兵，人數不止這些，難獲全勝；又恐兩個仇人萬一是分途追趕，不在其內，打草驚蛇，被他逃走，此恨難消。這谷藏在嶺道側面，從來無人去過，他過時必不知恩人走這條路。莫如我們退進谷中，請恩人夫妻先走，分出多半人伏在谷口以內，同時命人爬上崖去探看虛實。等他們順嶺道下到平地，走近山口再過時，必不知恩人由他們背後抄將出去截殺，恩人所領的另一小半人再由前面谷口抄出堵截，前後夾攻，較為穩妥。」

顏覘道：「這主意倒很好。只是那兩個捕頭不肯貪功背信，尚有天良。我在寨中日久，深知岑高僅有一二十個頭目是他親信死黨。去年全寨時疫蔓延，十有八九經我治癒，大家對我俱頗敬愛，此來無非為暴力所迫，情不得已。上天有好生之德，何必多事殺戮？我看暫時先不分開，且去谷中，等看清他們虛實，再照計斟酌行事如何？」說時，又有瞭望苗人報信說追兵漸近，不用望筒已能看見行蹤。石郎便下令全體退進谷去。

虎兒戴的一頂涼帽原是顏妻日前新製，虎兒性急，不受羈束，嫌它稍緊，在路上已有幾次想脫了去。顏妻恐日頭毒熱，再三攔住，虎兒好生不願。上澗時，竟乘父母忙著起身，偷偷將它丟棄。這時行囊、藥箱已改了苗人挑擔，白猿抱著虎兒緊隨顏氏夫妻身後，任憑它去沒有管，全無人做理會。等到大家進谷，顏妻見涼帽不在，一問白猿和虎兒，一個比，一個說，才知失去。顏覥想命人拾回，忽聽谷那邊澗底人語喧嘩之聲，出去必要碰上，只得作罷。早料此帽如被發現，必有事故。

一會，攀壁探看和谷口瞭望的人歸報說：「敵人俱來前澗飲水，因冒著暑急追，天熱口渴，要歇息片刻再走。內中幾個漢人，有一個與三熊一同起坐，在澗上未下來。隔遠聽不清他們說話。」

顏覥聞言，忙攀藤蔓上到谷頂，往下一看，三熊正和兩人說話，一個正是仇人韓登，手中拿著虎兒丟的涼帽。一會，拋下一人，韓登與三熊沿著山澗往上流頭走，邊走邊往地下查看，不時交頭接耳密語。先還以為他得了線索，將要入谷追蹤，忙和下面石郎打手勢準備。又看了一人，才看出韓登是想貪功，與三熊只帶了二十個苗人分兵追趕。暗罵一聲：「該死的狗賊！」忙即退身下來，與石郎重一商議。

石郎道：「合該二賊要落在我們手內。前面谷口，便是那路的盡頭處，相隔山外出口頗近，這一段路野草又高又密。再過去一二里，草樹雖少，可是兩邊的崖壁都往裡凹進，即使爬上谷頂，也看不見我們在底下走。況且他們中途還要繞越過一兩座峰頭方到平地，我們由谷裡抄出去，比他們要近上一小半。青狼寨的苗人不是親戚，便是同族。

「我爹爹以前對他們都有過好處，又知金牛寨中的威名。只消把岑高的心腹擒走，囑咐他們番話，把事情都推在黑王神身上，他們怕極了岑氏夫妻，除這般說法，回去也無法交代，定然無妨，倒是那同來的幾個人，除兩捕頭外，務要生擒回去，好好商量處置，或是殺卻，或用金銀買通，才能免卻異日官家的隱患。我手下還帶有六個青狼寨投來的族人，俱是我爹爹設法約了逃來的，此事足可辦妥。」

石郎當下便從眾人中喊出兩個大頭目和那六名中年苗人，吩咐帶了大隊仍伏谷口，等三熊、韓登等二十二人走遠，如敵人還未起身，可就勢衝將出去包圍，務要將那幾名漢人一起擒住。同時曉諭青狼寨人等，回寨推說黑王神所為，不許洩漏，日後當有重賞，否則，異日相逢，休想活命。除對上次到過金牛寨那兩個漢人，與他們說明此事，另眼相看外，如遇有岑高親近心腹，便即殺卻滅口。眾人聞命應諾。石郎只帶了四十餘人，與顏家大小三人起身前行。另命兩名最矯捷的強壯苗民翻上谷頂，一路潛行，用望筒探查敵人蹤跡。

眾人行至中途，虎兒又喊口渴，偏又無處覓水。顏覥正在喝止，白猿忽將虎兒遞給顏妻抱著，一兩縱便到了谷頂，順上面如飛朝前跑去。顏妻哄著虎兒又朝前走了老遠，還不見白猿回來。那兩名在谷頂探望的強壯苗民卻分了一人下來報信，說白猿上去幾晃便縱沒了影，三熊等人業已行近側面峰腳，落在我們後面。石郎剛命他再去探看，忽然一條白影一晃，白猿縱身飛落，兩條長臂夾捧著許多又肥又大的桃子，先將兩個給虎兒，餘者再行分散。眾人走了一會，也正覺有些口渴，桃少人多，兩三人才得分吃一個，俱嫌不足。

石郎因來時未見谷中有桃樹，便問神猿何處採來。白猿用手指了指前面谷頂，又飛身往上縱去。顏覥一把未拉住，空谷傳聲，不敢高喊驚敵，只得由牠自去。眾人又走了一段路，兩個苗民忽又分人來報，說：「三熊、韓登到了峰上，略為觀望，便又改道，沿谷追來，似有攀壁而上之勢。谷那邊崖壁陡削，一路俱是刺荊、尖利石塊，看去走得甚慢。白猿現在前面谷頂一株大桃樹下，採了好些桃子放在身旁，還在採呢。」

石郎知敵人必是由高望下，見前面平地無有人跡，看出這條峽谷可通出口，起了疑心，捨彼就此。忙命兩個苗民放仔細些，休被敵人看出。如見追兵爬上崖來，急速退下。顏覥也因三熊認得白猿，恐被看破，正要命人趕去喚牠回來，白猿已夾抱了許多桃子跑回。

等到走近桃樹下面，白猿又上去採了好些下來，大家各吃了兩個。

眾人再走一程，兩個苗民三次來報，後面敵人業已爬崖上來，韓登神態甚是疲憊。

石郎算計他必順谷頂追趕，與顏覥略一計議，決定給他一個驟手不及。於是把人分出一半，留在當地，派了一個小頭目，指示了機宜，仍用兩個苗民為耳目，等敵人過去，沿著下面谷徑尾隨在他身後，相機發動。餘人跟自己前行，先往谷口埋伏相候。一前一後，互相呼應合圍。他如援縋下來，固是死路一條，便由上面走，也是進退不得，難以倖免。

計議定後，各自分途行事。當韓登發現那堆桃核時，一行人等業已陷入雙重埋伏之中去了。

顏覰、石郎等人趕到谷口，又等了一會，才見三熊帶了二十個苗人，從崖坡上跑下。因為不見首惡韓登，雖知後面多人跟蹤他，他一行人行走遲緩，未必逃脫，但他奸猾異常，萬一中途看出徵兆，故使別人入險，他卻藏在隱僻之處觀望，以便見機圖逃，偌大一片崖坡，平原上草木繁茂，搜尋起來，豈不費事？正商量命人趕退回去，傳話後撥人等防範，還未發作，白猿倏地一聲長嘯，從谷口內縱身飛出，只一照面，便將三熊抓住。

三熊一見形勢不佳，忙舉刀朝猿臂砍去。那白猿長臂一格，三熊刀便脫手。未容兩三掙扎，人已被白猿抓住，飛起十餘丈高下，倒栽蔥墜在山石之上，死於非命了。

第五章　仙猿驚鳥

話說這裡韓登、三熊出發不久，那父子谷旁溪澗上歇息的眾鏢師、捕役，因眾苗人奉了三熊之命作便，遲遲不肯起行，又不敢過於相強，知道韓登又在鬧鬼。陸翰章首先破口大罵，餘人也都隨聲附和，你一言，我一語，正罵得高興。誰知谷中左近埋伏的那些金牛寨來的苗人，早等得不甚耐煩。尤其三熊所留幾名頭目，俱是岑氏夫妻心腹死黨，平日在寨中強橫凶暴，無惡不作。

石郎派來查探的六名苗人，恰都與這幾人有仇，躲在旁邊，仇人見面，越看越眼紅。便和統率眾人的頭目商量說：「他們只管逗留，不往前面追趕，是這般呆等，等到幾時？小寨主走時又命我等務要殺卻岑高的心腹和生擒那些漢人，萬一青狼寨第二撥派出的追兵來此會合，我們總共不到二百人，豈不誤事？回去還要受老寨主的責罰。這裡地形甚是有利，我們偷偷抄向嶺上，把住去路，恰好將他們全夥圍住，豈不是好？」

老苗寨中法令嚴明，有賞有罰，那兩個頭目巴不得立功回去。一商量，便將手下苗人五六十個一撥，分做三隊。命一隊由嶺脊抄向前面，一隊把往青狼寨來人歸路，俱借叢莽隱身，由草花中爬行過去。等二隊到達地頭，第一隊人才從正面現身，到了近前，同時嘩噪而上，三面合圍。主意原想得好，誰知那幾名鏢師俱是曾經大敵，久闖江湖之人，耳目甚靈，不比苗人粗心大意，頭隊人還未到達嶺前，便被察覺。先是陸翰章看見側面谷口一帶叢草無風自動，起了疑心。趙興剛猜是有什麼野獸之類潛行，眾鏢師已看出那草由谷口起連成一長條，似要往長嶺下面通去，好生奇怪。側耳一聽，竟聽出有兵刃觸石之聲。情知有異，忙用手一招，將青狼寨頭目招了過來，指給他看。又互相悄聲囑咐，速取兵刃準備。那頭目仔細往前看了看，忽然一聲怪叫。眾苗民大多散坐澗岸上下，一聽有警，也都跑了過來，紛紛張弓取箭，準備搶上前去，往叢草中發出。

金牛寨眾人見抄襲之計被人看破，便先發制人，頭目一聲號令，眾苗民各自舞動刀矛，縱身喊殺而出。後面兩撥跟著變計，飛步從谷中跑出，搶上嶺去。青狼寨眾人差不多有一半前回隨三熊追老苗，吃過他父子的苦頭。一見來人葛布短衣，穿的是那一樣打扮，氣先餒了一半。再聽喊殺之聲震動山谷，叢林密葉中到處都有矛影刀光掩映，也不知來人有多少，越發膽寒，無心應戰。

那幾名頭目猶是強撐，見手下眾苗民畏縮不前，方在發怒喝打，忽然颼颼風聲，幾枝連珠箭飛射過來，三個頭目早有兩人中箭倒地。接著便聽對面來人齊聲大喊：「我們奉了金牛寨藍老寨主之命，前來殺那狗崽三熊和他幾個同黨，與這些漢客和你們無干。暫時放下刀矛弓箭，等候事完取還，便可免死。」隨說，眾人早衝上前去，刀矛亂下，將那餘下的一個頭目也都刺死。青狼寨眾人一看，對面發話的原是舊日自家人。上回老苗擒住三熊等追兵，一個不傷放了回去，早已傳遍全寨。震於平日聲威，又感念當年的德意，況且三個頭目俱都身死，哪裡還肯抗拒，紛紛放下兵器，坐於就地。那六個苗人便照前策，用土語去囑咐他們，不提。

那些鏢師、捕役們俱站在青狼寨眾人身後土坡之上，先因自己的人不多，對面聲勢大盛，打算由兩方苗人見上一陣，看清虛實，再定進止。後見三個頭目身死，來人高喊此來專殺岑高的黨羽數人，與漢客、餘人無干，還當是山中土著復仇爭殺。

正恨這幾人與韓登一氣，違命作梗，心想：「反正不是與自己為仇，身在苗疆重地，人少勢單，他手下眾苗民既都不敢抗拒，想必厲害，保住自己就是，何苦去淌渾水？」便沒有動手，一個個緊握手中兵器，正自觀望，忽見青狼寨眾苗民坐地降服。來人只留下六名中年苗人，在用上語向眾人高聲談說。餘下的苗人仍是四面八方向自己如飛擁至，不禁著起急來。眾鏢師、捕役正待迎敵，為首一人似是內中頭目，已搖擺著雙手飛奔近前，用漢語高喊道：「漢客莫怕，我們有話和你們商量。」說罷，一聲斷喝，那些苗人突然立定。

為首一人近前說道：「我等俱是金牛寨藍老寨主派來的，一則因與青狼寨狗崽岑高和外賊韓登等有仇，二則為了接老寨主的恩人顏老爺夫妻全家過去。現奉少寨主之命，只殺岑高手下這幾個狗黨，別的人只囑咐幾句話，與諸位漢客更是全沒相干。不過少寨主也有幾句話要和諸位說，命我等請諸位暫往前面一談。等見了少寨主把話說完，自會滿酒塊肉，金珠彩禮，好好待承，再行送走的。」

眾鏢師、捕役聽來人漢語說得非常流利，神氣也頗謙和，雖不似有加害之意，但來人稱顏覥為恩人，又說要與岑、韓二人為難。心想：「自己畢竟是官中所派，與韓登做一路，如非敵視，放走便了，何以還執意請去與酋長相見？」想了想，多覺凶多吉少。

其中有兩個自恃武藝較精，意欲乘機衝出重圍逃走。剛轉念間，來人見眾人面面相覷，似已有些覺察，笑說道：「諸位，此事不消疑慮，我家寨主請了諸位去，實在只為說幾句話。只要諸位不起奸心，我們決無惡意。如不信時，我也是寨中的一個千長，情願當著諸位先行折箭為誓，以表無他。諸位要是執意不去，我們來的人多，都拿得有連珠毒藥弩，一旦動強，有甚得罪地方就難說了。」

眾人聞言，偷眼往四外一看，就一會工夫，已被苗人包圍。眼前看得到的，為數雖只百人左右，可是四面八方，高高下下，山坡樹林之間，到處都有刀光矛影隱現，也不知來人有多少。暗忖：「青狼寨一夥苗人，同來時見他們個個勇悍，縱高跳矮，步履如飛，雖是一味蠻勇，不見得有甚武藝，但如果我們和他們混戰，也未必能以少敵眾。怎麼一遇金牛寨來人，連打都未怎打，人家只殺了幾個小頭目，便即全體降伏？來人厲害，可想而知。聞得苗人毒弩見血封喉，射法奇準。聲勢如此之盛，青狼寨苗人一不能戰，自己這面只剩有限幾人，真能交手的還只半數。身在險地，山路不熟，翻臉必無倖理。還不如由來人折箭為誓，隨了同去，比較還有脫險之望。」如此想法，十九相同。彼此正在低語商量，來人面上已現不耐之色。

二捕早知應了老苗父子之言，仗與顏覘通風報警之功，料無妨害，又緣有鏢師們在前，不便驟作主張。及見眾人已無鬥志，來人又有不歡之容，趙興便對陸翰章道：「依我二人之見，此去必無凶險，必是關乎韓登，有話囑咐。陸武師你做個主，就隨他們去吧。」一言甫畢，來人轉怒為喜道：「這位漢客好生面熟，像在那兒見過。他說的話最有理。這時三熊和韓登兩個狗崽，必在前面遭了報應。我們還得趕上前去見少寨主，回話交令，不能再等。諸位如放痛快些，就這樣隨了同走，連兵器都不須交了。」說罷，把手一揮，四外苗人，俱都圍近前來，簇擁著眾人便走。眾人無計可施，只得隨行。

這時青狼寨那夥苗人已由六苗把話說完，各坐坡下，等金牛寨苗人一起身，便假裝遇見神虎逃了回去。那頭目見事已就緒，又問出追兵路數，心裡還想貪功。不由谷中退走，逕由正路往前追趕，去斷三熊、韓登的歸路，以防他萬一中途漏網逃脫，正好堵截。

便向幾個小頭目一打暗號，虛張聲勢，假裝自己帶的人多，把兵分向谷內外幾路前進。實則還只原有那些人，押擁著眾鏢師、捕役們，順著崗嶺上大路追去。

金牛寨這一隊人剛走出十來里路，忽然後面遠遠傳來虎嘯之聲。那六名青狼寨苗人聽出是神虎之嘯聲，料是前來追尋顏覘，忙和眾人說了。先因那虎是山神，眾人俱為應援顏覘而來，定然不會傷害，雖是有些心驚，並不十分害怕，仍是前行。走不一會，後面神虎怒嘯之聲竟是越來越猛，中間不時還夾著幾聲從未聽見過的怪吼。那頭人甚機警，虎神靈異只是耳聞，沒有見過，漸覺吼嘯之聲有異，忙命眾人加急飛跑。自己帶了兩名青狼寨苗人，擇一高崖飛跑上去。

三人取出望筒，往來路一看，只見相距五、七里的嶺脊下面，風沙滾滾，塵土飛揚，煙霧中不時有一黑一黃兩條影子，在那裡跳躍追撲，彷彿是大小兩個怪物在那裡惡鬥。

先前放走的青狼寨眾苗民已逃得沒了影子。各自細看了看，斷定那條黑影是神虎，那黃影看去個子不大，不知是何怪獸，竟是這等厲害，敢與神虎為敵。三人正看之間，神虎似覺不支，要順嶺路跑來。偏那怪物兀自糾纏不退，才一縱開，便即像箭射丸擲一般從後撲到，神虎只得回身迎敵，雙方動作俱是轉風車般迅速非常，才一接觸，便捲起好幾丈高的風沙，又將身形隱住。

似這樣幾個起落追撲，三人乘牠兩下裡先後縱落之間，漸漸看出前面黑影果是黑虎，後追那怪物通體金黃，好似一隻猴子。卻是矯健如飛，力大無比，縱躍起來更比黑虎還高。每一落下，地上沙石泥土全被抓起，滿空飛擲。加上吼嘯之聲越來越近，一個巨大猛烈，一個尖銳長厲，震得山鳴谷應，聲勢委實驚人。

三人忙跑下崖，追上眾人，再用望筒一看，二獸已追逐到了嶺上。估量相隔不過三里左右，不禁膽寒心悸，不住催促眾人快跑。好容易繞過那座孤峰，到了平原之上，耳聽後面吼嘯之聲漸歇。望筒內遠遠望見前面近山口處，斷崖之間似有人蹤，路上又未遇見一個青狼寨的逃人，料知石郎等人必已大功告成。正待少歇順路趕去，喘息方定，猛聽後面孤峰上震天價一聲虎嘯，就在眾人張惶駭顧之間，從半峰腰上飛落一條黑影。落地一看，正是那隻黑虎，長尾已斷了一小截，血跡淋漓，身上皮毛零亂，也有好幾處傷痕。那虎落到地上，略一喘息，便作勢蹲踞，豎起長尾，朝著峰上怒嘯兩聲。接著峰腰一聲啞嘯，飛落下一隻似猴非猴的怪物。那怪身長才只四五尺光景，形如猿猴，遍體生著油光水滑、亮晶晶的金色長毛。圓眼藍睛，精光閃閃。腦後披著一縷其白如銀的長髮。

一隻長臂，掌大如箕，指爪銳利若鉤。右肩、前胸也帶著傷，皮毛扯落了兩片。人立落地，動作輕靈敏捷，微一縱躍，未容黑虎撲到，兩條長臂往地上一插一揚之間，便是兩大把碎石沙土朝虎打去。轉眼工夫，雙方便抓撲到一處，惡鬥起來。彼此都是拚命急撲，誰也不肯退讓。那虎一面和怪物苦鬥，口中連連長嘯，一抽空，目光便朝眾人隊中射到。

這時人獸相隔不過十餘丈遠近，那虎還是神物，不怎傷人，怪物卻大是可慮。加以平原廣漠，無可掩藏，眾人多半心寒膽戰。正想往側面長嶺一帶逃跑，一名青狼寨苗人，忽然看出神虎意似求助，和頭目一說。那些鏢師、捕役們只管隨著眾苗民趕跑，心裡卻懷著鬼胎。路上本就埋怨陸翰章不該提頭同來監察韓登，鬧得如今身落人手，進退兩難，此去見了酋長，誰能保得住吉凶禍福？人少勢孤，路徑又生，逃都沒有逃處，偏又遇上兩隻怪獸惡鬥，真是前狼後虎，危機四伏，益發絮聒不休。

陸翰章性本粗率，正受不住眾人理怨，一聞此言，暗忖：「這些苗人異口同聲，都說那虎通神，是顏覥的好友，只那怪物難說。看牠身子不大，只是比虎縱跳靈活，兩爪尖利罷了。何不借著茂草矮樹隱身，偷偷掩上前去，用自己的毒藥鋼鏢給牠一下？如若打中，不特首先得了眾苗民信服，因救虎之德與顏覥、酋長化敵為友，還可在人前顯耀一番。即使不能成功，兩獸都是彼此追撲，拚命糾纏，誰也沒有一絲空隙，決無暇來追人。只要隱藏的地方擇好，料無妨害。」因頭目正催前行，恐他疑心圖逃，便去和他一商量。

那頭目膽也極大，被他一句話提醒，心想：「怪物如此厲害，若是得勝，難保不趕來傷人。虎神既然求助，正好乘牠雙方相持時上前將牠除去，以免後患。」當下便問大家，誰願一同下手。

金牛寨這夥苗人原極勇猛，平時對於虎神靈異有了先人之見，哪知怪物的真正厲害。聽了頭目之言，膽子一壯，竟有好些人應聲願往。一點人數，共有三十餘名，箭法俱都極準。頭目見六苗人沒有應聲，知他們膽怯，匆匆也沒有細問，便命他們帶了餘眾，沿著側面嶺壁直奔谷口，去向石郎等人送信。自己同了陸翰章和三十多名苗人，鷺伏蛇行，借著廣原上叢草矮樹隱身，分成兩路，向怪物鬥處分抄上去。

那頭目滿疑這些人全帶有毒箭毒鏢，一任那怪物捷逾飛鳥，也禁不起連珠射法幾面夾攻，誰知事竟不然。眾人身臨切近，剛剛覓地潛伏，忽見那虎一個穴中擒鼠之勢，前後高低，朝怪物直撲過去。身才縱起，怪物已是拔空一躍，超過虎頭，兩隻長臂舞起，比蒲扇還大的利爪一分一合之間，逕向虎頸上抓去。眾人方在替虎擔心，不料那虎來勢竟是虛的，未容怪物兩爪抓到，倏地一個大轉，整個身子翻滾過來，仰面朝天，脊項朝地，四隻虎爪先往胸前一拳，猛地怒吼一聲，四爪齊發，連身往上抓去。

怪物見勢不佳，知道中了算計，忙將雙臂往回一收，身子往後一仰，意欲一繃勁，退避出去。無奈去勢太猛，驟出不意，身又凌空，相隔虎身不過二尺，想躲哪裡能夠。加上忙中有錯，兩爪分抬，前胸凸露，全沒一絲障蔽。勢子還未及於收轉，地上黑虎已騰身而起，一聲怒吼，四隻虎爪連抓帶扒，早打中了怪物的前胸，皮毛抓脫一大片。眾人只聽怪物怪嘯了一聲，日光之下，一團金黃色影子離卻虎身，飛躍出十餘丈高下，落入叢草之中。同時黑虎也就乘勢翻身躍起，蹲踞地上。想是用力太過，一身烏光黑亮，鋼針也似的健毛，根根倒豎，二目如電，精光閃閃，注定怪物落處，一眨也不眨，神態越顯威猛，只管蓄著勢子，卻不追撲過去。那怪物也似受傷太重，不見二次縱起。雙方各自停鬥，迥非適才此起彼落，追逐不捨之狀。似這樣，耽延了半盞茶時。

眾苗人在山中打獵慣了的，深知獸性。先見兩獸惡鬥，怪物雖然負傷縱落，可是落處叢草不時搖動，那一雙藍光四射的怪眼兀自還在閃動，知道牠傷重未死。這種猛惡無比的困獸，如有敵獸糾纏，前去招惹，必然無幸。連神虎尚在那裡伺隙而動，有所避忌，不敢逕自撲去，何況是人。就算毒箭將牠射中，怪物未死以前，必然拚命如狂，也難保不有多人受傷。因此都想等那虎二次趕將過去追撲，再行下手，誰也不敢首先發難，只是徘徊觀望。

也是陸翰章平日倚官倚勢，欺害善良，這時該遭惡報，怪物落處偏離他這一幫人相隔最近。先見怪物倒入草裡，臥地不動。一會，又蹲了起來，兩條長臂不住上下屈伸，也看不清是在做些什麼，暗忖：「此來本為助虎除怪，如今這東西已受重傷，怎倒不去下手？」

想了想，膽氣一壯，將勁一提，施展輕身功夫，悄悄往前跑去。那頭目原和他做一撥，與眾苗人分開埋伏，正對怪物注視，忽聞身側草動之聲。回臉一看，他已跑出老遠，相隔怪物只有兩三丈之遙。知他必要涉險，冒昧從事，攔阻已是無及，不禁大吃一驚。忙和身後眾苗人一打手勢，各持弩箭鏢矛往後退，分佈開來，以防不測。

這裡眾苗人準備停當，那陸翰章行離怪物越近，也未免有些膽怯，見身側有一株半抱矮樹，正可掩蔽。剛把身隱向樹後，左手持了苗刀，去時鏢囊早已解開備用，右手托著三支毒藥鋼鏢，覷準怪物前身要害，蓄勢用力，正待打出，猛聽身後極洪亮的一聲虎嘯，震得兩耳嗡嗡直響。陸翰章日常臨陣只憑一時氣盛，照例先勇後怯，沒有後勁，這一來，心先寒了一半。方在駭顧，又是兩道藍光從臉旁閃過。定睛一看，叢草中怪物已是人立起來，一雙電光也似怪眼正朝樹側射來，看神氣，人已被他發現。膽子一寒，不禁有些心慌意亂，急不暇擇，端起手中連珠飛鏢便朝怪物打去。

其實，怪物目光敏銳，陸翰章和眾苗人行動早都看在眼裡。只因新傷之後，全神貫注前面的仇敵，急於蓄勢報復，全沒把這些人放在心上。陸翰章如若藏身樹後不去惹牠，那虎正作勢欲起，怪物一心對敵，顧不到別的，本可無事。他這幾鏢，卻惹了殺身之禍。

頭三鏢打到，怪物只把大掌爪一揚，便即接住，看了看拋去，只對陸翰章咧了一張大口，啞嘯了一聲，仍睜著兩隻怪眼四面亂看，並未撲來。陸翰章見三鏢陸續全被怪物接去，益發著了大慌，也沒顧得細看怪物動作，匆匆把刀往身後一插，兩隻手伸向鏢囊，連取了七八支鋼鏢，施展平日練的絕技，把勁全運在手指上，分上、中、下三路，同時向怪物身上打去。

這時，那虎又是震天價一聲怒吼。怪物也在那裡運用全力作勢欲起，目光注定虎的動作。陸翰章鏢到時，兩條長臂正向裡外屈伸，沒有去接，鏢鏢都打個正著。頭幾鏢雖然打中怪物身上，竟是堅韌非常，只微微聽得噗噗幾聲，便即紛紛彈落。怪物先似無覺，全沒做一絲理會。末後兩鏢，陸翰章原是聲東擊西，想打怪物雙眼，不知怎的，怪物忽然縱起，眼睛未打著，無巧不巧，打在被抓破的傷處，兩鏢仍然被牠繃落，並未打到肉裡。這一下，卻將怪物惹惱，立時目閃凶光，一聲極難聽的啞嘯，竟捨了原有敵人，飛身向樹前縱來。

陸翰章二次發鏢之時，原就準備逃遁。一見怪物飛起，大吃一驚，一縱身，便往斜刺裡躥去。怪物飛躍何等神速，陸翰章縱起時，怪物已是飛到樹前，一伸長臂，早把那株矮樹連根拔起。頭一下，陸翰章沒有被牠撈著，那樹根上帶起來的泥沙卻打了個滿頭滿臉，不由嚇了個亡魂皆冒。腳剛沾地，哪敢停留回顧，二次忙又朝旁縱開。

因為心裡慌急，氣力大減，不能及遠。身才縱起，怪物已拋了矮樹，飛撲過來，夾頸背一爪，將他抓了個結實。怪物雙爪比鋼叉還堅利，大半嵌進肉裡，人如何承受得住，陸翰章只哀號了一聲，便疼暈死去。

怪物剛把人撈到手，未及落地撕裂，那頭目早激於義憤，一聲號令，四處苗人的毒箭雨點也似紛紛射出。同時黑虎早已蓄足十成勢子，第三次一聲怒吼，抖擻神威，朝牠撲去。怪物見四外仇敵甚多，雖然暴怒，怪嘯連聲，怎奈虎已撲來，無暇他顧，長臂搖處，先將陸翰章半死之軀甩落一旁，飛身上前與虎惡鬥起來。

陸翰章背受重傷，在怪物爪上抓著時又誤中了兩支毒箭，再被怪物一甩七八丈高遠才行落地，任是銅筋鐵骨也吃不住。那頭目見他落處不遠，忙和幾個苗人追去救護，近前一看，已然身死。總算人虎俱來得快，留他一具全屍。這且不去說他。

眾苗人見怪物鏢箭不入，如此凶惡，俱都心寒膽戰，哪裡還敢上前。各自退身站得遠遠的，相好逃路，仗著弩強弓勁，不時伺隙照準怪物的要害發射。準備虎勢稍弱，再乘牠雙方追撲難解難分之際，四散覓路逃走。這時，虎和怪物鬥勢越來越猛，雙方抓撲到一處，在場中風車一般滾轉。所到之處，只攪得塵土飛揚，瀰漫高空，草木斷折，滿天飛舞，夾著泥塊碎石，亂落如雨。後來益發激烈，但聽風聲呼呼，一黃一黑兩團影子只管在塵沙影裡上下翻飛，起落不停，一味拚命惡鬥。除有時受了一下重傷，禁不住吼嘯一兩聲外，好似連氣也喘不過來。這等凶惡猛烈的聲勢，眾苗人雖然生長蠻荒，慣在深山窮谷之中追飛逐走，也是從未見到過。個個目眩神驚，心慌手戰，箭已不敢再射。

頭目見先後射了許多毒箭，一下也未射中，知道怪物厲害，決非人力所能克制。再延下去，只有危險。正準備招呼眾人退走，尋見了石郎等人，再打主意，忽聽遠遠又是一聲極清亮的獸嘯。接著便見前面谷口上飛來一條白影，其疾如矢，星飛電掣，晃眼近前，看去好似又是一隻猿形怪物，一到便直落煙霧層中。眾人因牠形狀動作與先前怪物彷彿，疑是同類趕來相助，不禁替黑虎擔心。定睛一看，那白影落將下來，只閃了兩閃，便聽一聲慘嗥，立時塵霧中飛起一條黃影，約有二三十丈高遠，似金星飛墜一般，搖搖晃晃，往斜刺裡直射下去，撲通一響，落到地上，和先前怪物負傷落地一般。

眾人也沒見那虎追去，鬥處塵飛霧湧，宛如一團極濃的煙，虎身全被遮住，僅微微看出那條白影停立霧影裡，看不清有甚動作。仍估量是後來怪物合力將虎弄死，越發害怕，不敢再看下去。且喜怪物落處相隔遙遠，不擋去路，又知牠鬥乏，又要歇息些時，方欲加緊腳步，乘機逃跑，忽又見前面許多黑點閃動。取望筒一看，竟全是自己的人，忙著趕步上前。

雙方腳程都快，不消片刻，望筒中已看清來人面目，正是石郎為首，率領頭一撥順谷徑先走的人趕來。那頭目搖著雙手，正要迎上前去止住石郎等人不要前進，倏地又是一條白影從身後越過，直往石郎隊裡飛去。認出是後來的那隻怪物，不禁大驚，以為禍事發作。誰知看牠凌空飛行那等神奇，竟是一隻白猿。一落地，便走向眾人隊中，拉著石郎身側一個生人，不住指著前面比畫。石郎等人也不見一點驚惶，好似那人家養的一般，神態甚是馴熟善良，眾人才放下了心。

眾人耳聽石郎一面高喊令他們返身，一面催著他帶的人前進，驚弓之鳥，不敢遽然回走，只得停了腳步，等到見面問明，再定行止。遲疑中，回頭一看，適才惡鬥之處塵沙漸漸平息。那隻神虎已將側面全身現出，周身浴血，黑毛根根倒豎，圓睜虎目，神光如電，蹲踞地上，咧開尺多長一張大嘴，吐出一條血也似的大舌微微顫動，在那裡喘息，遠遠聽去，似聞咻咻之聲，竟未將頭向著怪物那一面。

上次怪物落地之後，雖然沒有縱起，仍稍稍看得出牠在草地裡長臂屈伸，不時動轉。這次時間隔得較長，眾人都走出了好遠一段路，及用望筒去看，怪物身隱叢草之中，只從草樹隙裡窺見一點黃影，好似躺臥在地，不特未見起立，連身側草樹都紋絲不動。自飛起時那聲慘嗥而外，更聽不到一絲吼嘯聲息，也不知是死是活。

一會，石郎、顏覥父子、白猿與眾苗人到來，頭目隨著同行，一面告知經過。石郎因聽顏覥解釋白猿所比爪勢，意似怪物已死，黑虎受傷，要眾人前去看望，一聽頭目說起怪物那等凶法，並未看準真的是受傷身死，人獸言語不通，只憑爪勢，萬一顏覥誤解，豈是玩的，不由起了戒心。便與顏覥商量，準備怪物如若未死，作何應付。

二人正說之間，白猿倏地抱起虎兒，如飛往黑虎身旁跑去。顏覥遙見那虎蹲踞地上，勢態雖仍威猛，好似力已用盡，關心安危，急於探看。一面請石郎自行做主分配眾人，以備不虞；一面命二苗人趕回谷口，將藥箱取來。說完，開腿便跑。石郎不放心，忙分出十名強壯苗民隨後追去。要過望筒一看，怪物落處還在虎的儘前面，遠遠望見黃影似在草中閃動，更料顏覥誤解白猿之意。

石郎雖然多智，卻無勇力。暗忖：「神虎許多靈異之跡早已耳聞目睹，尚且吃了怪物的虧，被抓得周身傷痕，怪物厲害可想而知。怪物如真身死，怎能飛起那麼高遠？分明彼此力竭，停鬥歇息。初來時原以為神虎在此，凡百無慮，誰知與虎鬥的是個怪物，虎尚如此，人怎能敵？但是顏覥父子已然向前，如若畏葸不進，不特顯出膽怯，倘有差錯，傷了恩人，回去怎見得老父？」想了想，無法，只得吩咐眾人四散分開，各持器械，遠遠接應。自己挑出二十餘名多力善射的強壯苗民，用望筒覷準怪物落處動靜，冒險往虎前走去。

苗人素畏鬼怪，先那頭目帶的一撥人，早成了驚弓之鳥；後一撥人雖未親見惡鬥，聽他一說，也都心裡害怕，不敢冒昧走近。這一來，不由耽延了些時機，以致怪物身上一粒內丹至寶被惡物奪去。這且不提。

且說顏覥到達虎前，白猿業已先到，正伸長臂抱緊虎項，身子仰臥虎腹下面，嘴對嘴在那裡渡氣。虎兒卻趴在背上去撫摸牠的傷處。那虎目定口呆，一任白猿對嘴呼度，動也不動，周身都是傷痕，血毛模糊，雖然神威如昔，鼻息已由洪而細。知牠力竭傷重，離死不遠，憑自己醫道決難回生。想起牠數年救護之恩，不禁傷心落淚，哭出聲來，虎兒聞得乃父哭聲，忙喊道：「爹爹莫哭，白哥哥說牠就會好的。」顏覥知白猿靈異，聞言心中一動。仔細往虎口中一查看，見白猿的嘴緊湊在虎口上，似有一般白氣吞吐不休。

漸漸聞得虎腹隆隆微響，一會竟若雷鳴一般。方在驚異凝視，那同去的十名強壯苗民本離有兩丈遠，沒敢近前，忽說：「少寨主來了。」

顏覥回望，石郎已率苗人趕來。剛想招他近前，忽聽空中風聲呼呼，由遠而近，其聲甚洪，人卻沒感到一絲風意，四外草木也不見吹動，天上又是日朗雲空，沒點跡兆。

正觀望間，白猿忽從虎項下匀出一條手臂，朝著側面怪物落處亂比亂指，好似救虎正在要緊關頭，不能分身，勢甚急遽。看怪物仍隱草中，也未動轉。

眾人正不明牠的用意，虎兒已高聲喊道：「爹爹，牠叫你們到那邊去呢。」一言甫畢，耳聽空中怪聲越大，猛地狂風大作，眼前一暗一明。日光之下，烏雲也似一片黑影，從眾人頭上飛過，雲中兩點豆大紅光，隱隱似有鳥爪隱現，眾人方看出是隻碩大無朋的怪鳥，齊聲吶喊時，耳中又聽一聲極難聽的慘嗥，那怪鳥也直向側面飛落，伸出兩隻大鳥爪抱起怪物，騰空飛起。

石郎猛然省悟，忙命快放鏢箭。才射上去，眼見怪物在鳥爪上不住騰躍掙扎，怪鳥胸前還吃怪物鋼爪抓了一下。同時怪鳥身上也中了幾箭。想是知道不能抱了同走，倏地昂起頭來，身上羽毛一抖，像洞簫般叫了一聲，照準怪物頭上用力一啄，便鬆雙爪將怪物丟了下來。又叫了兩聲，闊翼盤空，風捲殘雲般往北方飛去，眨眼工夫，沒入青冥，不見蹤影。

眾人這時已看清那鳥飛在空中，少說也有七八丈大小。遍體灰毛，長的幾及二尺，短的也有尺許，迎風抖起，和孔雀開屏一般，根根直豎如針，甚是剛勁有力。一條蛇頸長有三尺，頭大如斗，生著一雙紅眼。嘴似兩隻分歧的鋼鉤，前銳後豐。頭上朱冠高聳，映日生輝。朱冠後一束其白如銀的硬毛，順頸上直沿到脊背。奇形怪狀，凶猛非常，真是從未見聞過的怪鳥。

那怪物本負重傷，再經此鳥連抓帶啄從空下擲，哪裡有活理。石郎待了一會，見牠落地毫不動彈，才率眾人拿著器械跑將過去。見怪物仰翻地上，雙目緊閉，大爪上各抓著一把油滑光亮的灰色鳥毛。頭上命門被鳥爪連皮蓋抓去，裂開一個大洞，只有些微白漿外溢。身上到處虎爪傷痕，凡是皮開肉綻處全有鮮血流出，獨這裡不見一絲血跡。

石郎正查看間，忽聽身後神虎喘嘯與顏虩父子歡呼之聲。回頭一看，那虎被白猿救醒回生，業已站起，屈伸遊行，喘嘯連聲。白猿也從地上起立，伸了個懶腰，將長臂一比，嘯了兩聲，抱起虎兒，拉了顏虩，往怪物身前緩緩跑來，彷彿力乏之餘，迥非先前輕快。一到，便指著怪物的頭腦，又比又嘯。比了一陣，見眾人不懂，又將一隻細長前爪往怪物腦海中一撈，撈出幾十塊白色的殘腦，嗤的一聲，甩落地上。撈了兩三回，業將怪物腦海掏空，仍然撈個不已。

顏虩乍見那怪物身材雖然不大，卻生得皮毛剛勁，猛惡非常。尤其是那兩隻比蒲扇還大的前爪，用刀試砍了幾下，不特沒有砍動，末一次用力稍重，那麼快苗刀竟缺了口。

再試身上，亦復如是。難怪神虎都幾乎鬥牠不過，兩敗俱傷，不禁駭然。顏覞見白猿只管在牠腦窟窿裡摸索，一會又放了手，定睛往裡注視，好似極為細心。剛要問怪物已死，仙猿還掏摸些什麼？言未出口，白猿一聲歡嘯，手起處，從怪物腦中紅線頭一般扯出兩股子極細的血經。經頭上像一個小網，亮晶晶各網著一粒明珠般的東西。白猿小心翼翼將牠放在左前爪上，再用右爪一扯一剝之間，血經扯盡，突地眼前藍光一閃，兩粒大如龍眼的明珠，像天上藍星般精光耀目，流輝熒熒，在猿爪上不住流轉滾動。白猿看了又看，先似要將二珠授與虎兒，未容去接，又用爪搔頭，做出凝思之狀，朝虎兒上下一打量，搖了搖頭，竟放入自己口裡。

石郎笑道：「難怪適才白仙著急，原來怪物腦殼裡還藏有這兩粒好寶珠。幸喜沒被怪鳥奪去。」

白猿聞言，又指怪物的頭怒嘯起來。虎兒道：「白哥哥說，怪物頭上有一樣寶貝比這珠子還好，吃那飛的大鳥抓去了呢。」

顏覞、石郎先見怪物腦裂無血，本覺有異，聞言才知怪物腦中有寶。當時白猿急於救虎，不及分身來取，眾人又都膽怯，不敢挨近怪物，以致被怪鳥奪去。雖然可惜，不過怪鳥那般龐大凶猛，恐比怪物還要厲害，人們決非其敵。再者彼時怪物也還未死，怪鳥尚且被牠抓傷，人早近前，難保不為困獸之鬥，傷害必多。這次神虎得生，人只傷了一個敵黨，總算萬幸。

彼此略一商量，準備招了神虎回轉谷口，去發付韓登等人。回顧那虎，已然緩步走來，狀甚疲憊。虎兒一看，首先搶步上前，一躍便上了虎背。白猿指著怪物死屍對虎叫了幾聲。那虎意似猶有餘憤，也對白猿吼了兩聲。白猿便伸出兩條長臂，就地下抓起怪物屍身，飛也似往來路高峰上跑去。眾人才知那虎是要白猿將怪屍搬走。等到顏覥想起怪物兩爪利逾鋼鉤，兵矛難傷，大有用處時，那白猿業已走遠，只剩黃白相間不大一點小影，出沒於峰頭林莽之間，轉眼不知去向，只得罷了。

眾人前行不遠，取藥箱的苗人回轉，說起六苗人所帶人等業已大隊會合，俱在谷口等候，並無變故。並說：「只有韓登可惡，雖然手腳都受了重傷，不能轉動，因見少寨主與顏老爺、白仙不在跟前，想乘機逃跑。先用土語勸眾人分出幾個人，背了他由谷中小徑逃回青狼寨，凡是在場的人俱有重酬。吃我們的人打了他幾藤杆，疼得他狼嗥鬼叫。

「還是顏太太怕將他打死，少時寨主不好問話，才停的手。末後他見幾個同黨到來俱都沒有上綁，還各帶有兵器，又聽這裡出了厲害怪物，二次又生詭計，說那不是怪物，是天神廟中的神獸，因知顏老爺有神虎、猿仙相助才請來的，怎樣怎樣厲害，如不放他逃走，少時飛來，定將我們咬死，一個不留。說了一大套鬼話，見無人理睬，又哭著用漢語說他家有老娘、妻兒全靠他養活，看今日神氣，同黨尚能活命，只他沒救。求顏太太說情，准他與那幾個同黨說幾句分手話，給他家帶個口信。顏太太給他哭得心軟，便應了他。

「偏巧他叫的是前回到我們金牛寨去過的兩個漢班頭子。他的意思是，因見青狼寨一千人都坐在近側聽信未走，人數不少，目前少寨主和仇人都不在側，又出了厲害怪物，正好乘機逃跑。喊他幾個漢人，冷不防搶了顏太太和他，跑入青狼寨來人隊裡，拿顏太太做押頭，邊打邊走。不被少寨主追上便罷，追上便拿人作抵，折箭講和。事成之後，情願傾家蕩產，變十萬銀子做酬謝。

「他卻不知道這兩個漢班頭子，便是向顏老爺報信的人，顏太太早對他說了，決不傷害他們，事後還有酬謝，哪肯上他的當？等他把話說完，朝他冷笑了兩聲，說道：『我們這些人上你的當也上夠啦，事後功勞歸你，我們只陪著受罪，一個不巧，連小命都饒上。如今報應到啦，你就放安靜些，閉了你那張狗嘴等死，不要亂想主意胡說，來牽連我們吧。』他聽話不對，還想花言巧語，嘴剛張開，內中一個沒等他出聲，先抓了大把土塞了他一滿嘴，急得他瞪眼亂吐。眾人看了，正哈哈大笑，我恰巧回去取藥，告知大家怪物已然停鬥，似已被神虎、仙猿抓死。他才死了心，歎口氣，躺在地下，不言不動了。」

取藥箱的苗人說時，顏覥早打開藥箱，取出靈效瘡藥，喚下虎兒，用藥膏、藥粉敷灑在虎身上受傷之處。顏覥見那些創傷雖然無一不重，所幸神虎通靈，一身鋼筋鐵骨，目前只要能活轉，便無致命之虞。除胸前一處被怪物抓得最重，毛扯落在一大片，肉碎皮開，幾乎深入臟腑，傷勢極惡，須用多量藥膏敷治，用布包紮外，餘者未上藥以前血早停止。預計旬日之內，如胸前一片不震動過甚，必能痊癒。便對那虎說道；「尊體傷痕經我藥治，必然止痛，少隔旬日即可復原。只是胸前受傷太重，休說再遇惡物猛鬥於事有害，便照神虎平日那等縱躍如飛也非所宜。未癒以前，一受猛烈震動，勢必危及內臟。尚望善自珍重，暫時平靜從緩，方可早痊。好在大敵已死，此去金牛寨乃你好友，親如一家。到了那裡，只靜養一二十天，尊恙告痊，再行隨意來去就無妨了。」神虎聞言，點了點頭，將身挨近顏覥父子，意似依戀。行時仍伏地作勢，要虎兒騎了上去。顏覥知牠神物，一個孩子累不了牠，就也不攔了。

眾人走近谷口，仍未見白猿歸來影子。當下由石郎喚過青狼寨眾人，教好了一套話，把事情都推在神虎身上。約定地點時日，領取銀子犒賞，但必須私自來取，不許洩露機密。眾苗民齊聲歡呼，允諾而去。石郎命人埋了陸翰章。看青狼寨眾人走遠。又挑出兩名強壯苗民綁了韓登，用竹竿抬著。然後率領手下苗人，陪了神虎、顏氏全家和趙興等幾個被俘的漢人，一同起身。又派人給老苗接應人等送信。每走一段路，另留兩人哨探後面有無動靜，以備不虞。顏覥見他調度極有條理，心思細密，動合兵法，甚是欽佩。

一路無話，加急趕行，深夜才趕到了金牛寨。老苗早得信抄道趕回，擺下盛筵相候。

只白猿仍是未見回轉。顏覥與這一猿一虎，已是性命相連的患難之契。因為黑虎前車之鑒，不知怪物有無同類，不禁反擔心起來。屢次問虎是否遇見怪物，或是走迷，虎俱搖首，示意無妨，正在懸念，老苗已從寨中迎出。賓主相逢，各道想念，彼此情真意厚，喜幸非常。老苗一眼看到黑虎在側，忙率眾苗人上前拜見。又談起受傷惡鬥之事，眾苗人俱都驚歎不已。一會，苗人擺上酒宴，老苗父子請顏覥全家，連那幾個鏢師、捕役等人，俱都入座。酒至半酣，老苗才命人將韓登推至筵前，拷問經過。

韓登到了這時，自知難於活命，只得說出怎樣受傷，誤入青狼寨，因顏覥給他醫傷，看出他形跡可疑，知道岑氏夫妻也正懷疑忌，回省百計打探，知是官家嚴拿重犯。到了青狼寨，本可率眾入寨，當日下手，只因一念貪功，打算愚弄同去諸人，孤身入寨，與岑高夫妻、三熊三人密計停妥。滿擬人不知，鬼不覺，第二日等神虎去後，將顏覥全家誘進寨去，一下打翻囚起，連日連夜趕回省府報功。便是追時，也想借苗人之力，賣了同伴，獨自前往，不想天網恢恢，害人不成，反害自身。並說如今饑渴勞乏之餘，身上迭受重傷，便是放他，也逃走不了。話已說明，但求少受折磨，給他一個速死。

石郎聞言，笑向眾鏢師、捕頭道：「諸位想已聽這廝說得明白了吧！遇上禍有諸位去擋，功勞卻是他的。這等惡人，與他共事有甚好處，今番我父子因見諸位奔命差遣，身不由己，才用客禮相待。少時席散，我只請諸位寫一字據，上寫憐念忠良，又恨此賊貪功，在中途殺了他和三熊，放走顏氏全家。寫此一信，請我父子收留。回省之後，向官則說此賊中途賣放，後又回去追趕，遇見神虎和一怪物，抓死他和三熊，驚走苗人。連搜數日，顏家三口不知下落。如此便沒諸位的事，我父子另有金銀重禮相謝。再過三兩日，便護送諸位出境。好在青狼寨苗人我已囑咐言語，官也查問不出。似這樣大家都顧到了，諸位心意怎樣？」

眾人在他父子勢力之下，再者，不如此說法，回去也無法交代。各想了想，異口同聲答道：「顏先生是忠良之後，我等實是官差無法。多蒙二位寨主只誅首惡，不與我們為敵。人都有個良心，況且照此說法，不特好交代，還顧全了我們的面子，自然是好。不過我等斗膽，想加上一句，說顏先生也被怪物抓去，豈不絕了後患？還有我等已承認厚待，事可照辦，禮物萬不敢領。」

老苗知道他們已然膽寒，恐官府命他們再來擒捉，事不好辦，笑答道：「我們話意如此，任憑諸位變通行事好了，些須禮物，不必掛在嘴上，反顯寒磣。諸位還有許多同伴上了狗賊的當，走的是相反的路，越走越遠，還要回轉青狼寨才能出口。他們必先聽逃回去的苗人傳說，與諸位話一樣，不愁官府不信。再等兩日，恰好趕到，半途相遇，同回省去交代，且等到日再說便了。字據一層，石郎實是多慮。我等已是一條線上，看諸位頗有江湖義氣，也不是無義之人，不寫也罷。」

眾人原無反噬之心，反恐苗人洩露，聞言益發感激，答道：「寫了可以明心，原無什麼。今承寨主如此見重，我們也學貴寨折箭為誓如何？」

老苗父子連說無須，眾人已向箭架上取箭在手，立了重誓。

老苗方命人將韓登用亂刀分屍，扔入山澗之中去餵禽獸。

當夜飲至天明，賓主盡歡。各自安歇。

連日無話，只趙興心敬顏覥，顏覥情切父仇，也巴不得省城中多兩個耳目，隨時報告仇閹動作，於是兩人相交成了朋友。餘人也相契。

第三日，老苗父子備辦重禮，送眾鏢師、捕頭們起身。眾人辭謝不允，只得收下，殷勤訂了後會而別。老苗所指的路，歸途不遠，果遇同伴多人。互談前事，一方是照計對答。一方說是空追了一整天，第二天青狼寨派快腿苗人追來送信，才知三熊、韓登剛追上逃人，忽遇怪物、猛虎和白猿，喪了性命，另外還喪了幾名頭目。犯人不知下落，想已被虎救走，叫大隊回去。眾人回轉青狼寨，又問過寨主，寫了二張字據。岑高夫妻每日緊閉寨門，嚴加戒備，怕虎、猿回去報仇，意甚沮喪。因恐官家怪他，對眾人倒是好待承。行時，還送了好些貢獻官家與眾人的禮物。

眾人一算同去諸人，只陸翰章為怪物所殺慘死，餘人均在，還算不幸中之幸事。彼此一商量，回省把話略為改變，只說：逃犯已然追到，先遇怪物殺了顏氏一家及三熊、韓登諸人，又遇虎、猿二怪殺了怪物，傷了好些苗人。眾人僥倖脫逃，只陸翰章一人被虎追上抓死。後來虎去以後，曾將陸屍埋葬當地。恐虎再來，匆匆逃回。如此說法，可以略遮顏面。眾人俱是省裡武師、名捕，自無異詞，當下一同回省覆命。

且說顏覥送趙興等走後，見白猿仍未回轉，神虎須要在寨中靜養，又不能派去尋找。怪物如有同類，遇上必為所傷。想起牠平日服役，以及今番逃亡相助相救之德，甚是焦慮。

石郎見他夫妻悶悶不樂，問起前情，便安慰道：「仙猿甚是靈異。聽說那日我們未到以前，神虎和怪物正打得烏煙瘴氣，難解難分，忽見仙猿從空飛落，晃眼工夫，便聽怪物慘叫一聲逃走。後來怪物被怪鳥抓落，我們去看，兩隻眼眶俱有抓破傷痕，定是仙猿已將牠抓瞎。那怪物似猴子不是猴子，恩公是讀書人都不知牠的名和來歷，仙猿卻能知牠身藏寶貝明珠，即使再遇上牠的同類也決不妨事。

「另外，金牛寨入寨路徑雖然曲折，又有深谷高崖。岩窗複道等許多險要，外人的確難以走進，但像那樣有神通的仙猿，單看牠一縱數十丈，和飛一般，又懂得人語，明知我們由哪條路走，哪裡還有走迷找不到的理？恩人不說怪物雙爪有用處嗎？牠抱著怪物屍首一去不歸，必是怪物身上還藏有別的寶貝，牠弄到僻靜地方再去收檢也說不定。這裡方圓千百里地面，我父子差不多都走過，從未聽到有那樣的怪物。那日怪物邊打邊吼，如有同類，豈不尋來？恩公只管放心。如若煩悶，左右沒事，我陪你去往前山高處閑玩一回如何？」

顏覭聞言，便喊來虎兒，同石郎去至寨外高峰上，順來路眺望。

第六章　仙山療疾

顏覥那日來時，老苗父子因還不知被俘諸人心意，為防後患，走的是另外一條極幽僻迂迴的山徑小道，時間又在夜裡，只隨著眾苗民舉著火炬上下攀援，還不知金牛寨的妙處。這次見石郎由後寨門出去，先穿過一個半里多長的山洞，又轉向側面繞過兩處依山而築的大寨，方達寨門以外，迴非來時的路徑。

及至留神觀察，才知自己所居和前幾日宴息之所，乃石郎所居的偏寨，另有出入之道通向山外。正寨緊傍黃牛山，分前後兩大寨。連石郎所居和左右兩旁，另外有七個小寨，均就原有地形，穿崖疊石，築土立木而成。高低錯落，遠近不一，互為犄角。大寨前面群峰刺天，崇崖高矗，絕壑深谷，蛇徑盤紆。除當門石坪平廣，為眾苗民祭告宴樂之地，四外森林包圍，其中設有望樓防守，外人決不能到。真個雄深隱僻，險要無比。

一出後寨，卻又是平原。人盡耕作，雞犬桑麻，別有天地。妙在是通往山外有一大一小兩條道路。大路可容驅騎並駕，中經一座兩里長又極寬大的石洞和一條危崖交覆的峽谷，出谷只十餘里，左通菜花墟，右可繞出驛路官道。無事時隨意出入，一旦有事，只將石洞門一堵塞，再在峽谷之上設伏，便成天塹。那小路盡是羊腸鳥道，奇危絕峻。有土地處均闢山田，立有屋舍，兼代守望，遠觀山外來人瞭若指掌，由外視內卻看不見分毫。一遇有警，蘆笙傳吹，頃刻立集。泉甘土厚，出產殷富，農漁畜牧，般般齊全。老苗父子刻意經營，閉門自給，盡有富餘，苗民俱都安樂非常，無殊世外桃源。比起青狼寨，就差遠了。

顏覥先經前寨，已驚形勢之勝，及見後寨外還有這許多好處，又聽石郎說起種種設施，益發歎為奇絕。如非親仇未報，幾欲終老是鄉，不再出而問世了。

三人行有七八里，抄著田邊近路走，才將那一大片田原走過，走向出山之路。沿途均有苗人見了石郎禮拜。中間走到一處，石郎和路人說了幾句土語，那人匆匆走去，顏覥也未理會。等到攀崖沿壁走出山外。忽見側面高嶺橫繞。石郎說：「那嶺名為盤龍嶺，又高又長。龍頭最高，直對那日來路，雖然還隔有山峰，如用望筒，大可望見山谷情景。今日特為恩公散心，來日方長，以後再玩，已命人在嶺上飛花坪設下酒宴了。」

顏覥見他如此情隆，好生感謝。

上嶺走不多遠，便見前面嶺頭上最高處，突現出十數畝方圓一大片平地，滿生花樹。上去一看，那嶺自側面蜿蜒而來，長達數十里，高下低昂，宛若遊龍，勢極雄偉。通體石質，童山濯濯，草樹不生。只有這龍頭上廣坪滿是肥土，上面花樹羅列，五色芬芳，多不知名。

內中有幾十株形若玉蘭的大花樹，苗人叫作鐵幹仙蓮，又名鐵蓮花，每株高達十丈，鐵幹虬枝，亭亭若蓋，紅白紫三色花開千萬，竟吐幽馨，因風襲人，芳沁心脾，最為奇絕。餘者多半矮樹。就連草木也生得異常鮮茂，叢叢雜植，疏密相間，別饒清趣。

每值一陣山風吹過，滿天落紅如雨，五色翻飛，急颭輕揚，半晌不住，匯為大觀。加以土潤如膏，碧鮮濃肥，不見微塵，只聞花香，尤令人目眩神移，心清意遠。不禁拍掌歡呼，叫絕不止。虎兒更喜歡得直跳。

顏覥問道：「有此好地方，何不早說？」

石郎道：「我知恩公喜歡這裡呢，酒食已命人擺在坪心一株大花樹下面，有幾塊大小石頭能坐人擺東西，且到那裡坐定再玩吧。」

石郎隨說，邀了顏氏父子往坪心樹下走去，果然那樹比別株都大，花大如拳，開得甚是繁盛。樹下頑石上面已設好了杯筷、酒餚、山泉、糌粑之類。石旁還有一座現砌的火池，上支鐵架。樹梢上掛著半截鹿肩和幾隻山雞、一方生羊脯，預備烤吃。那服役的並非路上所遇諸苗民，乃三名苗女，看見人來，便即上前跪接。落座歇了一會，苗女將火生好，奉上酒餚。

顏覥用了些酒肉，便攜了虎兒起身凝眺。遙望日前逃亡的山口就在前面不遠，峰嶺回環中現出一大片盆地草原。出口處兩山對峙，宛如門戶。口內更有三條長短平行的長嶺如蛇屈伸，由平原側面來路上奔赴而來。中間隱現兩條峽谷，便是昔時老苗與顏氏全家逃亡之路。再從石郎手裡要過望筒一看，到處都是惡山怪石，叢莽荊榛，怪物與猿、虎相鬥處歷歷可指。蠻境實荒，廣原漠漠，四處靜蕩蕩的，除偶見一二鳥飛外，更不見絲毫人獸之跡，哪裡有仙猿影子。顏覥懸想了一陣，也是無法，只得仍回原座。這時天清雲淨，山風冷冷，置身萬花叢裡，把酒臨風，指點煙嵐，憑陵下界，幾疑人在仙都，非復塵世，不覺思慮悉蠲，轉憂為樂。

二人正在興頭上，忽見嶺側下面轉過一個漢裝的孤身行客，背插長劍，肩繫一個小包裹，神氣疲敝，行時左右張望，意似覓取水源。石郎說道：「這一帶亂山叢雜，並無路徑，各地寨洞俱無可通行，便去青狼寨也要打隔嶺的山口進入，中間還有一條十來丈長的絕崖大澗隔斷，走不到嶺下來，這人怎會走到澗這面盤龍嶺來的呢？」二人正覺奇怪，忽聽虎兒嚷道：「你說得他可憐，快喊上來給他些酒肉吃多好。」

二人回顧，原來虎兒先覺好玩，吃喝了一陣，便拉著兩名苗女爬向旁邊樹上採野果，這時正和苗女指著下面那人在嚷呢。石郎猛的心中一動，便把兩苗女喚過來，問道：「你們家在近側魚腹澗，離此最近，不時又到飛花坪來採花，可曾見過這人麼？」

內中一個答道：「將才我們和小官人說的便是這事，那還是在顏老爺來的前兩天，我家人都砍柴去了，只我一人在家。因澗壁原住著四家，那三家人都在澗旁曬網結繩，我走開也不打緊，便想到坪上把隔朝送大寨的花採回去。不想才一走出我們山口，離盤龍嶺還有六、七里路，便遇上一個孤身漢客，靠著樹根坐在地下，累得直喘。身旁不遠倒臥著兩隻比牛小一點的大花豹子，一隻頭已砍落，灑了一地的血，另一隻身上受了好幾刀，俱已死去。我見他不像貨郎，又沒帶著大行包，偏又有那麼大本事，像是一個獨腳棒客。我身上雖帶著快刀毒箭，但怕打他不過，正想回去喊人，早被他看見，說著好話，求我給他取點水喝。我見他殺掉兩隻花豹子，力已用盡，說我們的土話，很中聽，不像有甚惡意，便取了泉水給他，又把花籃裡糌粑給他一塊。他吃完才有了精神，說是兩天一夜未進飲食了。」

「我問他孤人來此則甚。他說他有一個親人，在雲貴一帶邊山裡做醫生，他從四川得了點資訊，幾千里路趕來尋找。憑著一把寶劍、九支飛叉，遍尋各地墟、寨洞，遇見了無數的艱難危險，也曾尋到過好些行醫、貨郎，都不是他親人。輾轉打尋，逢人逢地打聽，哪裡有行醫的漢人，便去尋找。日前過了菜花墟，問了兩處無有，跟著又找夜宿岩洞，誰知剛走入岩洞，放下行李，便聽見山石崩裂之聲，連忙跑出，洞已整個坍塌。

「忙中逃出，只隨手帶了一個小包和沒有摘下的寶劍、叉袋，所有行李、乾糧俱已葬埋在山洞裡面。他路上原絕過幾回糧，因隨地都有果子、黃精、獸肉充飢，並不妨事。況在這草木茂盛的時候，天又不冷，山石難掘，便由它丟了。他原意往青狼寨去，誰知當日走入亂山之中失迷了路，不見一人，到處窮山惡水，找不到一點飲食。今日聞得水聲，還未尋到水源，便遇兩隻惡豹追撲，飢渴交加，人又極累，差點送了性命。」

「我又問他青狼寨可曾去過，可有人熟識。他說是初次前往，不過前去碰碰運氣罷了。我知他不是歹人，更與青狼寨人不相干，要不是怎會在田螺灣裡瞎跑了這兩天一夜呢？連我們地名都不知，何必回去大驚小怪。後來他問我既住這裡，可知附近各寨有甚中年行醫、販貨的漢人沒有。我說菜花墟漢人最多。他說已細尋過，都不是。問他和那親人名姓，又不肯說。人倒真是好人，因我替他做了點事，吃了塊糌粑，便送我一條包頭汗巾。」

「我見他人好可憐，此去青狼寨平常要走兩三天山路，沒有乾糧怎能行走？叫他坐在原處等候，我回家取些乾糧與他帶著路上吃。他似忙著趕路，連問我離家多遠。我說來去至多不過個把時辰。我到家後，偏巧糌粑都被爹娘帶走，昨晚又忘了磨青稞，等向別家借了做熟，耽延了好些時候，忙忙趕回，人已走去，只把豹肉切了些去。我趕到嶺上一看，也不見他影子。當時我就想起，他問去青狼寨路徑，只對他說了方向，沒說詳細和怎樣走法，中間還隔著那麼寬的崖澗，外人不知上流澗底石路，怎過得去？沿澗尋找，又沒有足印。早料到他定要走岔回來，仍到田螺灣亂竄。那天見他雖沒多少行李，但身旁花錁子卻很多。如到青狼寨去，必買辦了乾糧帶。今天他還是那個舊樣子，定是又走迷了路，人還未到過青狼寨呢。」

石郎與苗女問答之間，顏覥一面在旁靜聽，一面仔細朝嶺下觀看。見來人已漸行近嶺下，步履甚是匆忙，左顧右盼，始終沒見他抬頭。看樣兒，似要沿嶺東去，不似要往嶺上走來。暗忖：「苗女所說那人情景，頗似於己有關，但自己昔日親故大半凋零，縱有幾個還在宦途，也都依附了閹黨。老父被禍之日，也曾投過幾處最親近的戚友，他們不是害怕連累，婉言謝絕，便是閉門不納。自己見勢不佳，才遠竄遇荒。僅有兩個總角交親，同學至契，俱是家寒力薄，決難為助。當時因世態炎涼，人情浮薄，已然經歷過來，受了幾回氣，非常忿慨。至親父執尚且如斯，何況兒時同學，決計不再求人，沒去找他們。彼此音息不通，怎的事隔多年，會有這般熱腸古誼的人，萬里山川，備涉險阻，踏遍蠻荒，來尋一個孤臣孽子的蹤跡？」

顏覥越想越不對，又因吃了韓登的暗算，便不願再惹事非。本意不去睬他。繼而又想：「那人如此艱苦卓絕，行跡又極隱秘，必有難言之隱。況在飢疲交困之際，助他一臂，也是陰功。此時身在金牛寨，與老苗父子相處情誼無殊骨肉，一切皆可隨意而行，與寄身青狼寨迥如天淵。況日本寨山高路險，防衛謹慎，強壯苗民如虎，武勇非常，就算來人是韓登一流，也做不出甚事來。平日既以任俠自命，坐視孤窮，終覺於心不忍。何不把他延至嶺來，款以酒食，盤問根底？那人歷經城鎮，也許能從他口中得知一點仇人動靜。」

顏覥想到這裡，正要和石郎說明，起身上前招呼，猛聽遠處一聲猿嘯，甚是耳熟。接著便聽虎兒大聲歡呼道：「爹爹，白哥哥回來了！」

說時回顧，已見隔嶺對面山頭上飛射下一條白影，電閃星馳，捷逾飛鳥。眨眨眼工夫，已飛落山下。再一晃眼，便從嶺下叢草中一連幾隱幾現，飛越過兩山之間那條闊澗，三人雖未看清面目，見那飛躍情形，已斷定是白猿無疑。一時喜極，如獲奇珍，也忘了嶺下還有生人，都惟恐白猿沒有看見自己，齊聲歡呼起來。

一會工夫，算計白猿將到嶺上，卻不見影，忙同跑至嶺邊。往下一看，見來人手持一口寒光耀目的長劍，已和白猿鬥在一起。一個劍術精奇，一個神速矯捷，兔起鶻落，龍飛鳳舞，殺了個難分難解。最奇怪的是，日前白猿爪裂三熊，力誅怪物，俱憑長臂鋼爪，這次兩爪上卻拿著一長一短兩樣東西。因雙方爭鬥猛烈異常，雖看不出是何器械，卻是光華閃閃，照耀林石，知是兩件寶物。只不知白猿為何與那人惡鬥。

顏覥先以為白猿靈異，那人定非其敵，惟恐誤傷好人，打算喝止，留上活口，好問他的根底、姓名，再作道理。後來細一觀察，那人想是知道功力不濟，身子沒有白猿輕靈迅速，一任白猿縱躍飛騰，疾如鷹隼，他只封閉住了門戶，以守為攻，伺隙而動，白猿兵刃始終近不了他的身。稍見破綻，他便是騰空飛躍，上下十丈，相機進擊。真個得過名手真傳，變化無窮。不禁又是驚讚，又是愛惜，越發不願其受傷。情知仙猿神力耐鬥，那人長路跋涉，飢疲交加，鬥得時候久了，仍是難免吃虧，連忙高聲大喝：「白仙且退一步，那位兄台也暫請停手，俟小弟到來有話請教。」一邊說，邊往嶺下跑去。

顏覥一言甫畢，白猿先縱出圈外。那人本已覺得此猿厲害，大出意料，一聽有人喝止，那猿立即停鬥縱開，竟好似家養的一般，知來者不常人，心中也甚驚異。連忙循聲側顧，只見嶺頭上飛也似地跑下一人，遠看身法、步法並不怎樣出奇，不知怎地竟能收養如此靈猿。方在尋思，來人已跑離嶺腳不遠，再定睛一看面容身材，不禁心頭怦怦跳動，等到雙方相隔丈許，忽然同時脫口喊了聲：「哎呀！」各自搶步上前，互相擁抱在一起，半晌做聲不得。

石郎也拉了虎兒隨後趕來，虎兒喊問：「爹爹，這是哪個？」顏覥才含淚放手，招呼石郎、虎兒上前相見，互道姓名。

原來那人乃是顏覥的一個至親表弟，名喚黃潛。幼喪父母，孤身一人，曾與顏覥同師學藝。顏覥隨父宦遊出門的前一年，他才十六歲，因為少年氣盛，與一個名叫七煞頭陀的惡僧私自訂約交手，吃敵人一陰掌震傷肺臟要害。等顏氏父子得信趕去救援時，聽路人說惡僧傷人以後口出狂言，又被一老道出面將他嚇跑，只剩黃潛一人躺在地下，口吐鮮血，人事不知。顏氏父子俱是會家，又精醫道，看他傷勢甚重，知老道是個異人，無奈遍尋不見，只得命家人抬了回去，想盡方法醫治。一連七夕，朝夕端整傷藥，顏覥更是衣不解帶，盡心看護。

黃潛性氣剛強，一聽顏父說自己傷重致命，縱仗顏氏家傳內傷靈藥，加上像顏覥般的骨肉至親長期調護，經過三年零六個月之久，在養病期中還須鎮日安臥服藥，不勞一點心神，不發一毫性氣，僅能保得命在，自料今生休說再尋惡僧報仇，要想再習武藝都不能夠。想起惡僧許多橫行不法，一時仗義，路見不平，自問本領，決無敗理，不料初經大敵，稍為疏忽，中了他的毒手。此仇不報，活也無味。當時強忍著氣忿，把舅父敷衍出去，便把報仇之事重托顏覥。話剛說完，一陣急怒攻心，狂噴鮮血，暈死過去。

其實，顏父原是因他受傷臥地過久，胸有淤血，借著告誡為名，存心說些反話將他激怒，以便將淤血吐出，當時人雖吃了大虧，還可救他一命。此時顏覞醫道不精深，哪知就裡，見乃父語太切直，病人急得目光都快冒出火來，情知不妙，又不敢深攔。乃父一走，病人果然說沒兩句話，便已急暈死去。知他傷勢沉重，無此一急尚難望痊，這一來更無生理。敵愾同仇，越想惡憎越恨，便朝病人耳邊說道：「表弟，你如回生，好好將養服藥，好歹請放寬心，我不代你報仇，剮了賊禿驢，誓不回來了。」說罷，取了兵刃暗器，往外就跑。

顏父正在隔室料理奪命靈效傷藥和蒸病人的藥籠，準備聽見兒子一出聲驚呼，即行端去，灌治之後，抬入籠內去蒸。見半晌沒有聲息，暗忖：「適才明見病人臉上怒脈憤張，血已上湧，才連忙出來端藥，以備急治，這會怎無聲息？如在此時因求活灰心改了性氣，此子性命休矣。」方驚疑問，忽聽家人來報：「少爺適才佩劍跑出大門，行走甚速，不知何往。」

顏父聞言大驚，料知出了變故，趕往病人房中一看，血噴滿地，病人已暈死過去，血吐過多，又被顏覞出走耽誤，白蒸了七日七夜的藥籠和一切要藥，沒趕上當時端來應用，氣血大虧，元氣耗損。縱仗他元陽未破，生來秉賦奇厚，勉強救醒過來，也只苟延三數月的殘喘，反倒增他苦痛。一面深悔不該事前恐防洩機失效，不告一人；一面又料兒子必代表弟尋仇，恐又饒上一個，更是禍事。匆匆給黃潛灌了一碗安神養命湯，也帶了兵刃，率領家中人等出門追尋。

剛一拐過巷口，便聽手下喊道：「那不是少爺麼？」顏父定睛一看，果是乃子站在街心，正和一個蒼顏鶴髮的道人在那裡相持。聽路人說：「少爺行經此地，忽遇道人擋路，先以為是無心，打算讓過。誰知道人竟是存心嘔氣，左閃左攔，右閃右攔。少爺想打他，又憐他年老，幾次怒聲警誡。道人說：『有本事的自能縱了過去，要人讓路則甚？這點事兒也犯不上動武。』少爺連縱數次，仍舊被他攔住……」等語。

顏父聞言，猛想起驚走惡憎的也是一個老道，不由心中一動，猜是異人。忙即分開路人，首先喝止顏覼，走向道者身前深深一揖道：「犬子無知，冒犯仙長，請勿見罪。此地不是講話之所，請臨寒舍一敘如何？」

道人點首微笑道：「尊官是位忠臣義士，大名久聞，正欲拜訪，既承寵召，敢不惟命。」

顏父見道人神采飄逸，談吐從容，益發恭禮有加。又強命顏覼陪了罪，一同延往家內，看熱鬧的人也都散去。顏覼見乃父追來，不敢違抗，只得相隨同返。

顏父陪道者到了廳房，正欲請問姓名，道人更不落座，竟直往病人房中走去，路徑甚是熟悉，彷彿來過多次一般。顏覼此時情切倫好，心亂如麻，一到家，早先往病人房中跑去，見黃潛醒轉，正和他哭訴心志。忽見乃父陪了道人進來，忽然省悟，忙著重又施禮，問道：「適救舍表弟時聞聽人言，賊和尚被一位道長現身驚走，可就是仙長麼？」

道人掀髯笑答道：「你休管我，只問你平日藝業不過與黃潛伯仲之間，憑甚本領代他報仇？再者，你乃單傳獨子，老親在堂，為何以身殉親？設有不幸，死後也只做個不孝之鬼，有甚好處，漫說仇人已然逃避，即使你能追上，不過白饒一條小命，你的仇能報得了麼？」

顏覥一聽，不但驚走惡憎的就是他，並且事事未卜先知，猜是神仙無疑，忙又跪下謝罪。道人伸手拉起。

顏父躬身道：「仙長降臨，病人必然有救。此子幼遭孤露，更無兄弟，從小寄養寒家，只因為好武氣盛，遭此毒手。弟子雖略諳醫道，無奈傷中內臟要害，又被犬子一時差誤，錯了施治之機，血氣兩虧，至多不過還有數十日苟延。弟子智力已窮，如蒙仙長賜以靈丹，得保殘生，功德無量……」

顏父還要往下說時，道人接口答道：「此子資稟甚厚，如此橫死，實為可惜，貧道實為救他而來，請放寬心。不過他的病狀實如尊官所言，尋常藥方已無用處。便是貧道所帶靈丹，也只能保得他的命在，要想全可復原，惟有先給他服下丹藥，稍息數日，相隨貧道去至山中將息數載，方能復舊如初。就便再略傳一些保身立命的藝業。不知尊官和他本人以為然否？」

黃潛服了顏父之藥以後，神志漸清，只是周身作痛，不便轉動。及聞道人所言，料定是仇人剋星，巴不得有此一舉。當下不等顏父答話，忍著痛楚，將氣一提，掙扎著滾下榻來，納頭便叩。顏覥見他滾下床來，忙去攙扶時，只聽黃潛喊了一聲：「恩師！」因為衰敝過甚，強自用力，再也支持不住，二次又復暈死過去。

顏氏父子萬不料他有此一舉，正在手忙腳亂，道人連說：「無妨。」便從顏覥手中將黃潛接過，先塞了幾粒丹藥入口，將他抱起，放在床上，仰面平臥，手足一一伸直。再將雙手合攏，微一搓揉，立時便見熱氣蒸騰。然後用手按摸他的全身，不消半盞茶時，便聽黃潛腹中作響，漸漸有了聲息。道人又囑黃潛醒來不要言動，任憑施為。黃潛原本周身酸疼異常，二次回醒之後，只覺道人雙手按處，俱有一股奇熱之氣透肌入骨，舒適無比。等到通體按罷，痛楚若失，只胸前傷處隱隱猶有微痛，比起先時不啻天淵了。

顏氏父子看出他臉上顏色已轉，過去一按脈象，雖然仍有敗徵，已經不是死脈，不禁喜出望外，齊向道人拜謝不置。

道人扶起說道：「他已自願拜貧道為師，賢喬梓當無異詞吧？」

顏父知道人乃神仙一流，黃潛已是待斃之人，僥倖得遇仙緣，轉禍為福，本人已然拜師，哪有阻止之理。不過黃潛與己至戚世交，又是孤子單傳，恐就此出家，斬了宗嗣。剛想用話試探，道人已是覺察，笑道：「尊官休得疑慮。此子資稟雖佳，可惜塵緣未盡。貧道救他也是憐他善人之後，至性孤苦，心有不忍。至於修真了道，休說是他，便是貧道多年苦修，也還落了下乘。此番隨去，不過病癒之後，略學一些防身本領，入道初基，以便他異日入世，多積外功，為轉劫後地步，不致昧卻夙因而已。」

顏父聞言，方始釋然。倒是黃潛自遇道人，起了向道之心，恨不能由此相從，出世修真，先蒙收錄，甚是歡喜，聞言頓覺美中不足。因遵師囑，不許言動，不敢多說，只打定主意，入山以後努力修為，只要心堅，終能得師父真傳，不必忙在一時。

大家忙亂了一陣，顏父方得請問仙長法號。道人道：「貧道久居終南山陰絕壑崖明夷洞，出世多年，俗家姓名早已忘卻。因在明夷洞中隱居，同道都以明夷子相稱。現貧道尚有一俗事未了，約須四日。病人服了貧道丹藥，傷口不致有炸裂之虞，有此四日調養，恰好同行。另有丹藥十二粒，請分早、午、晚，每日給他服上三粒。第五日天明前，貧道自來領他同去。荒洞背陰高寒，他又是病軀，暫時恐難支援，棉衣務須給他帶上兩件。此後復原，便無須了。」說罷告辭。

顏氏父子哪裡肯放，再三懇切挽留，就在家中下榻，有事隨時外出，仍是歸歇。明夷子執意不肯，說山野之性，不慣居此；並且實有他行，離此甚遠，也非當日所能往返；煙火之物更是久已斷絕，盛情惟有心領。顏氏父子無法留住，只得罷了。

明夷子走後，黃潛依言服藥，果然病有起色，三日後已能下地行走。第五日黎明，明夷子果至。此時顏覬見表弟得遇仙緣，也頗有相隨同往，學成道術再歸之意。明夷子道：「令尊忠臣，你是孝子，將來還有許多事做，如何去得？」

顏覬也不捨遠離老父，息了念頭，便問：「表弟病軀，長行千里，可要車馬？」

明夷子道：「無須。」遂將顏父所備贈的兩件行囊打開，只挑了幾件衣服、一床被褥和百兩散銀，以備黃潛日後下山之用，餘物俱都不要。共打成一個小包袱，命黃潛斜掛肩上，然後師徒二人向主人告別。

顏覬哪裡肯捨，一直追送到了城外，明夷子迭次催歸不聽。這時天已大亮，行人漸多。明夷子道：「送君千里，終須一別。如再牽連，貧道要少陪了。」

顏熲正欲告罪，明夷子已將手扶了黃潛，道一聲：「疾！」往前走去。

顏熲意欲再送一程，先未覺得，只一晃眼工夫，相隔已遠，連忙拔步快追，哪裡還追得上，不多一會，沒入朝煙林靄之中，不見蹤跡。

二人出此一別，便無音信。顏氏父子日久自然繫念，顏熲不免親去終南山陰尋他師徒一回，遍問苗民樵夫，俱不知絕壑崖明夷洞的地名，也沒人見過那般身容的一位道長。

山陰地面更是荒寒，到處都是蛇虎豺狼的窟穴。顏熲連尋了月餘，全山幾於踏遍，終未尋到。無心中卻在一個極小的石洞壁問，得到一本古篆文的醫訣。顏熲先時看不明白，不解何書，因見文字奇古，茂密遒勁，頗為愛好，當下包好，藏在身旁。又找了幾天，委實絕望，才快快而歸。

顏父也不認得書上文字，便向通習古篆的人求教。幾經考譯，約有年餘，遇到一個有道醫僧，方知是一部醫道中的聖書，乃漢代醫仙何生所著，共分四冊，顏熲所得乃是第四冊。冊後附有一篇題志，說本書參通造化，妙道無窮。第一冊是千百種靈藥、仙草的名稱和服食功用、配製燒煉之方，以及出產的仙山福地，無不詳載其上，可以按圖索驥，以求駐顏不老，不死長生。第二冊是借靈藥神力改形易貌，變換性情，使服藥之後啟茅塞而豁心胸，移下愚為上智。第三冊是內科要經，象經精微，力挽沉疴，功深起死。

凡萬三千七百諸症，治法一一具載。第四冊是外科秘術，無論五勞七傷、各種惡瘡、無名腫毒、疑難諸症，無不藥到回春。

可惜顏覥前三冊沒有得到，有許多外科聖藥第四冊上只載有藥名、治法，至於藥形、產地俱在第一冊上，沒有深悉，無法取用。加以文詞古奧，難於通解，不能盡悉。顏覥終年捧書勤習，恒廢食寢，也不過略知梗概，十通三、五。可是就這樣三兩年後，顏覥已是醫道大進，成了外科聖手。

因為黃潛音信渺渺，顏氏父子俱當他隨師仙去，年時一久，漸漸把他忘卻。後來顏家被禍，幾於滅門，顏覥夫妻流竄蠻荒，雖也偶然憶及談起，僅是眷言倫好，回憶仙蹤，當成一種談資罷了。日前顏妻還向顏覥取笑說：「你既有這樣仙人戚友，怎不代你報仇？這多年來也不看望你一次，莫非仙人只要自己一成仙，便什麼恩情都不論了麼？」

顏覥聞言，只有苦笑，暗忖：「妻言雖是無心取笑，倒也有理。表弟如真成仙，坐觀多年，危難冤苦，不一存問，這神仙也太薄情了。」又想起自己大仇在身，閹豎勢盛，報復無日，視天夢夢。連日心中方在怨望，萬不料黃潛竟自數千里跋涉相尋，居然在此巧遇。不由驚喜哀樂，一時並集，抱頭悲痛了一陣。

眾人相見時，白猿想已看出來人是顏覥親人，站在一旁，嘻嘻直笑。虎兒拜見表叔之後，早奔了過去，要過白猿手持的兩件器械，喜躍不已。

顏覼喊道：「虎兒，快同白仙過來，陪表叔到嶺頭上去。」白猿聽喚，便抱虎兒走來，不等顏覼招呼，咧著凸嘴，笑嘻嘻朝黃潛叫了幾聲，又朝他身側不遠樹椏上一指，意似陪罪。黃潛會意，忙將樹椏上掛的東西取下。

顏覼一看，乃是一個小包裹，還有一株靈芝般的異草，便問：「此草何名？小弟從未見過。」

黃潛笑道：「為了一株靈草，小弟差點沒被仙猿所傷。這原是仙猿之物，名曰：兜率仙芝，小弟不合貪得。如今既是一家，理應珠還合浦。」說罷，遞與白猿。

白猿接過去，從芝草心裡摘下一粒紅豆般的果子，塞入虎兒口中吃了。仍將原草還給黃潛。

虎兒喊：「這小果兒真甜真香，白哥哥再給一個我吃。」

黃潛道：「難怪仙猿情急拚命，這靈藥原是為了表侄採的。裡面的兜率珠只有一粒，吃完便沒有了。」

顏覼細看那草，金莖翠葉，葉如人手，共是五片，中心是靈芝般的奇花，花心有一粒紅豆，已被白猿摘與虎兒吃了。但翠葉時發異香，清馨透鼻，沁人心脾。黃潛一面向白猿道了謝，與眾人略看了看，仍插入包袱縫裡，意甚珍惜。顏覼料是仙草，因為至親至友，劫後重逢，彼此都有一肚皮的話要說，不暇多問，只代白猿略為引見，便一同到達嶺上。石郎忙命苗女斟酒燒肉。黃潛一面吃喝，細說別後之事，以及與白猿爭鬥經過。

原來黃潛自隨明夷子出家，先在終南山陰只住了半年。因所受內傷仗著明夷子的丹藥，雖能保得命在，要想學成劍法，去尋惡僧報仇卻是難事。有一天晚間，隨師在終南絕頂玩月，忽遇明夷子的好友大呆山人，帶了兩個新收的門徒路過，命向明夷子獻藝求教。兩門人一姓姚名鼎，一姓金名成秀，年紀比黃潛還小一二歲，從大呆山人不過年餘光景，本領卻是不凡，舞起劍來直似翻飛虹霞，寒光凜凜，幻為異彩，明夷子大加贊許。

大呆山人便問：「師侄資稟甚厚，既從名師，劍法必定高明，為何身上似有內疾？」

黃潛顧己顧人，本覺相形見絀，聞言不禁觸動滿腔悲憤。正在悒悒難受，忽聽明夷子道：「此子資質著實不差，我初見他時早欲引歸門下，偏因小事耽延。等我事完，中道折回趕去，已被惡僧所害，身受內傷。我將他救回終南，生命雖可無憂，但是急切間尋不著銀肺草與兜率仙芝，不能修煉氣功，入門半年，至今還未怎樣傳授。昨為占算，機緣應在今宵，特地來此等候。幸遇道兄駕臨，聞得近年遍歷名山勝域，可曾見到這兩樣靈藥麼？」

大呆山人道：「道兄真能前知。日前攜二門人前往北嶽，試劍雲海，途經九華，偶上金頂，恰巧見著一株兜率仙芝。因此草不但芝中一粒兜率珠是仙家服食的靈藥異寶，便是芝花、莖、葉，俱有妙用，意欲移植荒山，以備他年不時之需。現連根採得在此，野遊不竟，尚未攜歸。至於那銀肺草，去年在太行山三折崖後絕澗之中曾見一株，可惜不曾長全。此草不能移植異地，出土不久，便會枯萎。暫時既不需要，又未成形，算計長成約在五七年後，當時恐被無知之人損壞，或落入妖人孽黨之手，經我行法禁制，外人決難尋著。不料事出無心，卻成了師侄七年之艾，足見緣分不淺。仙芝現在小徒法寶囊中，立時可以奉贈。銀肺草尚存原處。那一帶風物幽絕，氣候清嘉，宜於修養，其他靈藥異草尚多，從無人跡，愚師徒也是無心發現。崖腰更有純陽真人舊居，洞府高宏，丹爐藥灶，玉几雲床，設備井然，淨無纖塵，小弟曾有闢作外洞之想。道兄何妨令師侄移居太行，坐守靈藥長成應用，豈非絕妙？」

明夷子道：「當年純陽真人闢有七處洞天福地，後人只發現六處。中有一處洞名涵虛，洞門有純陽朱書篆額，自古迄今無人知曉。傳聞洞內仙跡甚多，還有兩部丹書、一函劍訣，道兄可曾昇到麼？」

大呆山人驚道：「不是道兄提起，弟還不知底細。那洞深藏崖腰藤蔓雜花之中，陡削峻險，猿猱難上。因見全崖壁立，獨中腰一石突出，廣約畝許，面對群山，下臨絕澗，松濤泉聲，交相掩映。石側兩條飛瀑，如玉龍倒掛，直下百丈。石上更是繁花如繡，碧苔濃肥，將石包沒，彷彿崖上掛著一個錦墩。因喜該地清麗雄奇，形勝獨絕，一時乘興，帶了二門人飛身上去，意只登臨，並不知壁間隱有仙宅。

「後見壁上離石兩丈藤蔓中藏有四處凹進去的石坑，大如栲栳，深近數尺。並且四坑上下間隔，大小如一。再一撥視，竟發現了斤斧之痕，彷彿石壁上原來刻有字跡，被人用利器鑿去的一般，好生奇怪。索性細看盤藤後面，也是空的，斬斷藤蔓，居然現出一座洞府。入內一看，石室寬廣，佈置井井，四壁珠瓔翠珞，瑩流晶明，頓呈奇觀。行到後洞深處，見有一座丹鼎，上有純陽題志，方知是呂仙舊宅。別的卻未發現。照道兄所說，洞壁上原有的必是『涵虛仙府』四字。連那藤蔓、苔蘚也許是掘字人的有心做作，用來滅跡隱形的了。但不知這人既能尋到此洞，當非常人，何以據有仙府而不自居，卻這般鬼祟行動則甚？」

明夷子想了想，笑道：「愚見與道兄略有不同。那人必是一個左道旁門，雖非庸流，卻也不是什麼真正高名之士。推測當時情形，他定從別的高人口中竊聽出一點來歷，入洞之初，本欲竊居，將仙冊、異寶攘為己有，無奈所知不詳，丹書、劍訣俱有禁法密封。自己既得不到手，又恐別人攘奪，道行淺薄，防禦無力，才行此拙計。用法寶將洞口篆額掘去，移來千年藤蔓與濃苔肥蘚將洞門隱蔽，只留下出入道路。他本人仍裝作不知，在左近覓一崖洞暫居，以備窮年累日，每日潛往洞中探索研討，冀於必得。每當出入之時，洞口必還另有禁法遮掩，使人到了近側都難覺察，如此方能隱蔽得住。

「他自以為千妥萬妥，誰知異派中人多行不義，住了不多時，便在洞外遭劫伏誅。死時當然不會向仇敵吐露。行法之人一死，所行禁法隨以失效。年代久遠，再來無人，空山寂寂，苔藤自肥，直到道兄近抵洞口，方始發覺。如果所料不差，丹書、劍訣當仍在內。此乃曠世仙緣，豈可漠視？況且此洞忽然發現，寶物出世之期已屆。恰巧小徒現須前往坐守銀肺草，承道兄假此仙居，實深感謝。明日便當移去，就便探尋。如借道兄仙福得到手中，那時道兄也倦遊歸來，你我一同研討，豈非絕妙？」

大呆山人聞言，甚喜道：「道兄明教，如開茅塞。惜乎尚有兩處要約，不能立時陪往。道兄法力高深，寶物如在，此去定能成功，弟亦得以坐享其成，即或仙冊已落人手，洞府仙居，景象萬千，也正好作我二人的別洞，棲息其中。弟藉此時常領教，幸何如之。」

當下計議停妥，大呆山人取出仙芝交與明夷子，率了二徒別去。

第二日，明夷子師徒便即起身往太行山，遷入涵虛洞府。明夷子一到，在洞中細心探索了多日，見鼎灶安然，四壁無恙，每日遍尋全洞，詳審機兆，越發斷定先前所料不差。直到大呆山人師徒雲遊歸來，又一同探索多日，用盡種種方法試探，都查不出丹書、劍訣藏處。連卜數卦，卻又都有必得之徵。

這日二人相對計議，方疑徵奇，啞然失笑，忽見黃潛從洞門外奔來，高喊：「恩師，師伯，仙書有了線索了。」明夷子聞言想起一事，不禁心中一動，不等說完，便拉了大呆山人往洞外走去。

原來黃潛、姚鼎、金成秀小弟兄三人自來仙府同居，情感甚是莫逆。黃潛因銀肺草尚未長成，須待服後方能學道，每見姚、金二人練習劍法，雖因日淺，還未能到飛行絕跡，出入青冥的地步，比起自己所學，卻已勝強十倍，不禁又羨又愛。心想：「恩師常說他的劍術與大呆山人師徒殊途同源。現既因病不能傳授，趁著養病清閒，向他二人討教，留意觀摩，等異日病體復原，學起來豈不容易些？」於是暗地留意，每值姚、金二人在洞外危石上練劍之時，必定在旁潛心注視。他天分本來絕頂優異，日子一多，自然領悟，只沒有親身持劍嘗試罷了。

明夷子、大呆山人每日訪查藏書秘鑰，小弟兄三人原也跟著搜尋，終無徵兆。後來姚、金二人功力大進，往往練習劍法舞到酣處，把人影、劍光融會一片，直如電掣龍翔，化成兩道寒光，在懸崖危石上面上下飛流，滾來滾去。看得黃潛定目豔羨，無可奈何。

照例將功課做完，或是攀蘿捫葛，上至崖頂，掇拾芳華，同搜異果，相與採食，言笑為歡，或是共下危崖，借觀靈藥，沿溪訪勝，入谷探幽，就著絕澗驚湍，臨流濯足，逆瀑嬉泉，激水同升，共為賭勝。直到夜色瞑瞑，林沒飛鳥，才同賦歸來，再理夜課。

這日，二人因見黃潛忽然想起心事，神志不屬，便拉了他同坐危石邊上，閒談解悶，漸漸談到劍法精微。黃潛自從有了悟境，連日觀劍十分技癢。聞言大為欲動，堅欲借劍一試。姚、金二人均在年少，童心未斂，先因師長囑咐黃潛肺臟受傷，僅服靈藥保命，用不得力，有時上下危崖，須要留心將扶，尤其不可任其相隨試劍，以免創處再裂，不易復原，故每當黃潛躍躍欲試，還能守戒，從旁勸止。

嗣見他山居既久，早晚打坐養靜，病容全去，氣體日益康健，也就不大在意。又加黃潛再三相嬲，只求背師略試能否，淺嘗輒止。姚鼎還在遲疑，金成秀比較心粗膽大，又是臉軟，一時情不可卻，便允了他。

黃潛高高興興接過金成秀手中劍，先也只想略試即止，緩緩練上幾套解數，看看自己劍境如何，將來能否出人頭地。誰知仙傳劍術與尋常武家傳授不同，招招相連，變化無窮，非內功有了根底，不能輕舉。先走兩三式，還不覺怎樣，心中一喜，便加了點勁，七八式後，漸覺吃力，胸前發脹微痛。當時休歇原可無礙，偏又心高好勝，不肯示弱，強忍著舞下去。以後式益微妙，耗費精力也更甚，猛然一陣頭暈，覺著舊病復發，想要收住勢子，力不從心，哪還能夠。一個雁落平沙之勢，從離地兩三高落將下來。這一劍本暗藏著一個變化，須在將落未落之際，化成一個蜻蜓戲波之勢，再一微起，方能落地。

可是黃潛人在空中已然頭暈，再也不能變招收式，眼看頭下腳下，身子折不轉來，快要撞在危石之上。剛暗道一聲：「不好！」忽然急中生智，兩手一合，緊握劍柄，把劍尖朝地直衝下來，意欲借著劍尖著地，避開危險，略緩下落之勢，再行翻身，縱過一旁，免得頭觸危石。

旁立姚、金二人先見他無師之傳，居然神會，還在拍手相讚。後見他越舞越急，臉紅筋脹，已恐有失。剛要喚止，黃潛身已縱起，由上而下。二人見他手足亂伸，使不上勁，情知不妙，連忙一同飛身上前接應，已是略為遲一步。剛剛飛近身側，只聽鏘鏘兩聲響過，火星四外飛濺，黃潛手受巨震，虎口崩裂，業已力竭神散，將劍脫手。因是寶劍著地之勢，頭腦雖未撞在石上，身子已斜橫過來，縱不墜下懸崖，也必身受重傷無疑。

還算好，姚、金二人雙雙搶到面前，姚鼎首先一把將他抱住，金成秀也幫同將他扶向一旁坐定。二人既恐良友病危，又恐師長怪罪，連劍也顧不得去拾，各自從囊中取出所帶的靈丹，忙著塞入黃潛口內。又嚼碎了一粒，敷在他虎口上。

過了一會，黃潛神志漸定，除覺胸前微痛，與初上終南時相彷外，尚無別的痛楚，以為不致礙事。正說無妨之際，忽見金成秀一口寶劍不在，只佩著劍匣，忙道：「金師弟，你的劍呢？」姚、金二人聞言一看，危石坪上薜厚苔肥，哪有劍的蹤跡。這一急又非同小可。尤其黃潛因失卻良友寶劍，更是難過。

姚鼎寬慰他道：「師兄不必憂急。此劍乃師父當年煉魔防身之寶，別人拿去，不能久用。即使失落，拚著受點責罰，前去稟告，只消師父運用玄功，立時便能收轉。不過我二人入門不久，道力淺薄，不能到此地步罷了。這石坪雖然自崖腰突出，孤懸天半，卻是其平若鏡。寶劍若在石上，必然放光，隱匿不住，想是適才被師兄失手墜落崖下去了。師兄舊病新發，不宜勞頓，請在上面守候，待我二人急速下崖尋找。如果真個被人無心拾去，收回到底也要費些手腳。」說罷，匆匆同金成秀援崖而下。

二人去了一會，不見回轉。黃潛心中老大不安，走至石邊一看，二人已往澗壑中尋找去了。靜心細一尋思，記得撒手丟劍之時，那劍明明刺到石上，虎口受震崩裂，覺著奇痛難握，立時鬆手，借勁剛一翻身，便被姚、金二人趕來抱住，扶向一旁，並未將劍帶起，怎會甩落崖下？心想：「神物鋒利，碎石如粉。彼時曾見石火星飛，莫非像飛將軍沒羽箭，被自己無心中刺入石中去了麼？」想到這裡，便信步走了過去。

那劍刺到的地方，碧蘚中裂成了一個尺多長，三寸來寬的石縫。因為苔蘚肥厚，三人腳底又輕，四外並無傷損。縫隙不大，遠觀仍是平勻一碧，非身臨切近看它不出。黃潛見石已刺裂，四外不見一點零星碎石，很似天然生就，已經奇怪。及至俯身往石縫一看，見裂痕深達三尺以上，上豐下銳。暗影中再一定睛注視，似有一件數寸長的東西插在隙底，彷彿劍柄，連忙俯身地上，伸臂探入，果然是個劍柄。知道所料不差，心中大喜，手握劍柄，往上便拔，仙劍鋒利，業已深入石內，被石夾住，拔不出來。舊病新發，不敢過於用力。正要起身去喚姚、金二人，忽覺劍柄有些活動。試稍用力順手往上一帶，微聞下面石裂作響，鏘的一聲，一道青光，劍已隨手而起。

黃潛正欲持劍起立，猛見隙底光華耀眼。再一低頭審視，石中裂痕頓闊了些，隙底現出一個蒼玉匣子，匣子上現有四個朱文篆字，光華璀燦，照得隙內通明，耀人眼目。

猜是丹書、劍訣出現，不禁喜得心頭怦怦跳動，立即如前探取。無奈那玉匣橫置縫中，兩頭還有些須緊嵌石內，急切間取它不出。中間一截石縫稍狹，又不能伸向兩旁削刺，更恐毀損仙書，不敢造次。匆匆趕向石邊，探頭一看，姚，金二人不知尋向何方，不見人影。知道仙書出現，非同小可，恐驚動外人，前來攘奪，不敢高聲呼喚，略喚了一兩聲。一時歡喜忘形，也忘了胸前脹痛，撥轉身便往洞中跑去。

明夷子和大呆山人正在後洞深處閑坐，相隔洞外約有半里之遙，黃潛跑去報告了喜信，明夷子連日本疑洞外危石是呂仙當年施用仙法所設，不是原生崖石，正在揣度下手之法，沒有出口。

因而不等黃潛說完，已知梗概，忙即跟蹤追出。行時看黃潛臉上神色有異，只把眉頭一皺，也未多說。及至黃潛隨後趕到，明夷子和大呆山人已行法開石，將那青玉匣取了出來。同時姚、金二人因在崖下遍尋不見，又疑那劍甩落澗底，正在壑底窮搜，聞得黃潛在崖上相喚，也趕了上來。一見二位師長手捧一個玉匣審視，黃潛持劍旁立，知劍已得。未及詢問，黃潛早迎上前來，將劍還了金成秀，告知因尋失劍，從石隙中發現玉匣經過。

姚、金二人聞言自是大喜。正要過去拜見二位師長，忽聽明夷子對大呆山人道：「連日和道兄遍搜全洞，全無仙冊蹤跡。後來靜心細想，我二人占算雖未能窮究天人，深通造化，上下數百年間過去未來之事，尚能如響斯應，何以每次在洞中占算，俱若有極微妙的仙法禁制，任是虔心靜慮，終不能返虛生明，洞徹詳因？只能算出事為吉兆，仙冊近在眼底，早晚期於必得。究竟密藏何處，何日能得，應諸何人，迄無分曉。心中雖是驚奇，始終未曾離開此洞算過。那日在此閑眺，因見苔蘚肥厚，密如碧氈；左右飛瀑，宛如玉龍倒掛，天紳下墜，分界仙洞，不特長大如一，更無絲毫偏奇，絕似有心造作。

「偶一動念，仙冊如藏洞內，以我二人智力，窮日累月那般細心研討，不致毫無形跡顯露。純陽真人道妙通玄，法力無邊，所居七座洞天福地，只這裡最為隱秘，洞外危石坪過分奇突，或許便是仙冊鎖鑰也未可知，當時曾疑石中有寶，還未斷定，今早偶往澗底，用丹藥化水澆灌銀胏草，俾其速為成長，以遂黃潛向道之誠，又想起此事，便在澗底默占一卦，果與往日洞中所占大不相同。

「不特卦相明顯，玄機透露，並算出所料不差，仙冊應在今日出世，由他們小弟兄三人自去發現。不過卦中還藏有別的玄機，意欲等驗後再說。晨間攔阻道兄，不必今日在坪上加傳二師侄心法，約往洞中閒談，由他小弟兄三人自然迎會，以免因我二人在側，錯了事機，便由於此。如今居然應驗。雖是幸事，只苦了黃潛一人，為了此事，犯了舊疾，內傷加重。即使銀胏草今年借靈藥培養之力先期長成，也只能略習防身本領。不等服藥之後，經過數載時間，不能學習飛劍。可見事有前定，欲速終於不達，隨你用盡心機，仍要經過難中定限的了。」

大呆山人笑道：「黃師侄質稟優厚，勝似小徒，只惜氣盛心剛，非修道人所宜。大器本應晚成，借這數年長久歲月，來磨練他的浮躁剛猛之氣，使其歸於純靜，再好不過。道兄不惜以靈藥仙珍澆灌銀胏草，無異宋人助苗之長，本來是多事呢。」說罷，相與撫掌。

二人都料石中還有別的寶物，但細查無著。知道玉匣開時還須費一番手續，縱有餘寶，也必等開匣後方知取法，此時仍是徒勞。彼此一商量，由明夷子行法禁制，封閉石隙。攜了玉匣，師徒五人同往洞內。到後，明夷子又給黃潛服了幾粒丹藥，保身止痛，命在雲床上安臥養神，以防加重。將玉匣供在桌上，明夷子與大呆山人師徒先向呂仙通誠，一一拜罷，然後行法開匣。

那匣玉質晶瑩，仙書冊頁隱隱可見，只是外觀一體渾成，宛如一方整塊美玉，僅四角有一圈長方形的絲紋。明夷子和大呆山人用盡方法，紋絲不動。又不願使用飛劍，將匣損毀，只得改用火攻。由明夷子與大呆山晝夜輪流，將玉匣抱在懷中打坐，用本身純陽真火鍛煉。經了七天七夜工夫，明夷子抱匣打坐，正在神儀內瑩，真火外宣之際，匣上忽煥奇光。如是時候了，益發用志不分，潛陽吞吐，精光的的，包向匣外。不消半盞茶時，鏘然一聲，匣蓋倏地拱起。大呆山人在旁守護，立時接了過去。

明夷子將神一斂，起身下立，二次將匣供好，一一拜罷，手扶匣蓋，輕輕往上一舉。蓋起匣開，彩華耀眼。匣中嚴絲合縫，現出兩冊丹書，兩冊劍訣，均分上、下兩卷。打開首卷丹書一看，果然附有一張絹條，朱書狂草，如舞龍蛇。除注明仙冊出現年月外，並說洞外危石坪中，還藏有純陽真人一玉瓶丹藥、一柄藥鏟、兩口煉魔寶劍。但這三樁寶物均另有人借用，惟鏟、劍將來尚可珠還。大呆山人便要趕出，探視寶物失未。

明夷子道：「純陽真人既有仙示，寶物恐已被人乘隙取去了。獲賜仙冊已屬望外，怎敢還要貪得？何況日後二寶仍將歸還呢。此寶如應為我等所有，那日早隨玉匣出現，何待今日？我二人連日為取匣中仙冊，晝夜輪流守護鍛煉，不能離開，才致此寶失而復得。可見事有前定，徒勞無益也。道兄不信，只命兩位師侄往觀，自知分曉。」

姚、金二人在旁聞言，早不等吩咐，往外跑去。

第七章　往事愴神

話說姚、金二人到了洞外石坪上一看，原裂石隙封鎖依然，碧蘚豐茸，全無動靜。方喜寶物未失，尚可尋取，猛一瞥見右側石邊上苔痕較淡，心疑有異。過去仔細一看，竟是幾個人手攀援之跡，越發心動。再低頭朝下一看，邊沿上裂有一個石縫，大小與日前現書縫隙相同，只是深極。還當寶物猶存，忙削了一枝長藤探將進去，再將寶劍放入，借劍上光華一照，其深竟達兩丈，隙中空空，並無一物。

隙口微現人手掌印與兵刃鉤劃之跡，來人好似攀著石沿，用長鉤之類兵器伸入下手竊取。二人四顧雲山蒼茫，岩谷幽深，靜蕩蕩地不見人蹤，只有飛鳥。知道逃人已遠，無可追尋，暗恨自己不該終日在洞中看兩位師長取那仙書，不曾留意洞外，已致寶物失去，後悔無及，只得廢然歸報。

明夷子笑對大呆山人道：「如何？我早料到此了。這取寶的人未必是甚高明之士，大約無心經此，見石隙自裂，寶物呈現光華，立時下手撿了便宜而去。否則，必要尋根究底，探索來源，豈會一獲即行，對於別的所在全未留意？就算他不知仙府來歷，洞外石坪孤懸崖腰，突出大半，左右飛瀑映帶，明眼人一望而知有異。不近前還看不出，既已身臨此洞，因他們小弟兄三人時常出外練劍遊散，用的不過尋常封鎖，來人稍為細心，便可看出。

「據姚、金二師侄所說，石邊苔蘚俱被手攀殘損，寶穴裡面也有鉤裂之痕，不特洞前，連石坪上俱都未到，可見粗率識淺。純陽真人既先將此數寶暫借與他，穴內預藏至今的靈丹全憑取用，來人當非左道旁門，定是正派道友門下未學新進無疑。再者，那日我等將石坪上下四圍全都尋遍，並無一毫線索可尋，等一離開，便即發現，可知專為此人而設。由此看來，前輩真仙的玄妙精微真不可測了。事已過去，只合靜俟珠還。我們還是敬覽丹書，勤習劍訣，暫時不必再作得隴望蜀之想了。」

大呆山人仍欲觀察來蹤，親自出外詳查了一回，果然來人只將穴中丹寶取走，坪上並未到達。看形跡，又似算準時地，有心專意而來，又似無心經此，做來卻又不甚乾淨，心中好生奇怪。便命姚、金二人隨時留意，回洞與明夷子同參劍訣。

話說一晃三年，明夷子及大呆山人師徒道行劍法自然愈加精進，取寶的人卻從未見他再來。內中只黃潛一人志壯心苦，眼看師長、同門日益精進，自己每日只能打坐習靜，徐養氣機，休說飛仙劍法不能從學，連尋常武術都不能習練，還得徐壓盛氣，強自斂抑，以免舊病加劇。先是真個苦痛已極，直到三五年後方將銳氣挫平，歸於純靜，把以前躁妄之氣磨去個乾乾淨淨。好容易盼到第七年上，這日明夷子忽然取出半葫蘆丹露，與一百零八丸丹藥，命分三次一日服完，黃潛本來常服仙藥，自從矜平躁釋以來，明知銀肺草早已長成，兜率仙芝移置洞中，經乃師日用靈藥培植，更比從前肥茂，也不再像從前時常過問，一心靜等時機之來。這日服藥三次，夜間打坐，忽然腹痛欲瀉。便後歸座，猛覺臟腑空靈，氣機流暢，迥異平時。

當時還不知數年苦盼的靈藥仙草，已經乃師煉製成了丹露，自己已在日間服用。正自奇怪，明夷子忽然走來，笑對黃潛道：「這些年，著實難為了你，今日是你難滿之日。今日所服何藥可知道麼？」

黃潛聞言，驚喜交集，慌忙下拜請問道，「弟子自從受傷以來，多蒙恩師賜救，得保殘生。嗣由終南移居太行，本已無多痛楚。不料一時疏忽，練劍犯病，幸得恩師靈丹，雖未大礙，但是平日稍為過勞，胸前便自脹痛。今早起連服三次靈丹、仙露，先是胸前脹癢，抓撈不著，適才走動了一次，立覺臟腑空靈，迥異從前。聽恩師之言，那靈丹、仙露定是銀肺草和兜率仙芝所煉製的了？」

明夷子道：「此二靈藥已早成長，別的配藥也早煉製備用，只緣你災厄未滿，遲遲至今，昨晚方將二藥化為丹、露。因純陽真人丹書也載有此藥製服之法，較我所知尤為精美，此藥服後，立時便要化腐生肌。你肺腑受傷震裂，全仗我的丹藥培養，苟延性命，諸凡勞頓不得。學劍首重煉氣之功，肺司吐納，最關重要，更難學習。服藥以後，肺葉生長才得萌芽，又當它化腐分淤之際，怒固不宜，喜亦有害。你多年魂夢懸念，無非此藥，一旦如願，即便近來躁妄之氣已平，當時也難免欣喜如狂，新肺脆弱，怎禁得起？一時如不能平心靜氣，喜極而肺葉大開，將所化血污吸入肺內，或是稍有傷損，不特服藥費事，或者還有大礙，故此事前不使你知。

「如今殘肺淤血俱已下盡，新肺成形，病體復原。如自明日起便即練劍，日後成就只能與你姚、金二師弟相伯仲，報仇僅夠，要想傳我衣缽卻不能。不如借新肺成長之機，仍照往常一樣，譬如未服靈藥，每日還是打坐靜養，學那上乘內家功夫。你這幾年來初步坐功頗有根底，再由此精進，只須年餘，根基便能堅牢。那時你將舊日武藝溫習，由我從旁指點，略傳一些防身劍法，暫且做個人間能手。率性下山，不辭艱苦卓絕，受盡跋涉艱難，逕去利物濟人，使新生靈腑依次磨練，不假人力，逐漸自然堅韌。你有此秉賦，又因禍得福，去腐朽而生仙肌，無殊脫胎換骨。等兩、三年外功圓滿歸來，重復向道，作我傳人，豈非絕妙？有此二途，由你自擇回話。」

黃潛聞言，略一尋思，躬身答道：「弟子近年心平氣斂，已知萬事有定，欲速不達。既承恩師明教，弟子情願甘受苦難，不敢急進，以負師門厚期了。」

明夷子聞言，喜道：「適才見你聞說服了仙藥，病已痊癒，雖然不免喜形於色，神態卻甚沉穩，今又這等說法，足見涵養功深。吾道不孤，好自為之，我不患沒有傳人了。」

黃潛見師獎許，益發心中謹慎自勉，以期大成。

第二日，大呆山人師徒也向黃潛道賀，又各勸勉了一番，過了些日，黃潛方得溫習舊業，本是會家，又得明夷子指點，自然突飛猛進。

一年後，明夷子說黃潛的武功，人間已是無敵，足可下山行道。因為邇來各異派廣收門徒，與峨嵋、青城諸派相抗，到處橫行為惡，恐狹路相逢，不是對手，除賜給一口仙劍用作防身之具，另傳了兩種臨危應變法術。黃潛聞命，一一謹記，臨行拜別，向明夷子請問，下山之後應往何處。

明夷子笑道：「滔滔天下，哪裡都有不公平之事，苦痛呻吟，待救之人正多，只要留心，隨時可遇，你只任意所如，自有遇合，無須指定。吾門最忌貪盜，即便遇著好惡豪強，移富濟貧則可，也不能分潤盜泉，沾染分毫。你當初上山時帶有一些散碎銀兩，省儉度用，足敷你一半年的用途，過此即有遇合。留此無用，可全數攜去。外功圓滿，為師自會接引，中間也還有相逢之期。你姚、金二師弟不久也當奉命下山行道，不出一年，即可謀面，你一人先行吧。」

黃潛聞言，猛想起那銀乃姑父所贈，暗忖：「自己從小寄養他家，多蒙恩育，愛如親生，與表兄情好，尤為莫逆。多年未見，也不知他家光景如何？以前屢次請師占卜，俱未明言。此去下山的途徑方向，師父既未指定，何不先往京城探詢他家行蹤，一敘渴想，也免他父子懸念；就便沿途行道，豈非一舉兩全？」便和明夷子說了。

明夷子只說：「由你由你。」並無他言。

黃潛知道師父要使自己多受艱難，飽經磨練，如問顏家此時究竟在籍在京，蹤跡近況，必不肯說。只得拜別師長，與姚、金二人依依判袂，獨自離了太行，往京城進發。

黃潛才一出山到了城鎮，便見四民疾首蹙額，憔悴呻吟，彷彿災厄甚重。問他們卻又不肯明言，吞吞吐吐。先還以為天時不順，偶值饑饉。後見茹苦含愁之狀各地皆然，一查年歲並不荒旱，而官貪吏酷，民不聊生，餓殍載道，盜賊群起，人心惶惶，恍如大難將至。細一打聽，才知奸逆閹豎權勢日重一日，官吏希顏承旨，競建生祠。賄賂公行，幾於市中交易，計官論值；加以橫徵暴斂，刑賦繁苛。鬧得人民敢怒而不敢言，所以造成一路上的陰霾淒苦景象。

黃潛暗忖：「姑父為人正直忠義，昔日權閹初用，尚未過分橫行，尚且疾首痛心，不欲與之並立，如今閹焰高漲，積惡已極，豈能容忍？即使不批逆鱗，為國除奸，也必歸隱故鄉，以遠危難。看神氣，此時絕不會還在京城留戀，去了也是白跑。」

又一想：「一路行來，離京只二三百里，憑自己腳程，如不途中留連，半日即至。就算姑父、表兄歸隱，京寓總還留有家人，也可以打探出一個蹤跡。等打探出他父子或是還鄉，或是外任，再行趕去，也可早見些日，省得又撲個空。自己既以利物濟人為念，閹狗如此好惡，縱因形格勢禁，不能立時下手將他除去，也當一探虛實，為異日下手之地。」想了想，還是走一趟為是，便把腳步加緊，仍往京趕去。

這時魏忠賢正是權傾朝野，勢力滔天。義子、乾兒，朋比為奸，自不必說，連門下家奴廝養，也都倚勢橫行，無惡不作。路上自然免不了打些個不平，做些個俠行義舉。仗著一身本領，辦得甚是順手，倒也無甚可記。

這日，黃潛走到京城顏家舊宅。一打聽，宅已易主數年。一問顏家蹤跡，人都掩耳疾走，不敢聞對，情知凶多吉少。後來，遇見一個賣零食的老年小販，黃潛幼時隨姑父游宦京城，常和顏䚍背了家人買他的食物，往往給錢甚多，談起來居然認得。不等黃潛再問，便大驚失色，拉向僻靜之處，說了顏家遭禍之事，並說：「當時只顏公子兩小夫妻逃去，至今未獲。不特家產查抄，還要訪拿餘黨。聽說顏公子夫妻二人逃往四川一禽，至今不曾弋獲，公子怎還到此尋他？如被他們知道，那還有命？趁無人知，快逃出京城為妙。」

黃潛聞言，不由悲憤填膺，如非這多年涵養功深，幾乎當時便要尋閹狗一拚死活。暗想：「姑父雖死，表兄尚避禍蜀中。他為人孝義，數年不報父仇，必有難處。再者，市販傳言，語焉不詳。此事關係不小，自己還須慎重。莫如找到舊日姑父幾家同僚至好家中，問了詳情，再定行止。如表兄真在四川，便立時尋去。等尋到以後，問明詳情，再助他同報父仇不晚。」主意打定，便謝別了那小販，逕尋舊日顏家的幾處同僚至友打聽。

黃潛連尋了十數家，有的吃奸黨陷害，已不在原處居住，無從尋訪；有幾家卻做了大官，等尋到一問，俱支吾其詞，休說探問顏氏父子蹤跡，連面都見不到。連去數次以後，家人漸出惡聲，說黃潛是地痞流棍，要喚坊裡捉去治罪。黃潛知他們俱已投在權閹門下，好說相見不成，當時隱忍退走。候至晚間，索性施展輕身功夫，夜入內宅，先禮後兵，強探顏家被禍之事。對方當時懼怕他的聲威，只得把前事略說大概。除顏覥夫妻逃往四川雲貴一帶，官府至今尚在嚴緝未獲比較稍詳外，餘皆吞吞吐吐，和小販所說差不了多少。

黃潛本想給他一個警誡，恐張揚出去打草驚蛇，於事有礙，只略為指斥了幾句，便飛身走去。因所聞不如意，還待第二晚再向別家詢明再走。誰知這班奸黨聲氣相通，頭一家等黃潛一走，便連夜命人往各地面官送信，又親去權閹家中告密說：日前出了飛賊，乃顏氏戚黨，來去無蹤，恐將來難免乘隙行刺。權閹原養有武師打手多人，內中還有兩個旁門妖道。一聞警報，立時召集黨羽，傳下密令，窮搜全城，廣設陷阱，引敵入網。

黃潛次晚去探的一家姓胡，以前曾受顏氏大恩，又是同官至好，顏氏被禍以前做了權閹走狗。顏覥夫妻當年望門投止，不但不肯容留，反去向權閹告密，說出行止。顏覥夫妻如非會點武藝，生性機警，幾乎遭了他的毒手。此人本知黃潛出家養病底細，小時又見過多次，一得信息，不等人到，早設下埋伏相候。黃潛如在往昔，也許上了他的大當，如今卻活該惡人遭報。這天黃潛剛飛身落下，那姓胡的已在庭中相待，口講：「賢侄，日裡兩次不見，實為避人耳目。算計早晚駕臨，已然候了兩晚。令親家事，我所盡知，且請書房接風，宴後一一詳告。如不棄嫌，便請下榻我家，暫住些日，再設法去尋顏賢侄的下落如何？」

黃潛見他說得誠懇，知與顏家情非泛常，先也未疑。及至入席，見他勸飲勸吃，甚是殷勤，正經話卻不提起。一問，卻說：「此話太長，還有機密，賢侄遠來，酒後奉告不晚。」黃潛漸覺有詐，故意停杯不飲。

姓胡的雖然老奸巨猾，畢竟作賊心虛，強笑問道：「老賢侄不肯進酒，莫非還疑心老夫麼？」

偏偏埋伏窗外的幾名廠衛是些蠢貨，等得不耐，前往窗下窺探，儘管腳步很輕，怎能瞞過高明人的耳目。黃潛側耳一聽步聲有異，當時還未深信，立即站起往窗前走去，欲待探頭一觀動作。姓胡的久聞他武藝頗好，請了廠衛埋伏，猶恐不濟，黃潛到時又命人飛馬馳報。同時穩住黃潛，等上菜家人一個暗號，報知援兵到來，便即設詞退走，由伏甲上前捉人。伴虎同飲，本來就是強作鎮定，一見黃潛神色微變，突然起立走向窗前，當是看破機密，慌忙站起，往裡間便跑。

這時，黃潛業已看見窗外刀光隱現，人影幢幢，又聽步履匆忙之聲，回望主人，離座而起，不由大悟。罵道：「無知閹黨，敢害我麼？」略一墊步，早飛身上前，提小雞一般將人抓住舉起。拔出腰間佩劍，加在姓胡的頸上。怒罵道：「你這忘恩負義的老狗！我姑父從前對你何等厚待，今日不過探詢他家的行蹤下落，被禍原由，說不說在你，竟敢瞎了狗眼，下此毒手。快快說了實話，還可饒你狗命；稍一遲延，休怪我心辣手狠！」

那姓胡的自從媚事權閹，昔年恩友早已置諸九霄雲外。事前一心害人，全未準備對答之詞。此時嚇得魂亡膽落之際，哪裡還應答得上。急喘吁吁，剛喊得一聲：「黃賢侄。」

黃潛已劈臉啐了一口道：「你這等喪盡天良的閹奴走狗，誰是你的黃賢侄？」言還未了，窗外人聲喧嘩，幾名廠衛連同後來的官兵已蜂擁而至，將那間書房圍住，牆外面更是人喊馬嘶，攪成一片。來人待要闖進，見姓胡的被敵人舉起，白刃加頸，因是權閹寵任之人。未免存了投鼠忌器之心。方在觀望，姓胡的見救兵大至，以為黃潛如殺了自己，他也難逃活命，一尋思，又生惡計。低聲悄語道：「此時四外俱有重兵，你與我同在危境。我對令表兄蹤跡，除知他逃往四川外，實無所知。你有此好身手，一人還可逃走。莫如將我放下，由我在前領路，他們見我在前，怕我受傷，必不敢上來拿人。你出其不意，仍可照來時辦法越牆而走。否則，他們佈置一定，你就殺了我也逃不脫了。」

黃潛哈哈大笑道：「你當我把閹狗手下這群奴下之奴，放在眼裡麼？看你這老狗今日行為，當初陷害我姑父全家必也有份。我不殺你，情理難容；殺你，罪狀尚未證實。我先給你留一點記號，等我尋到表兄，問明前情，那時再尋閹狗同一干狗黨算帳。留你殘命，且在旁看我怎樣走法。」姓胡的聽話不對，一時情急，剛喊了聲：「救命！」便見黃潛手舉處，光華耀眼，閃了兩閃，同時耳際微涼，身子便被放開。

房外眾人見黃潛放手，一聲吶喊，首先各舉鏢箭向房中發來，滿以為準可將人射倒。

忽聽黃潛喊一聲：「來得好！」手中寶劍一舞，立時連人帶劍化成一團光華，從門內飛射出來。屋外伏兵立時一陣大亂，紛紛各舉刀矛，一擁而上，哪裡還有人跡，張惶駭顧間，又聽黃潛在屋上怒罵道：「我不殺你們這群無知蠢奴，歸報閹狗，叫他早晚留神首級！」眾伏兵舉箭欲射，劍光閃處，人已不見，連忙追出。一問牆外埋伏的馬隊，只聽牆內喧噪拿賊，連刺客影子也未見。眾廠衛人等無法，只得垂頭喪氣回去覆命。

姓胡的驚魂乍定，微覺耳邊作痛。用手一摸，兩耳已被削去，方覺奇疼難忍，暈倒在地。人走之後，家人齊集，將他救起，一尋殘耳，早被刺客取走。身上還中了一支流箭，幸不甚重。僥倖得保首級，自去養傷，咒罵仇人，向權閹哭訴。不提。

黃潛離了胡家，越想越覺權閹奸黨可惡，竟不及等候尋見顏覞，逕於次日晚間往權閹家中行刺。去時自恃仙傳本領，以為取閹狗首級無殊探囊取物。誰知對方有了準備，並且權閹因知多行不義，怨滿天下，平日不借重金厚禮，早就豢養著有好幾個異派中會劍術妖法的人近身保護，日夕不離。加以昨晚廠衛歸報，黃潛又從容逃走，正悔一時疏忽，輕視敵人，沒派能人前往。除密令九城一體嚴拿外，斷定黃潛既是顏家戚黨，早晚必來行刺，防備異常周密。

黃潛一到，便有兩妖人上前應戰，幾乎為邪術所中，自投羅網。幸仗明夷子所傳脫身避難之法，才得遁走。黃潛方知事非易與，表兄緩報親仇，必也因此。知難當退，再留無益，只得買了些冥鏹祭禮，尋了一個冷僻寺觀，招魂設祭，痛哭了一場。祭畢，又往權閹家中試了一次，仍是防衛緊嚴，無法下手。只得連夜離京，趕往四川，一路無話。

黃潛先由旱路取道成都，到後，連訪數月，並無徵兆。又去川東、重慶一帶尋訪，仍問不出一毫端倪。夜入各地官署暗查案卷，翻出當年卷宗，也只是閹狗以前風聞表兄嫂逃往川中匿跡，命地方官嚴緝解京治罪的話，大半捕風捉影，查不出所以然來。不得已，返回成都一帶，日裡遍搜岩壑鄉野之間，夜晚又去衙署探查。

這一夜，黃潛前去，正遇官和幕友拿著權閹第三次嚴緝刺客的催令，上有「黃某既聞顏氏孽子在川潛伏，定往尋訪。屢經開具年貌，嚴令緝拿，何以久緝不獲？殊屬玩忽！」等嚴加申斥，仍著務緝歸案之言。

黃潛暗中好笑。心想：「自己行蹤飄忽，一身絕藝，即遇官府捕役，也拿我無可奈何。況且自在閹狗家中受挫，益發謹慎。入川以來，大半晝伏夜動。寄居之地，不是受過恩惠之家，便是岩棲野處。任你嚴限查緝，有甚用處？不過閹黨爪牙密佈，搜查如此嚴厲，表兄嫂是外鄉人，倘在此潛居，日久不會不露一絲行藏。這裡近接滇黔，想已逃入蠻荒。反正找到方休，何不前往一試？」正欲起行，第二天青羊宮集會，黃潛也不畏官府耳目，意欲一觀盛會，再作長征，看看是否與傳說相符，有無神仙異人出現。

次日，天色微明黃潛便趕了前去，隨時隨地留心物色。一直遊到下午未申之交，除了肩摩背接人多擁擠而外，毫無所遇。僅殿旁有兩個江湖道士，在那裡弄花巧搗鬼，也引不起自己興趣。暗忖：「世俗所說的會神仙原來如此。這等喧鬧塵囂所在，神仙原也不會到來，我本多此一舉，還是走吧。」信步出宮，且喜無人識破。

正欲起行，忽聽有人笑語道：「這個人也是呆子，既知親戚隱在苗疆，卻只管奔馳全川，到處瞎撞亂跑。前邊放著明路卻又不去打聽，任他踏破鐵鞋，有甚用處？」黃潛聞言心動，忙回頭一看，乃是一個身背大紅葫蘆的中年道士，吃得酒醉醺醺，正和一個同行的道童且說且行。忙跟過去，欲待尋他攀談。偏值散會之際，宮中遊人如潮湧一般退出，急切間擠不上前，只得遙遙認定那個紅葫蘆尾隨。

黃潛行離宮門才十餘步，又聽道旁有人問答。內中一個說道：「可惜這一對行醫的夫妻，已有好久不到我們墟裡來了。這就是當時用剩的藥，各墟集上都沒處配，又無法認得，才幾千里路趕到這裡來，往各大藥鋪尋訪。不料這麼大地方，竟也配不出，也是沒人認得，找更找它不到。我那親媽必是活不成了。」

黃潛聞言，剛一回首，猛聽耳旁有極細的聲音說道：「問他好了，不必尋我。」心中奇怪。再一尋那道人師徒，就在這晃眼工夫，竟在萬人叢中失蹤，不知去向。那道旁問答的乃是幾個苗民，不禁觸動靈機，暗忖：「姑父乃世傳外科名手，表兄也從小醫理極有悟性。聞他夫妻逃時匆忙，帶錢不多，如隱苗疆，必以行醫自活。我在自尋訪經年，怎未想到這上頭來？料那道人師徒定非尋常，兩次所說，似乎有心指點，末次所說尤為暗合我心事。既然隱去，必不肯見，尋也無益。且從苗人口中一探，莫要顧此失彼。如問非所答，再尋訪道人蹤跡未晚。」

想到這裡，便閃出人叢，往苗人身前湊去。越聽苗人所言，越覺有望。故意閑立到人散將盡，苗人也語盡分手，便認準問藥的一個，尾隨到了田野無人之處，上前喚住，問道：「客家先說有甚藥兒，可能給我一看麼？」

苗人驚問道：「官人能識這藥？那太好了。」黃潛接過那藥一看，乃是一粒銀衣朱丸，看出與顏家製法相同，便問來處。

苗人答道：「我家原住雲貴交界的菜花墟，只因我爹是個多年痰喘，數年前遇一走方漢客，夫妻二人醫道都好。先時無人信他，我用五分碎銀買了他一包治喘的丸藥，我爹還不肯吃。他夫妻見生意不多，無人上門，不久也便走去。過了些時，我爹喘得要死，一聽族人說他藥頗有奇效，我才瞞了我爹，假說別一個走墟名醫的藥，早晚照他法子共吃兩回，便止了喘。等藥用完，即斷了根。這時，他夫妻已漸漸有人信服。按說我們那裡是大墟大集，人多富足，他夫妻能做常年的好生意。不知怎的竟沒了影，一直也未再到墟裡來。去年我媽忽然也害了喘病，什麼方法都用盡，只是不能好，今年越發厲害。只恨當初沒將他藥都買下，這一粒還是當初我留的樣子，原想等他來時比著買來，準備我爹犯病用的。不料我媽也害這病，到處打探，只打探不到。我急得無法，心想他夫妻說家原住在四川，雖然口音不大像，丸藥不比草藥，總是從四川販去的。誰知連問多少醫生、藥鋪，俱不能識。官人如能識得，代配一料，將我媽病醫好，我家金沙甚多，情願送你兩升如何？」

黃潛見那苗民孝心至誠，便笑答道：「謝到無須，少時我送你點藥，包將你媽病治好就是。」苗人聞言，慌忙跪倒拜謝，連問那藥可是身帶。黃潛道：「我不但給你好藥，還可同你前往包醫。只是那行醫夫妻，頗似我的親人，你可知他姓名麼？」

苗人道：「官人原來和他有親麼？這太好了。他夫妻初來時沒有人理會他，事後我曾向人打聽，說他姓嚴，不知是不？」黃潛知「嚴」、「顏」音近，或是傳聞之誤。暗想：「表兄既然亡命奔逃，怎連姓都未改？就改也無須用這與本姓相近之音，難怪閹狗得知蹤跡。聽苗人之言，他此時雖已離去，必仍在遠近苗疆中以醫自隱。」

略一尋思，決計不再尋那道人，取出明夷子所賜在外濟人的靈丹與苗人看了，相約同往醫治。只路上要苗人教他土語；假如中途有事離開，必須前途相會，不許盤問，並向人說起，苗人一一應諾。黃潛見天已黃昏，於是同返那苗人寄居的地方共宿一宵。

第二早，天色微明，便即起身。苗人慣於跋涉，走不兩天，便棄了官驛大道，改抄荒野捷徑，所遇都是土蠻之類。那苗人與菜花墟孟寨主同族，沿途苗民多來延款。加以步履輕捷，一天往往能走二三百里的山路。由成都上道南行，沿岷江驛路越過大涼山，走入屏山、野家山這一條赴滇捷徑，雖是土蠻雜居之所，風景卻極佳妙，山清水秀，澗谷幽奇，野鳥蠻花，山光如沐。原生野林遍地都是，常在林中走一兩天不見天日。到處俱值勾留，不捨遽去，所以路上一些不覺遲緩。因山野遼闊，常斷人煙，除偶為苗人用靈丹治病外，更無別事耽擱，始終也未離伴他去。那苗人見黃潛用的只有一種丹丸，卻是藥到回春，越發敬服感戴。

二人行約半月，相隔菜花墟只有一二日途程，忽然又遇到一個苗民，與孟寨苗人一見面，便笑道：「我報你一個喜信，那一對神醫現在青狼寨當長年醫生呢。」

黃潛路上本不斷留神打聽，聞言大喜，忙問究竟。

那苗人說：「我與孟寨主交情最好，因聞孟母病，尋訪神醫不到，也幫著打聽。前日無心中在金牛寨山口上遇著一個青狼寨的舊人，說他寨主多疑性暴，女寨主也凶得很。他因犯了點忌，恐怕送命，連夜逃出避禍，意欲投奔他一個先逃走出來的同族。無形中談起前幾年黑王神給他們引去一對會醫病的夫婦，一盤問，竟是以前來此的那兩個神醫。我沒等他說完，便忙跑向孟家，孟家的人已趕往四川去了。因為青狼寨主夫婦為了金牛寨，與孟寨主有仇，不敢冒失抬了孟母去求醫。此事只有等孟寨主回來，求寨主設法向他硬借。如今我有事須往前山，不想途中與你們相遇。」

黃潛問知青狼寨相隔僅百里山路，越發心喜。當下別了那苗人，第三日趕到孟寨主家內，黃潛給孟母服了靈丹。因當地俱是苗民，不時來往城鎮買賣，恐宣揚出去，洩了自己和顏氏夫妻行藏，再三叮囑不可洩漏於人。丹藥也暫時停施。等病治好，問明了去青狼寨的道路，便要別去。孟寨主自然千恩萬謝，送了許多土物、金沙。

黃潛一概不收，只取了三天的糧食，做一口袋裝好。

孟寨主說：「青狼寨主夫婦凶狠詭詐，又與本墟有仇。此去要穿行螺盤灣，便是我們認路的人，也常常走迷，只一疏神，將灣中谷套數錯，就一月半月困在灣裡不得出來。恩人沒走過，只憑我口說，哪裡行得？」執意要伴送同行。黃潛一則恐洩機密，二則知道兩方不合，萬一同行遇見青狼寨人尋仇，動起手來，表兄現正寄居對方，相助同敵，恐傷人不便，反多累贅。自己一身本領，只要認得方向，豈懼山嶺阻險？執意不許同往。孟寨主無法，只得說道：「我家恰在本墟最遠最偏僻的所在，往青狼寨須走螺盤灣，恩人路生，實不好走。既不要我陪去，請恩人退回來路，改走前路。雖然中隔兩座高山，仍要穿過螺盤灣，但只是灣的盡頭，決不至於迷路，多走百十里，卻放心得多。」

黃潛應了，問好改走前墟的路，便即起行。孟寨主送了一程，方行別去。再走一二里，到了兩路分歧之處，黃潛暗忖：「前墟人多熱鬧，路既要遠得多，山路更是峻險，何必費這些事？」想了想，仍往後路走去。

黃潛步履迅速，行至中午，已到螺盤灣。只見兩崖高峙，中通峽谷，覺得並無甚出奇。誰知入谷走不三二里，路徑便難走起來。兩邊俱是危崖峭壁，其高排天，光滑如鏡，猿猱也難攀援。再加谷徑彎曲錯綜，歧路百出，互相重複顛倒。黃潛心中有事盤算，一個不小心，忽然數錯了兩個彎套，將谷徑記迷，誤走入不該進去的谷套之中。等到盡頭被危崖阻住，看出有誤，連忙回身時，來路方向、途徑全未留神記住，又錯入別的死谷之中。

黃潛雖知走迷，仗著一身輕功，先還不甚發慌，以為所見灣中崖壁雖然都是危岩低覆，日光全隱，看不出方向，拚著踏遍全灣，總不至於找不到可攀援之處，一達高處，即可辨明。再者，先前來路也還有兩處記得，只要找到，便可推測。誰知越走越不對，走到黃昏，始終未將路尋到。好容易尋到兩個略可攀登的崖壁，攀援上去一看，下面山連山，山套山，兩山相間，成了一條條的峽谷，千頭萬緒，好似千百條龍蛇盤糾其下，哪裡分辨得出來蹤去跡。黃潛試返下來，略為定了定神，取出乾糧，飽餐一頓。猛想迷徑，姑且往下再走，天已昏黑。斜月掛崖，星光閃樹，下面卻是暗沉沉的。仗著練就目力，雖然不畏谷中昏黑，無奈灣中谷徑阻塞的多，偶有幾條可以通連，過後細一辨認，枉自繞了許多彎轉，多半仍然回到原處。

黃潛連走了一日夜不停腳，未免有些勞乏。一賭氣，尋了一個地方，坐眠到了天明。滿擬少時日出，總可辨明方向，偏又是危崖交覆，谷徑陰森，日光不能透下。想再攀上崖頂去看時，昨日那兩處較可攀援之所，已不可復得。耐著性子，一面試探前行。靜候到了日中，方向雖已辨明，可是照方向走，路均不通，仍須彎曲繞越，照舊是進退兩難。

尤其有一樁最難受的事：照孟寨主說，谷中泉水原有兩三處，這一走迷，更找不到滴水，口渴已極。幸是黃潛學過多年坐功，能調氣生津；如換常人，渴都熬不過去。

黃潛似這樣往來亂鑽亂竄，在谷中走了兩天兩夜，心中未免煩亂。第三日早起，忽經一谷，有一面崖壁雖高，卻滿生藤樹，可以攀升。連忙施展輕功夫，援升到頂。細看那一面也是一條峽谷，離地百丈，上半截溜斜可行，下半彷彿陡峭，隱隱聞得流水之聲，心中甚喜，好在下躍比上縱要容易得多，便走向半崖，往下縱去。身剛縱起，落未丈許，腰間乾糧口袋忽被一塊鋒利突出的石角掛住。人正下落，事出倉猝，難以挽救，糧袋立被扯碎，掛在石上，內中所貯乾糧、肉塊紛紛墜落，噗噗之聲直響。

黃濳行時雖只帶三日之糧，孟寨主感恩心切，暗中多塞了好些在內，黃濳首次檢視，足供七八天之用，雖然失路，食糧暫時尚可無憂。先還以為落在地上，東西仍在。及至到地一看，靠崖腳的一面竟是一個小溪澗，相隔落處不過尺許。適才下望，因有藤草遮住，又有突崖掩護，沒有看出，那些糌粑、乾肉沿壁直墜，不比自己是擇地飛縱，業已全數墜落澗中，不禁著起慌來。見澗水湯湯，沿崖而流，卻又不長，盡頭處水忽成淤，如有無底深洞在下，巨吻吞波，汩汩不已，意欲取水，先解了渴再說。貼身伏地，剛剛懸腳澗岸，哪知腥腐之氣，中人欲嘔。知苗疆山中常有毒泉惡水，又想起適落乾糧沉底無一浮起，連行三日不見一鳥一獸，可見地之險惡，不敢造次，只得作罷。

黃濳知道危難將臨，一半日還好挨撐，再若日久不出，恐難逃死。想了想，無計可施，只得仍舊亂竄，只盼或者誤打誤撞，衝了出去，此外別無善策。黃濳是早本未進食，挨到夜間，仍然沒有出路。接連已是三天，腳底又是不停地飛跑，路仍迷無頭緒，腹中饑渴已極，越往後越難忍受。身上雖還剩有百餘粒丹藥，那是師父救人之物，不到生望已絕，行將待斃，又不願拿它充饑。正在饑疲交加，走投無路，忽然行經一座斷崖之下，彷佛走過。攀升上去一看，正是那丟失糧袋的所在。此時因袋裂未落，估量袋中必有餘糧，無心得此，宛如絕處逢生。提氣沿壁下到崖腰危石之間，將破袋取到手中，居然在裡面尋到大小四塊糌粑，一條熟臘肉。如節省充饑，尚敷一二日之用。便仍沿崖縱下。

不知何日脫困，哪敢飽餐，只取了大半塊糌粑略為點饑，吃完將餘糧包好又走。

黃潛因屢次繞越，終仍不離原處，反正難走出去，姑且見谷就鑽，見彎就拐，不問道路相反與否，亂走一回試試。行到黃昏，雖未尋到出路，所經已與往日不同，重複之處甚少。暗忖：「這裡不但鳥獸絕跡，溪流毒穢，連黃精、野菜之類都發掘不著。自己年來慣走蠻荒山野之區，幾曾見過這等窮山惡水行次？」一眼瞥見崖缺新月斜照之處有一岩洞，猛想起：「來時孟寨主曾說，此灣沿途有三個岩洞，內有泉瀑可飲。莫非誤打誤撞，尋到出入正路不成？」想到這裡，心中一喜，便拔出寶劍，借劍光華映照入洞。

入洞一看，洞內沙石潔淨，大可棲身。洞角沙地濕軟，壁間似有水痕，水卻無有，料水源業已乾涸。原擬餘糧分成數日之用，一天只吃一頓，未再取食。隨便擇了塊大石，枕著糧包臥倒。意欲睡至天明，看岩洞形勢與孟寨主所說是否相合，再行端詳出路。

黃潛連日眠食均乖，精神不濟，著枕便即酣睡。睡了好一會，忽聽洞頂山石爆裂之聲，驚醒轉來，借劍光往上一照，頂石已成冰裂，搖搖欲落，地皮也在搖晃，似要坍塌。

知道不好，連忙飛跑，往外縱去。身剛離洞縱向空曠之處，耳聽轟隆兩聲大震，黑煙沖起，沙石驚飛，全洞竟然崩裂，稍遲一步，怕不壓為齏粉。黃潛驚魂乍定，想起糧包當了枕頭，逃時匆迫，沒有攜出。還算好，山行已慣，隨身衣包和劍匣不曾摘下，沒有失落。白日費了好些手腳尋到餘糧，只少進了一些點饑，連半飽都捨不得吃，萬不料二次又會失去。

一會，地震停止，黃潛心煩了一陣無法，挨到天明，見昨晚岩洞連山根整個塌陷下去，成了一個巨穴，穴中直冒黑水，知道餘糧絕望。決計再挨走兩日，若不能脫險，人也委頓難支，即以丹藥提神。既然見了岩洞，且照孟寨主所說，往洞左反走，用三進一退之法再試試看。走至午後，居然見了第二岩洞。越往下走，越與孟寨主所說途徑相似，由此也未再走重路。才知昨晚所經乃第一洞，距離入口並不甚遠。以前數日所行，始終在左近數十里灣中胡亂轉圈，不離原處，不禁又好氣，又好笑。連日疲困，行得較緩，到第三日早晨才行脫險。

黃潛出了螺盤灣，自忖：「食糧雖絕，前去隨地都有黃精、山果、獸肉之類充饑，當不妨事。」沿途發掘探索，食物尚未找到，又誤入亂山之中。直到越過盤龍嶺，方又見不是正路，忽聽水聲潺潺，溪流聒耳。

黃潛本來斷了好幾天的水，況且有水之處每多果樹、野菜可食，立即振作精神，循聲跑去。跑沒幾步，忽見闊澗前橫，阻住去路。饑疲交加，強用平生之力，剛一飛身縱過，喘息未定，便聽耳後風生。回頭一看，一隻花斑大豹從身後崖上直撲過來，勢絕猛惡，又在倉猝之間，不及拔劍，連忙提氣飛身縱過。

腳才點地，順手將劍拔出，那豹也跟蹤撲過來。如在平時，再有幾隻，黃潛也不放在心上。

此時正當連日饑疲，力竭氣弱之際，知道不耐久戰，忙使一個應急的解數，不但不再退避，反倒迎將上去。眼看那豹飛身撲向當頭，雙方快要撞在一起，危機瞬息，倏地雙手握劍，往上一舉，由朝天一柱香化成魚游順水之勢，由豹腹下平穿出去。那豹雖猛，怎經得住仙家寶劍，這一劍，正刺進豹的頸腹之間。一個借勁使勁，一個負痛往前急竄，恰似利剪裂帛，由頸到後陰，不偏不歪，豁然迎刃而解。當時狂吼一聲，腹破腸流，死於就地。

黃潛氣不過，跑去連砍了好幾劍。正待割些豹肉，取火烤來充饑，不料那豹原是兩隻，俱伏崖上獵食，相隔不遠。頭一隻撲來時，第二隻已發現有人，輕悄悄由斜刺裡趕來，意欲與前豹爭食。黃潛用寶劍殺了前豹，這隻業已追近，又恰在黃潛身後，不聲不響，起爪飛身便撲。這隻豹本由隱處潛出，大出意外，撲時相隔也更近，如換旁人，不死必負重傷。總算黃潛練過多年靜功，雖當危難，耳目仍是聰靈。剛刺破豹皮割肉，微聞身後有了聲息，一轉臉，那豹來勢迅速，又見同類慘死，更加猛烈，黃潛只覺眼前一花，豹已臨頭。這時如往前縱，腳底又被死豹阻住。情知不妙，心裡一著慌，急不暇擇，不禁大喝一聲，奮起神威，一縱身，舉手中劍，直朝那豹橫截上去。情急用力太過，這一劍雖然砍中，人卻被豹身撞了一下，吃不住勁，撞出兩三丈遠。當時耳鳴心跳，頭暈目眩，身子晃了兩晃，方才站定。一看，那豹比前豹還大，業已身首異處，死時連聲都未吼出。

黃潛自覺力已用盡，見身側有一大樹，便倚樹坐下，暫時喘息。歇不一會，遇著那個採花的苗女，給他吃了幾塊糌粑，又給尋了些山泉。黃潛饑渴一解，精神立時大振。

也沒多吐實話，一問路徑，知又走了岔路。當下先從衣包內取了一條花汗巾，送給苗女，當做謝意。苗女見他人好，請他在崖前少待，回去多取些糌粑與他做行糧，原說至多個把時辰即行回轉。

後來黃潛久候苗女不至，心想：「據苗女說，當地趕往青狼寨不過二三日的途程，說的定是尋常人的足力，如照自己走法，豈不當日可到？前後連斷數日飲食，早夜奔馳，尚且能支，何況適才業已飽餐足飲，還怕什麼，螺盤灣中已然冤枉耽延了多日，好容易才訪出表兄下落，現成的豹肉可用，還不及早趕去？在此久候下去，勢必又要多延一日見面，實在不值。」想到這裡，便割下一塊豹肉，用樹葉包好，繫在衣包之上，餘剩的留贈苗女。自己按照所說途徑，往青狼寨山口裡趕去。行時已是中午。

黃潛腳程雖快，無奈沿途山徑崎嶇，一過山口內大草坪，便即難走。苗女照本苗人的腳程說話，並不算慢。黃潛到底路生，雖然不致再走迷路，當日怎得到達？行至黃昏，見暮靄蒼茫，山風凜冽，宿鳥歸巢，獸嗥之聲四起。憑高下望，還看不見青狼寨的影子，知道相隔尚遠。只得趁天未黑，擇了一處山洞安身，就山泉將豹肉洗淨，拾些枯柴，準備在洞口外烤食。火剛點燃，忽聽洞側樹杪微響。側臉一看，一條白影，彷彿是隻猿猴，疾逾鷹隼，穿越林叢，一閃即逝。黃潛沿途所遇山中猿猴不知多少，如這般周身雪白，舉動神速輕快的，卻也少見。因天將黑，也沒跟蹤追視。略烤吃了些豹肉。與途中採得的山果，尋來石塊，堵好洞門，靜坐了一會，便已臥倒睡去。

半夜，黃潛為獸嘯之聲驚醒，洞外黑沉沉的。山風呼呼，夾著濕氣，穿隙入內。由石縫外視，長空星月光華全部隱去。側耳一聽，獸聲愈厲，中間似有猿嘯，彷彿兩獸惡鬥方酣，呼嘯不絕。聽出相隔猶遠，天陰欲雨，不願出視。意欲再睡片時，已難成夢，又不知時辰早晚，在黑洞中坐等。好容易挨到天明，獸聲始住。出洞一看，天色澄清，石凹積水，草木肥潤，山光如沐，方知昨晚醒時正當小雨初晴之際。略進飲食，便趁著朝墩就道。

黃潛行不數里，一眼瞥見路側大樹梢上金輝映日，毛茸茸掛著一團東西。近前取下一看，乃是一叢金黃色的獸毛，像是新被扯落，上面還帶有血跡。用手一扯，不用十分力竟扯不斷。心想：「這樣柔中帶韌，又長又亮的金毛，生平從未見過。昨晚獸鬥，必是此物無疑，只不知是何野獸，這樣猛惡？此處既有遺毛，獸跡當不在遠。」順眼往林中一看，林梢樹底又發現了兩處，不禁動了好奇之想，信步往林中走去。

那片樹林只有數畝方圓地面，越往前，扯落的毛片越多，絲絲縷縷，牽掛林木之上，金色湛然，隨風飄動。等將樹林走完，乃是一座山峰，並不十分高大，形勢卻異常陡峭，撐空矗立，宛若石筍，上面洞穴甚多，寸草不生。峰腳長著數十百株大果木樹，就中半是紅桃，實大如碗，鮮肥悅目。峰左高山岌峨，中隔絕澗，峰右長嶺遙橫，上連雲漢，恰好做了峰的兩面屏障。峰前卻是一大片盆地，細草蒙茸，隱現血跡，到處都有踐踏之痕，知離猛獸窟穴已近。昨日幾乎為惡豹所襲，不敢大意，便將寶劍拔出，一提氣，逕往峰上面走去。

黃潛快要走到峰頭大石洞前，忽聽吱哇一聲獸嘯，從洞中飛縱出來一條白影。定睛一看，正是昨日傍晚所見到的那隻白猿，手裡拿著一株異草，頗與自己在太行所服兜率仙芝相似。心剛一動，正要劫取，那白猿動作絕快，身剛飛縱出洞，腳略一沾塵，便凌空數十丈，往峰下飛去，穿樹登枝，只兩三個起落，便越澗往對山而去，晃眼不見蹤跡。

黃潛知是靈猿，就追也未必追上。只不知那扯落金毛是甚怪獸，仍欲走往洞內一窮其異。見洞徑光滑整潔，四壁鐘乳已折去，僅剩遺跡，不時聞見腥腐之氣。猿猴不吃肉食，估量藏有別的猛獸，不由加了幾分戒備。

黃潛深入約有十丈，由一石甬路轉出，忽見天光透入，照見洞壁邊堆著好幾具虎豹等猛獸的屍骨，雖然頭破腦裂，大半俱是整具屍身，皮肉俱存，並未殘損。細一查看透光之所，那山峰宛如五丁開山，從中裂成一個巨縫，洞當峰腹，恰巧分成兩截。洞裡面望去頗深，洞口淨無纖塵，比前洞還要乾淨許多。黃潛剛行進後洞口外，邁步欲入，才一舉步，隱聞獸喘聲息，知道有警。就在這按劍卻顧之際，忽見兩點藍光射向臉上。剛往後一退身，下擺衣襟已被那東西抓住，登時覺得後腿上被鋼爪掛了一下。倉猝中也沒看清面目，舉劍往下便砍。不想劍又被那東西撈住，覺得力量絕大。同時劍光指處，也看出怪物的形狀。忙一穩氣，移步換形，改退為進，就著那東西搶劍前奪之勢，運用全力將手中劍一擰，對準怪物分心刺去。只聽一聲慘嘯過處，怪物兩爪鬆劍，不再動彈。

黃潛因為初退時力猛，下衣被怪物抓裂，腳上皮肉略帶著了些，也被抓傷見血，隱隱作痛。暗訝：「是何怪物，具有這等神力？自己內外武功俱臻絕頂，身上皮肉如鐵一般堅硬，竟會被牠抓傷。這口寶劍出諸仙傳，無論鋼鐵、玉石，挨著便碎，竟敢用爪來強奪。既然這般厲害，怎又一劍便即刺死？」隨想，隨用劍試了試，不見動靜。用劍尖挑到明處一看，那怪物似猴非猴，比先見白猿略大一些。生著一身金色長毛，腦後披著幾縷金髮。一雙長臂，掌大如箕。因為奪劍，前爪已被劍尖拉斷了幾根，連皮搭下。

身上皮毛有好些地方俱已扯落。那未扯落的卻是亮晶晶，油光水滑，又密又繁，與先見殘毛相類。

黃潛這才明白昨晚嘯聲便是此物，與白猿鬥了一夜，身受多傷，力盡精疲，仙草必原生洞內，也被白猿奪去。躺在洞側喘息，看見生人進來，已不能縱身起鬥，仗著利爪來抓。不料是口仙劍，等往回一奪，爪斷負痛，爪剛一鬆，吃自己順勢一劍，刺中要害，立時了賬。否則，看牠種種厲害神氣，如在平時相遇，死得決無如此容易。

第八章　臥薪嘗膽

話說黃潛驚心初定，好生僥倖。試探著往後洞內再一搜尋，除比前洞整潔外，只有好些怪物採得未食的肥桃山果。還有一塊光滑大青石，想是怪物臥處，並無別物，當下取了桃果出洞。這一來，又耽延個把時辰。忙著趕路前進，一路飛跑。快到青狼寨山麓，日色又已偏西，忽聽颼的一聲，崖頂下飛來一支東西。黃潛出其不意，吃了一驚。縱開一看，乃是一支梭標顫巍巍斜插地上。

知道崖上有人暗算，抬頭一看，危崖聳立，山石崎嶇，並不見一個人影。料是藏在暗處，正待喝問，猛地颼颼連聲，又是四五支長箭往下射來。黃潛喊聲：「來得好！」隨使出一身本領，一面手接腳踢，將箭撥落；一面朝那發箭之處尋視，才看出亂草蓬蓬中隱現著幾個苗人影子，忙用土語大喊道：「我是漢客，孤身一人往青狼寨送貨物，尋訪親友的。與你們無仇無怨，有話下來說，決不傷害你們，射我則甚？」說罷，上面果然止住了射，好似有數人在互相商議。

待不一會，從蓬草中鑽出一個苗人，朝下喝道：「你這漢客可是從菜花墟來的麼？要往我們寨裡尋找哪個，快說。」黃潛來時已知青狼寨岑氏夫婦與鄰近各寨俱都有仇，如說實話，必有阻難。便答道：「我從省裡出來，尋訪一家姓顏的親人。沿途打聽，說他夫妻二人在你寨中行醫，一路只在山中繞行，幸得一人指路到此，並不知什麼菜花墟。」黃潛言還未了，那苗人臉上頓作失驚之狀，將雙手連連搖擺，意似叫黃潛不要再說。接著身子往下一俯，援著叢中隱著的一條藤蔓，便往崖下縋來。身後還有四個苗人，也都由草裡現身，相隨援藤而下。為首一人說了句：「漢客且隨我來，有話對你說呢。」

說罷，將黃潛引向崖後隱僻之處。行約半里多地，走入一個石洞，裡面陳設苗人臥具和食飲之物。先請黃潛在一竹榻上落座，餘人便端上糌粑、山泉請用。

黃潛見他們意態不惡，行了半日，正用得著，也不作客套，拿來便吃。方要詢問顏家蹤跡，為首苗人已經說道：「漢客你真大膽，敢一個人到此。這幾日因黑王神恨了我們，虎豹到處傷人，遇上就死，再加上寨主夫婦又與金牛寨結了大仇，恐金牛寨主勾引菜花墟孟寨主前來報仇殺害，近寨一帶添了好些瞭望防守，見了生人，先發一鏢，答不上話，立時便放毒箭射死。這還不說，偏你尋的又是寨主的對頭冤家。幸是我們這幾個，如遇見寨主心腹近人，包你沒有命在咧。」

黃潛聞言，不禁心驚。想了一想，問道：「我聽說我那姓顏的親人在此行醫，你寨主不是甚為敬禮的麼？怎的又是他的對頭？如今他夫妻在這裡麼？」

苗人答道：「顏恩客如在這裡還說什麼？你說的是從前的事啦！」

當下便把顏覥因神虎入寨，產子行醫，先友後仇，以及岑氏夫妻日久疑忌，勾引韓登陷害，顏氏全家知機先逃，由一神猿救護，到了山口，吃金牛寨主父子預先派人埋伏接去的經過，一一詳說了一遍。並說青狼寨恐老苗父子不肯甘休，又懼神虎為禍，防禦甚嚴。

自己和諸同伴俱曾受顏氏醫病之德和老苗父子厚待，對岑氏夫妻虐待也是敢怒而不敢言，無奈妻子、田業俱在青狼寨，暫時不能逃走。今知漢客是顏家親人，為此實說。如要見他，可往金牛寨去，必能相遇，還受禮待。

黃潛知表兄嫂已脫險，才放了心。猶恐有誤，再細一盤問顏氏全家名姓、容貌，除名字改去，添生一子外，無不與表兄嫂年貌吻合，料定無差。並問清遇見苗女的地方便是金牛寨境，只怪一時沒有耐心，未等苗女送糧回來細問。事已經官，恐其金牛寨存身不住，又避往別處。因擾了苗人飲食，又問出顏�真情，心中甚喜，意欲取些銀物作酬。

苗人卻是執意不受，說：「漢客是顏恩客的親人，哪能要你謝禮？那日我們原受寨主逼迫，隨三熊追殺恩客夫婦。後來三熊被白猿抓死，韓登同隨去的官人死的死，捉的捉，一個也未逃回。我們俱受金牛寨小寨主藍石郎之托，回來只說業已追上恩客，忽被黑王神和怪物抓死，沒對岑氏夫妻說出實話。事隔不多天，恩客必還在金牛寨內居住。漢客去到那裡，可請顏恩客向老少兩寨主給我等說個好話。就說我們本是一家，如今都受岑氏夫妻虐待，聽他寨中甚是安樂，十有九個都想投奔他去，只苦暫時走不脫身，稍有一點縫子，立時逃往。求他務必在寨口附近常派些好手瞭望，遇上我們逃去的人，隨時打個接應，免得被狗崽追上送命，就感恩不盡了。」說完，又送了些食物。

黃潛自然滿口答應。當下略問路途，別了苗人，忙著上路。青狼寨出山的路本有好幾條，雖不似螺盤灣那般迂曲盤繞，容易走迷，生人也不易走。黃潛行時因見來路彎轉，心想抄近，向苗人問路，走的是昔年老苗初逃的夾谷，未由原來途徑經行。滿以為天剛昏黑，借著星月光輝連夜趕行，腳底多加點勁，第二日午時前後便可出山，到金牛寨與表兄嫂相會。

誰知入谷一深，路便難走起來。先時目光雖被崖壁擋住，伏著練就目力，還能辨路前行。走出百十里，到了半夜，谷中忽然起了濃霧，伸手不辨五指。山風四起，虎嘯猿啼，隔山應嘯，石飛樹舞，都成怪影，礙足牽衣，如有鬼物伺襲。荒山獨行，越顯景物鬱暗陰森，淒厲可怖。有時行經霧稀之處，天上星光隱約可辨，可是谷深崖峻，黑暗之中，難以攀越，還得留神豺虎蟲蛇潛伏傷人。黃潛無奈，只得借用劍光照路，偏生那霧越來越濃，劍光不能及遠，彷彿一條銀蛇在暗雲中閃動，離身二三尺仍是茫然。

鼻孔中更時聞腥濕之氣，恐霧中含有毒瘴，取了兩粒靈丹咽服下去，高一腳，低一腳，往前急走，只盼走出霧陣，得見星月。不料一個忙中有錯，又走入了歧路，直到山霧漸消，天色向明，見了日頭，才行發覺方向偏出東南，又把途徑走錯。

黃潛暗中奔馳，一夜無休，甚覺疲倦，一賭氣，在路旁石上歇息，取出苗人所贈乾糧略吃了些。暗忖：「連日慌張，如撞見鬼一般，到處迷途差誤，冤枉路不知走有多少，難道這也是命數註定？」

方在想起好氣好笑，忽見谷旁塵土掀起，扒掘成一大坑，坑中似橫臥著一個東西，五色斑斕，正對著初升朝日閃閃放光，爛若雲錦。首尾俱被叢草擋住，看身軀粗大平扁，不似蛇蟒之類。黃潛心中一驚，立即站起，不敢招惹。先端詳好了退步，定睛再視，絲毫不見動轉。試取小石遙擲了三次，仍不見那東西絲毫動作，如死去的一般。

試探著近前一看，那東西身長丈三四，生得與穿山甲相似。首尾俱已斷裂，身上盡是兵刃之傷，殘鱗斷甲，坑內外到處都是，血跡猶新，像是剛死不久。用劍一刺，撲哧一聲，雖然破甲而入，並不甚深。暗訝：「這東西不知是何怪獸？形態如此凶惡，鱗甲又極堅，必然厲害非凡。看傷痕，分明昨晚有人用兵器將牠殺死。這蠻荒窮谷之中，哪來這等有本領的異人？」越看越奇怪，只想不出個道理。腥血污穢，異人已杳，無可逗留。

黃潛正要尋路出谷，走不數十步，猛聽野獸微微喘息之聲發自頭上。仰面尋視，危崖高聳，峭壁千尋，只離頭兩丈處一石突出，方廣丈餘。估量獸在石上，繞向前面較高之處一看，上面臥的正是昨日所見的那隻白猿。周身銀毛襯著好些血痕，紅白相映，越顯鮮明。一隻長爪握著那東兜率仙芝，平置石上，彷彿睡時恐將靈藥殘損，故此將爪平伸，不使相近。一爪壓在胸前，俯身貼石而臥，睡得甚是香甜。

黃潛不禁大喜，忙用輕身功夫平地一縱，到了石上。見石上碎石羅列，白猿臥處似有裂痕。黃潛哪知白猿昨晚和適見怪獸噴雲神狳鬥了一夜，中毒疲乏，特地裂石藏寶，身臥其上，下面穴中還藏有兩件異寶，一心只想把兜率仙芝取走。因知昨日洞中怪物是此猿除去，身上血跡又與坑中異獸相似，必然又死牠手。為世除害，大是可嘉；看牠動作、形象，似已通靈。如在此時乘機殺死，雖然容易，未免有乖好生之德。就此取草，將牠驚醒，又必難於對付。想了想，便右手舉劍，左手拿了仙芝輕輕一提，居然得到手中，並未將猿驚覺，好生慶幸。

黃潛正要走去，繼一想：「此猿毛白如雪，已是靈物，牠如此珍惜仙芝，必知仙芝妙用，得時定也不易。這兩晚連除二惡，便為此芝也說不定。自己不勞而獲，殊覺於心不安，似應少酬其勞為是。恩師曾說，所賜兩種靈藥，一種只是醫病而已；另一種仙效神奇，凡人服了，可以起沉痾而致修齡；如給稍有靈性的禽獸服了，足可抵牠數十年苦修之功。自下山以來，所遇都是尋常病人，尚未用過，何不給牠一粒，以償其勞？」當下把靈藥取出一粒，輕輕塞在白猿爪內，然後縱身下石而去。

黃潛去時高興，未免疏忽，舉動稍微重了一些。白猿原因昨晚殺死噴雲神狳時，中了毒霧，勉強飛縱石上，先想取走那先藏的一株兜率仙芝。後來覺著四肢酸軟，頭暈欲眠，一著急，剛把石頭裂開，將所得二寶放入裂穴，已支持不住。手握仙芝，伏身臥倒，將穴遮蔽。牠已是多年通靈神物，耳目心性何等機警敏銳，只不過暫時昏迷。睡夢中早就防到仙芝失盜，經過兩個時辰昏睡，毒已斷解，聞聲便已驚醒。白猿一覺察爪中仙芝失去，立即暴怒欲起，無奈毒氣未解，身仍疲軟，不能轉動。勉強側過臉來一看，見一人影飛下石去，手持一劍，寒輝四射，迥非凡品。知道此時體力未復，來人厲害，動必無幸，儘管咬牙痛恨，連絲毫聲息也未出。

白猿等人去較遠，強自掙扎起立，覺爪掌中有一小物。拿起一看，乃是一粒丹藥，清香撲鼻，知是靈藥。暗罵：「惡人！你盜了我辛苦得來的仙芝，一粒丹藥就抵過麼？上天下地，且難饒你呢。」連忙吞服下去。再仔細查看，且喜所得二寶未失，便從穴中取出，分持在手。見盜芝人由東北退出旁谷，已轉向峽谷山路，腳不沾塵，飛也似往前奔去，越知不是常人，這時初服靈藥，四肢仍是疲軟，哪敢貿然追去。只得爬上高處，乾瞪著一雙金睛火眼，望著前路發急，無可奈何。還算好，明夷子百煉靈丹，乃仙家至寶，白猿秉賦又與常獸不同，僅過了半個時辰，便有了靈效。一陣腹痛過去，將毒下盡，體力雖不似往常矯捷，業已逐漸復原。再看盜芝人已跑出數十里外。仗著神目敏銳，憑高下視，目光所及，便能望見。當時急不可耐，惟恐其逃脫，立即飛身下石，順路尾追。追到後來，雙方相隔不過二十來里。

白猿機智，前回因抱虎兒出遊，遇見能人，幾乎吃了大虧，從此有了戒心。儘管心中忿恨，緊隨不捨，因恐又遇仙俠一流人物，一到將要追近，反而躊躇起來。心想：「先查看出敵人虛實，再作計較。如是能手，自忖敵他不過，便不上前自討苦吃，等跟到落腳之處，暗中盜取回來。」此舉雖然穩妥，又恐敵人行至中途，將那粒兜率仙珠吃去，好生委決不下。谷徑迂迴，不時繞道，縱往高處前望，見仙芝仍繫在敵人背上包袱外面，才放心下地，接著再追。牠這裡隨地繞越，觀望遲疑，黃潛腳程本快，且因途中耽延，愈發加緊急趕，所以中途未被追上。

後來將出山口，白猿追了多時，漸覺敵人無甚出奇之處，同時體力已復。暗忖：「那人寶劍雖利，不似能飛，腳底不過比常人快些，毫無異處。自己手上也有兩件寶物利器，適才是身軟無力，容他走脫，此時怕他何來？」當下膽氣一壯，便飛速追將下去。

白猿自然比黃潛要快得多，不消片刻，相隔便只十里左右。黃潛行經峰側，因知入了金牛寨地界，意欲尋人問路，又加一口氣跑了小半天，也想歇息歇息，過澗以後便將腳步放慢，不一會便被白猿追上。

白猿身步輕靈，跑起來聲息全無，快要臨近，黃潛還未覺察，黃潛因見前面有極清泉水，剛把包裹取下，待取待糧，猛一回頭，見白猿追來，知牠醒來失盜，跟蹤報仇。手中還拿著一長一短兩件兵器，精光映日，來勢厲害，不可輕敵。忙一縱身，先將包裹掛向道旁大樹枝上。剛把寶劍出鞘，說時遲，那時快，白猿已長嘯一聲，右手一件三尖兩刃，旁帶三個如意鉤環，長約五尺的怪兵器首先刺到。

黃潛將劍一迎，鏘的一聲，剛擋過去，白猿左手一枝形似判官筆的兵刃，又復縱身當頭點到。白猿身體矯捷，急如飄風，加上那一長一短兩件兵刃形式奇特，光華燦燦，寶劍竟削牠不動，黃潛劍法雖然出諸仙傳，僅僅敵個平手，鬥到後來，黃潛漸覺氣力不加，恐鬥長了吃虧，正待暗中施展法術防身取勝，顏覥已是趕下嶺來喚住。兩人互說前事，好生傷感。

那白猿到了嶺上，便和虎兒在一處玩去。二人見虎兒拿著那兩件奇怪兵器不住擺弄，要將過來一看，短的一枝，都認得是武當內家最有名的兵器「九宮筆」。聞說當初武當派名家銅衫客最善用此筆，專破敵人真氣，能發能收，與飛劍相似。那三尖兩刃，附有三環月牙的一件，黃潛雖然學藝多年，平時常聽乃師明夷子講說各門派中仙劍利器的名稱用法，多所聞識，也說不出它的名來，這兩件怪兵器都是光華閃耀，照眼生纈，冷氣森森，侵人肌髮，知是寶物無疑。先當白猿送給虎兒，及至顏覥一問，白猿卻又打著手勢，意似不然。

虎兒接口道：「牠適才和我說，這兩樣寶貝連那仙果，原是給我找來的。因為這個，還和怪物打了兩夜，牠幾乎被怪物抓死。等我向牠要，牠又說我年紀太小，爹爹媽媽不久要上京裡去，剩我一人，怕被惡人搶去，只給我先玩上幾天。等爹媽走了，牠就拿這個送到我師父那裡去，長大仍舊歸我。到時，這東西還會飛。牠現在想見黑哥哥，要爹爹回去呢。」

黃潛見虎兒一點小人，竟通獸語，大是驚異。顏覥又把生時許多異狀，以及神虎、仙猿日常作伴護救之事，一一說了。

顏覥親仇時刻在念，與黃潛相見，得知京中逆閹情形，本就躍躍欲試。再一聽虎兒之言，知道白猿靈異，既說自己要往京師，必有原故，益發動了復仇之念，只不知虎兒怎生不去。便問白猿：「我夫妻與黃表弟去京辦那事能成麼？」

白猿點了點頭，又伸手往金牛寨那方連指。顏覵知牠要自己回去，加上至戚好友化外重逢，也須傾吐心腹，石郎雖非外人，到底有些不便，當下便倡議回寨。四人一猿回到寨內，石郎知他有話要說，先自別去，準備酒肉，為新客接風。不提。

顏覵先引黃潛見了顏妻。虎兒、白猿自尋神虎去訖，顏覵夫妻與黃潛商量，逆閹聲勢日盛，近幾年服了妖人丹藥，體魄強健，雖說君寵已衰，究屬傳聞，不可置信，這樣耗將下去，耗到幾時？難得黃潛武藝高強，又學會臨危脫身之法，正好出其不意，同往京師相機下手行刺，報了親仇，再作打算，黃潛也覺父母之仇，該早報為是，艱危行險，均非所計。

顏覵原意將妻子留居金牛寨。顏妻因自己也會武藝，不比尋常婦女。一則患難恩愛夫妻，不願相離；二則同往，還可相助，有益無損。因此堅持欲往，只虎兒去留大是為難。

顏覵因白猿曾有虎兒獨留之言，忖道：「仇敵勢盛，到處都有網羅，爪牙密佈，又有妖人相助，此番前去全憑天佑，萬里行險，僥倖一擊，成敗利鈍實難預料。虎兒前往，不特孺子無知，徒多累贅，設有不幸，顏氏豈不絕了後嗣？石郎父子情深義重，託付與他，決無差錯，何況又有神虎、靈猿日夕伴護。行刺成功，異日歸來，父子重逢，自不必說；即使事敗身死，此子天生異稟，大來也必能重報兩世之仇，終以留此為是。」便和顏妻說了。顏妻雖然不捨愛子，利害相權，也就無可奈何。

正說之間，虎兒已一手拉了白猿，一手用一根長索繫了虎頸，連跳帶蹦跑將進來，要黃潛觀看神虎。黃潛見那黑虎生得那般威猛長大，也甚駭然。因聽顏覥說起虎、猿許多異跡，便起立致了幾句謝詞。虎、猿也各點首微嘯示意。顏妻嫌虎兒侮弄神虎，忙過去將虎頸長索解了，說了虎兒幾句。哪虎微一轉身蹲臥在地，虎兒便縱上身去騎了。

黃潛見虎與人如此親呢，宛如家畜一般，問虎兒怎不害怕？顏妻笑道：「老表弟，你哪裡知道。虎兒天生是野孩子，一身蠻力，有時犯起性來，大人都拗他不過。這裡人家娃兒，大的小的都很多，前日石郎引了幾個來，他都不愛和人家玩，獨和神虎、仙猿在一處，形影不離。這還是神虎的傷剛好，須要調養些日，暫時不能勞頓呢。前在青狼寨，竟三天兩日，獨個兒和仙猿騎了神虎出遊，一去大半天，到黑方回，也不知去些什麼所在。有時連他爹都不叫跟去。

「這神虎也真和虎兒有緣，打降生那天起便佑護他，直到如今。這次還為我們受了重傷。平時任是多厲害的猛惡野東西，聞聲望影而逃，不敢近身，挨著牠便即送命。青狼寨上千苗人刀矛齊上，毒箭亂射，也未傷牠一點皮毛，反吃牠撲傷了寨主。這樣威猛，卻和虎兒親熱得馴羊相似，隨他怎樣侮弄，決不在意。我常恐虎兒無知，招神虎、仙猿生氣，每每喝止，牠還不願呢。」

黃潛聞言，猛想：「逆閹門下豢養著許多異派中的能手，便是廠衛、家將，也都大半精通武藝，此番前去，利器必不可少，三人中僅自己有一寶劍，如何濟事？」又想：「白猿現有兩件寶器，長的一件雖不知名，內家功藝觸類可以旁通，看形式，大約與內家七寶中的月牙鉤連刃用法相同。短的一枝明是九宮筆，更聽恩師指點過，當時因手邊沒有此筆，不曾練習，用法還全記得。聽見表兄嫂說，這多年來因一心復仇，常背人勤習，武功並未荒廢，只未經高明人指點，遇見大敵，恐難必勝罷了。何不將這兩件寶器借來，按照恩師傳授，略加變化，教他夫妻練上些日，學會了再走，豈不要好得多？」

當下忙叫顏覥去和白猿商量。白猿聞言，先是搔首沉思，顏、黃等三人看出牠作難神情，以為不允，又不便勉強，方在失望。隔了些時，白猿忽朝虎兒連叫帶比。

虎兒喜叫道：「爹爹，白哥哥答應借啦。等爹、媽、表叔一走，他隨後還跟去呢。」顏、黃等三人聞言大喜。這兩件寶器原插在虎兒背上，便取了過來。

一會，老苗父子過訪，說已備酒肉，來請佳客前去接風洗塵。三人謝了，攜了虎兒，同往大寨。當晚盡歡而散。

第二日早起，黃潛因兜率仙芝中一粒靈果為虎兒吃了，下餘芝草已不能移植。此芝功能益氣增力，輕身明目，自己服過，知道用法，正好與表兄嫂服用。便向顏妻要了一塊玉牌，將芝草碾碎為泥，加和了兩粒靈丹，盛入瓦罐，吩咐用細絹將口密封，交與隨侍苗女，依法九蒸九曬，以備服用。然後老幼四人帶了猿、虎同往寨側僻靜空曠之處，教顏氏夫妻練那九宮筆和月牙鉤連刃。石郎昨晚得信，練時也走來旁觀，並備酒食助興。

因忙著練成好早起身，率性連飯都未回去吃，夫妻二人輪流演習。好在原是會家，又都聰明堅毅，自然一點便透，一學便成。虎兒見父母相隨表叔學藝，兔起鶻落，縱躍如飛，周身寒光閃閃，不禁心喜，強磨著黃潛教他。黃潛情不可卻，趁著閒時，意欲引逗為樂，略為教他幾手。誰知虎兒天生奇稟，初生不久便服仙丹，前隨猿、虎出遊；多食靈藥異果，體力、精氣本勝常人十倍，加以昨日又服了一粒兜率仙珠，身子益發輕靈，適才旁觀，早已心領神會。見黃潛只教了幾手容易的，憨嘻嘻地笑道：「表叔，這個我會呢。」

接過九宮筆，一個黃鵠沖霄之勢，一雙小腳一點，便凌空飛縱起三五丈，施展開來。黃潛雖知他不是凡兒，卻也不料竟是如此神異，好生驚讚。暗忖：「此兒有此身手，如非恐萬一事敗，同歸於盡，將他教好武藝帶走，這倒是個絕好幫手呢。」正在心動，虎兒練未幾下，方在起勁，旁蹲白猿忽然一聲長嘯，縱越空中，將虎兒接住，抱將下來，將九宮筆奪過，遞與黃潛，指著虎兒連嘯不已。虎兒性強，頭一次受白猿強制，氣得要哭，伸著一隻小手，朝白猿頭上不住亂抓亂打。白猿也不發怒，仍是連叫帶比，只不放他下地。顏妻見狀大驚，剛出聲喝止，虎兒已解白猿之意，緊抱猿頸，喜笑顏開起來。

顏氏夫妻見狀奇怪，喝問虎兒是何原故。虎兒剛說了句：「白哥哥不要我跟表叔學，他有好……」言還未了，白猿將手一搖怒嘯了兩聲。虎兒又說了句：「白哥哥不許我說呢。」便不往下再說，逕拉了白猿，騎虎往林谷中走去。

虎兒起初看得那般起勁，自經白猿這一來，從此三人練時，他自和猿、虎四處遊玩，除有時與父母同食飲外，絕少在場之時。顏、黃三人俱不知白猿不許虎兒從學之意何在。

人本太小，三人又忙著用功，每早起身練到黃昏日落。為求深造，回去又由黃潛傳授坐功練氣之法。又知虎兒有此神虎、靈猿隨護，決無差錯，俱沒留神他的行止，也沒再向他盤問。只石郎細心，見虎兒自第一日學九宮筆，被白猿禁止之後，每次騎虎出遊，多半由寨側林谷中出去，卻由後寨僻徑中回來。知道寨前後一東一西，相差太多，路更絕險，完全背道而行，繞越往返不下六七百里，而每出卻只有一整天的時候，有時僅只三四個時辰。雖然有些奇怪，因猿、虎靈跡久著，虎兒又是生有自來，以為顏、黃二人一個能通神會算，一個是仙人門徒，會有仙法，既然置之不問，想必無關緊要，略想了想，也就未提。因此顏氏夫妻始終沒問虎兒在何處遊玩，相隔金牛寨多遠。

忙裡光陰易過，不覺便是半年多光景。顏氏夫妻進境神速，居然分別將兩件寶器學得精通純熟。方在籌議行期，恰巧老苗派赴省城辦貨的苗人歸報逆閹逆跡大著，黨羽已遍天下，風聞有謀朝篡位之舉，不久就要發動等情。三人聞言，益發心急。加以虎兒生長快得出乎情理，數齡黃口孺子，在黃潛來金牛寨這半年工夫，竟長得和十五六歲健童相仿，身輕似燕，力猛如虎。石郎愛他已極，常命寨中苗人逗他角力為樂。數十強壯苗民合拉一條長索，竟拉他一個小孩不過，大可放心，委之而去。依了顏妻，還恨不得帶走才好。顏黃二人因他畢竟年幼性剛，又未學過武藝，終是不妥而止。

因虎兒年幼無知，顏氏夫妻只說隨黃潛入京訪友，辦一要事，並未明言報仇。行前特地作了一個錦囊，用白絹將家世和乃祖被害，父母逃亡，如今方得報仇情由，一一詳記在上。末後說：「仙猿不准學藝，必然有待。我三人此去，如果十年以內不歸，也無一人有音信，定為仇人所害。彼時你已然長大成人，學會武藝。你有此資禀，定非凡物，可急速趕往京城，將逆閹全家殺死，報這兩世奇冤大仇。不過去時早也在七八年間，得遇名師，學成之後，不去與不到學成年滿前去，均為不孝。」

寫完，連虎兒祖父顏浩死前托人偷寄顏覥，命他速逃，為異日報仇除惡之計，勿殉小節的一封血書，一併包藏囊內，密縫，與虎兒貼胸帶好，切戒不許失落。顏覥並說：「我兒平時頑皮，不愛文事，從母口授，識字無多，此囊須要小心謹藏。我此去也許當年回轉，否則，欲知父母身世，須在五年之後，或是得遇名師，請師折看，或是請石郎大哥折看，外人前不可洩露。」

顏氏大妻告誡完畢，又再三拜託老苗父子和白猿、神虎照護虎兒，然後起身。全寨人等俱都送出寨外老遠。父子天性，臨歧灑淚，自不必說，連老苗父子也哭出聲來。

顏、黃等三人走後，石郎因見虎兒當時孺慕依依，牽著父母悲哭不止之狀，恐他年幼不捨父母，性又倔強，倘或一旦想要跟蹤尋去，豈不為難？後來見他只當日晚飯未吃，拉抱著猿、虎，思親垂淚哭了一陣，便自睡去。第二日起身，便仍歡歡喜喜，並無異狀，每日照舊騎虎攜猿出遊。石郎見他每次都是早出晚歸，絕少在寨中吃飯，一向說出遊在外多由白猿，採來山果充饑，有時還給石郎帶回許多珍奇果品，看慣也就不以為意。石郎剛放心沒有幾天，這日虎兒晚間回寨，忽要服役苗女教他學做糌粑、生火煮飯等雜事。

石郎因受恩人重托，每早晚都來看望，見他如此，以為小孩學著好玩，撫慰談笑了一會，便自歸臥。虎兒學起來卻極認真，恨不得當時便要學會。先讓苗女挨次做給他看，跟著如法炮製，不對便又重做。虎兒雖然聰明，舉動卻極粗豪，柴米瑣屑之事素不經心，未能一學就會，反覆學做了好幾回，不覺到了深夜，生熟糌粑堆得到處都是，仍然沒個準頭。苗女勸他安歇，明早再學，說：「這也不是急事，何必忙在一時？」虎兒執意不聽。

要是故意偷懶不教，虎兒看出固是不依，那猿、虎也跟著在旁怒吼怪嘯，嚇得服侍他的兩名苗女不敢違拗。

一直學到快天明時，虎兒才勉強學會了些。當下便命苗女取來兩個裝青稞的大麻袋，將那生、熟各半糌粑，連父母與他留的醃臘肉、鹹菜，還有鐵鍋、支架、刀、叉、水瓢等供食用的器具，一齊胡亂裝入，用索繫好袋口，紮在一起。白猿跟著動手，搭向神虎背上。虎兒又取了兩件衣服，跨上虎背，往外便跑。

苗女俱經石郎挑選而來，也頗仔細，到此方明白虎兒要離此他去。一見情勢不好，連忙追出，取出身旁牛角哨子，正要吹起聚眾，報與石郎知道，群起攔阻，虎兒已經覺察，便即喝道：

「我同白哥哥要搬到好地方去，怕石郎哥哥攔我，才不要他曉得。他原攔我不住，無奈有爹媽的話，我不敢和他強。你不等我走，敢吹哨子把他喊來，我叫黑哥哥咬死你。」

苗女哭求道：「少寨主恐你想爹媽，追去惹禍，來時再三囑咐好好服侍你，一舉一動都和他說，早晚多加留神。如怠慢了你和出甚事兒，便要揭我們的皮。你走不妨，我們卻是活不成啦。小爺爺，你可憐可憐我們，就是要走，也等過了明天好不？」

虎兒笑道：「如是明天，他知道就要攔我啦。康康、連連也快餓死啦，爹爹不在，找誰給牠們藥吃？這個不能依你。我走後，可對石郎哥哥說：他和老大伯待我爹媽真好，我拜了師父學成了仙，定來謝他。我不是找爹媽去，搬的地方也離此不遠。」還要往下說時，白猿似已不耐，一聲長嘯，將虎屁股一拍，那虎便折轉身，馱了虎兒，如飛往寨側林谷之中跑去。

苗女情急，知虎兒此去不歸，一個拿起牛角哨子狂吹，一個拚命往大寨跑去。這時天漸明朗，苗人已多起身，聞警齊集，石郎也趕了來，聞報大驚，忙率眾人往谷中飛趕，連跑帶喊，直追出二十來里，也未見猿、虎蹤跡。前面谷路到頭，盡是懸崖峭壁，鳥道蠶叢，人極難上，知已去遠，不可追尋。勉強攀援到了崖頂一看，下面絕壑千尋，相隔不下數十丈，勢難飛渡，十分懊喪。歸來查問了二苗女虎兒走時情狀。自己昨晚也曾親眼見他學做糌粑飯食，以為童心好弄，不曾想他有此一舉。此子本有來歷，虎、猿又是仙獸，真走誰也攔他不住，其勢難怪苗女疏急。揣測他行時取物用意，並非趕往京城尋找父母，必是同了猿、虎移居深山窮谷之中。照他每次早出晚歸的時候來看，或者就在近處也未可知。但是尋不回來，日後見了恩人怎生交代？心中難過已極。

老苗也得了信，又將石郎和二苗女喚去責罵一頓。無計可施，只得多派手下強壯苗民四出探尋，如若見人，千萬不可驚動，急速歸報，再由石郎親自尋去，用好話安慰，勸他回來。

且不說老苗父子著急。只說虎兒自從白猿回來，服了靈藥，獸語日益精通，身體也跟著暴長。那日因想跟隨父母向表叔學那兩件寶器，被白猿強止，正犯牛性之際，白猿忽用獸語說道：「你將來是仙人徒弟，本事要比姓黃的勝強十倍，現在跟他學這人間的武功，沒的耽誤了你，學他則甚？前些日子我給你捉到兩個神猱，是那天被我們弄死的那怪物金髮神猱的兒子，如今關在一處石洞以內，已然餓了好些天。你將牠降服收養，異日長成，大是有用。這兩天虎傷已好，小猱火氣也殺下許多。那裡風景地勢甚好，等你父母走後，便可搬去居住，靜等有緣仙人到來拜師。何不瞞了他們抽空隨我騎虎同去看看，豈不比待在這裡強得多哩？」

虎兒聞言，立時轉怒為喜，上了虎背，往寨側林谷之中走去。谷徑奇險，從無人打此通行。虎兒仗著猿、虎之力，穿山越澗，上了懸崖峭壁之間，相隔大寨約有五六百里的山路。虎兒在虎背上，先和白猿談說小猱，還不在意。後見沿途盡是危峰怪石，峻崖峭阪，不是叢莽塞途，荊棒遍地，便是森林陰翳，不見天日，除了草間怪蛇亂竄，樹底毒蟲鳴躍而外，休說人跡，連鳥獸都找不到一個。但覺虎行如飛，風生兩耳，走了好一會還不見到，與往日青狼寨騎虎出遊迴不相同。

虎兒正在心焦，回頭向白猿詢問，黑虎腳步倏地放慢許多。所經之地，左邊是碧峰排天，望不到頂；右邊是無底絕壑，黑沉沉不知有幾丈深。低頭一看，腳底並沒有路，只是峭壁當中有無數突出的怪石，棋布星羅，高低平斜，參差相間，長短大小也不等。虎行其上，易跑為縱。小的突石只比拳大，窄處更是不容跬步。那虎卻和跳蚤一般，時上時下，忽高忽低，由這石跳向那石。前腳抓到突石，身子往前一起，後腳跟縱繼至，再忙往後一登，便又換到第二突石之上，迅速前進，毫不停留。實則也無法停留，稍一疏失，連人帶虎，均要墜入壑底，有粉身碎骨之險。虎兒剛失聲驚呼：「哎呀！」白猿已從背後伸過一隻毛手將嘴捂住。虎兒知道危險，不敢掙扎，索性連眼也閉上，一任那虎縱去。

虎兒似這樣在虎背上跳跳縱縱約有數十次，猛覺白猿不再捂嘴，虎步加速，到了平地。再睜眼一看，那段危壁業已過完，轉入一條廣谷之中。兩壁山花秀媚，五色爭芬，異香撲鼻。地上是竹林彌望，參天挺立，一片蕭森，青映眉宇。加以細草平鋪，豐茸如褥，翠筱搖風，聲如鳴玉。虎兒年幼心粗，雖不懂什麼雅趣，才離危徑，忽入佳景，也覺氣爽神清，心開氣逸，自然發動天籟，喜叫起來。幽谷傳聲，空山迴響，餘音嫋嫋。

虎兒叫聲未絕，左邊谷壁忽然中斷。那虎往右一拐，出了竹林，高山在望，繞山迴旋。又行了一截崎嶇路徑，走到一條闊澗旁邊。白猿先下虎背，越澗往前飛跑。黑虎也馱著虎兒平躍過去，行到一座圓崖之下，便即止住。虎兒下虎，正張望間，白猿已從左近桃林跑來，兩隻毛手捧著許多肥大桃子。虎兒拿起吃了一個，甚甜，方要再吃，白猿搖手比畫示意，輕悄悄將虎兒引到崖後一塊丈許方圓大石旁邊。先側耳聽了聽，面現喜容。然後對虎兒招手，叫他上前。自己將石旁一塊小石搬開，縱過一旁。

虎兒來時路上已受指教，那小石封處是大石的凹處，恰容虎兒一人。剛走近前，忽聽「康連」一聲，從小石缺處閃出兩點藍光。走到眼前一看，石隙有碗大，裡面現出一個小毛頭，生相似猿非猿，黑毛漆亮，圓臉如人，滴溜溜圓一雙藍眼睛，光射尺許。才一見人，倏地一閃隱去。虎兒手上本拿著一個大桃子，覺這小猱好玩，意欲憑穴觀望，設法逗牠出現。頭剛往前一探，白猿忽從旁邊伸過手來，將他拉住。就在虎兒卻步退立之際，猛覺小穴中長蛇出洞般飛出一條黑影，直射胸前。虎兒一害怕，忙縱開時，手中一動，那個大肥桃已被劈手奪去。來去迅速，其疾如矢，只到穴口時稍慢，這才看出那黑影是那小猱的一隻長爪。接著便聽穴中跳躍爭奪，康康連連叫了一陣。

嘯聲甫歇，穴口毛影一閃，又現出一個紅毛頭，紅得油光水滑，比起頭一個黑的，還要來得可愛些。虎兒越看越喜歡，又拿了兩個大桃引逗。因上次被奪，加了小心，相隔也遠些。那小猱被白猿困閉數日，已是餓極，饞得口水直流，一雙圓眼珠滴溜溜亂轉。

隔了一會，虎兒見牠不肯來奪，故意把桃伸近了些。小猱又看了一會，倏地隱去。這個紅猱比黑猱還快，早就覷準地方，小毛頭剛一閃開，長臂利爪便跟著飛抓出來。虎兒雖然有備，還幾乎沒吃牠奪去。那猱抓了個空，好似發怒，又在穴中撲騰跳躍，叫嘯起來。一會，露面來窺。這次竟快得出奇，略一露面，爪便飛出，卻又抓了個空。二猱依舊在穴中撲騰叫嘯一陣，又換了黑猱來，終未奪去，引得虎兒哈哈大笑。

末次，紅猱出現，想是智力已窮，更不再隱，一味口張眼眨，面現哀乞之容。虎兒把桃伸向穴口，也不來搶，不住口直叫康康。虎兒見牠可憐，便把桃塞入穴口。小猱一口咬住，退了下去，也未再撲騰，二猱邊吃邊叫。

隔了一會，換了黑猱出現，口中直叫連連。虎兒故意捧起桃子與牠看，用手連比帶怒罵道：「誰叫你搶我桃子，等你關在洞裡餓死，偏不給你。」黑猱聽著似有愧容，後來眼中竟現淚痕。白猿原教虎兒每次只給一猱一個，多的與看，不使吃飽，殺牠火性，以便制服。見狀不忍，又給了牠一個。二猱以為有求必應，更不再叫，黑猱得桃而退，穴口又換了紅猱，也不再搶奪，只流淚哀乞，輪流索取。虎兒又要給時，白猿藏蹲石旁，搖手禁止。虎兒心愛二猱，哪知此物機智厲害，雖然幼小，猛惡非常。越看越難過，不由出聲向白猿道：「白哥哥，毋攔我，今天頭一回，多給牠們吃兩個吧！」

這幾句話一說不要緊，小猱看出神情，來人有同伴在側，但還不知是對頭冤家。等虎兒給完這個又給那個，把十幾個桃子給的只剩下一少半時，白猿伸手拉他不要再給，促令退下，封石回寨，手揚處，恰被小猱一眼瞥見，立時目露凶光，鋼牙亂錯。虎兒逗慣了，不知進退。一面向白猿央告再給紅的一個，才顯公平；一面將手中桃往穴口伸去。

誰知小猱桃已吃飽，看出是仇敵，竟從穴中暗下毒手，嘴剛將桃咬去，利爪便飛射出來，照著虎兒臉上便抓。幸得白猿靈警，一聽小猱錯牙之聲，知道不好，早就留神這一著，桃剛遞出，便伸長臂將虎兒抱出石凹，差點沒被抓壞面目。紅猱一見抓空，怒目來窺。

白猿也知看破，挺身起立，先指著小猱，隔穴口怒嘯了一陣，然後用石封了石凹，一同回去。路上，白猿埋怨虎兒，大意說：二猱父母都死在白猿爪下。殺母猱時，如非乘其無備，先抓傷了牠一隻眼睛，幾乎沒被抓死，即此還惡鬥了一整夜。母猿先因公猱未歸，又不捨小猱，恐有閃失，特地將二小猱藏在隱秘石洞之中。此物乃天生怪獸，靈異非常，早晚必能尋到仇敵。牠藏好小猱，正要起身，雙方便即相遇。鬥時原在洞側不遠，小猱在洞中看得清楚，知道白猿是乃母仇敵。後來母猿恐小猱被發現，特地引白猿鬥向所居本洞，雙方相持，連翻四個山頭，母猱周身皮毛扯落，連受重傷，才逃入洞內。

白猿知牠氣未絕，但因牠臂長爪利，最後難免拚死來抓，如若近身，被牠抓住，難免不兩敗俱傷。因知豬婆灣谷中石穴之內，連夜有寶氣上升，該有寶物出現，意欲取來之後，再結束母猱性命，以免後患，當時便不與死鬥。又聞異香，知有靈藥在洞內，遂徑入後洞，將母猱新採來留等公猱同食的兜率仙芝取走。出洞時遇見黃潛，匆匆也未在意。嗣因尋寶，遇見怪獸噴雲神狳又苦鬥了一夜，殺猞得寶，中毒昏臥。黃潛盜芝，跟蹤尋仇。等明白是一家，同到嶺上，聽說母猱已死，才放了心。白猿原意，不久將遠行，去見舊日恩主交寶覆命，暫不與二猱相見，任其禁閉穴中受餓，連穴外見光的石凹也用石堵塞。

過些日，俟其火性稍殺，再由虎兒出面以恩相結，每日用山果前往引逗。照牠策劃，不消旬月，便可收服。異日虎兒拜師，再請恩主以佛力解冤。此猱恩怨心重，這一來，牠發覺虎兒是仇人引去，不特多費數月光陰，還須另使他法，恩威並用，才能放出。否則，牠爪利如鉤，力逾虎豹，不能為用，反有隱患。

虎兒也說不出道理，只是想著好笑。見回時未走原路，方在詫異，一會那虎已往高山之上跑去。山盡是崖，下面雖是平地，可是那崖壁立於仞，由上至下，少說也有百丈之高。那虎沿崖飛跑，轉瞬到頭，還不收勢，方在心驚，虎已往下縱去。虎兒心剛一驚，身子已被白猿抱緊，在虎背上如騰雲一般，晃眼及地。略一轉折，便見廣原，路徑彷彿曾經走過。頃刻出山，才知是那日走過的青狼寨外山口。虎兒問白猿為何往返不走一條路，才知所遊之地三面部不通人跡，只山南百里有一條秘徑可以行人，也絕少人知由金牛寨去。按說走這條路近而好走，但有那座高崖是天生阻隔，離地大高，去時虎不能飛躍而上，不比回時可縱落。如由山南那條路走要繞一千多里，中間還經好幾處山寨墟集，諸多不便。所以去走林谷險徑，回來改走危崖飛躍。

虎兒由此每日必往，半年多工夫，只初起頭有兩次是由原路險徑回來。去時騎虎，回時虎卻離開，走向別處，由白猿抱著攀蘿援葛，沿壁縱躍而歸。每問白猿，神虎何往，白猿說是給虎兒去找異日伴侶，虎兒也未在意。

三月後，兩個小猱逐漸長大，因受虎兒長期餵養，馴服了許多。虎兒又和白猿說情，將那堵塞石凹的一塊山石去掉，使其通風透明，可以瞭望。二猱每當虎兒將至，總是爭著由石隙外望，康連之聲叫個不已。虎兒與二猱相處日久，彼此均能聞聲知意，甚是親呢，只仍見不得白猿，偶從隙中望見，依舊磨牙怒嘯，伸爪作勢，意欲得而甘心。虎兒因二猱靈慧解人，便教牠們說話，雖然發音與人不同，仍是獸叫，虎兒生有異才，竟能懂得。照牠叫聲取名，紅猱叫康康，黑猱叫連連。每去，不是採些山果、松實、黃精之類，便是從寨中帶些糌粑、青菜與牠們去吃。

半年過去，顏覷夫妻同了黃潛進京，虎兒仍照常前去哺餵二猱。去到第二次上，白猿忽說時機將至，教虎兒先不給牠吃的，暫時餓上幾日再作計較。虎兒早就要放康、連二猱出洞，白猿總是不允，那塊封洞大石重有萬斤，自己又弄它不動。當下聞言大喜，立即應允。照白猿計策，故意找個錯兒，斷了二猱食物。二猱先頗倔強，繼以怒嘯。到第三天，始覺難耐，變作求懇。虎兒只不睬牠。過有十來天，二猱實在忍不住餓，見了虎兒，竟向隙流淚哀號起來。

虎兒雖是於心不忍，無奈白猿說：「再一兩天就該放牠，你也要搬到崖上石洞中來，在此等你的仙師。這東西野性，難馴已極，如不由你親身制伏，我在無妨，我一離開，縱有神虎隨侍，二猱同上，也奈何牠們不得。莫如將牠們先餓個夠，然後和牠們說：如聽話順從，永遠隨你為奴，才可將牠們放出，日後拜了仙師，還有大好處；不然，牠兩個年紀還小，不比牠父母力大，推不開這塊封洞大石，關在裡面，早晚活活餓死，哀求無用。這東西愛髮如命，天性生成。你只看牠們不用你說，自己將腦後金髮拔了一根給你，便永遠降伏，死活由你，決不再叛。出時牠們必向我尋仇，我須將牠們制個半死，不到我出聲示意，你切莫要阻攔勸解，這樣方保無患。」當下又教給虎兒一條妙計。

第二天，虎兒出遊回寨。白猿說：「明早移居，並放小猱出來，此去暫時不再回來。事要機密，勿使人知，將用具衣物帶去。」

虎兒一想：「自己平日吃得多，新居雖好，但是無有飯食、糌粑，吃的只是山果，恐解不了餓，自己又不會做。」想了想，便逼著隨侍苗女教生火、煮飯、蒸糌粑等家居雜事，亂了一夜，勉強學會。

次早，虎兒不別而行。到了地頭，白猿早把崖頂巨洞整治潔淨，搬了些石頭做几榻。

虎兒先將用具、食物一一運將上去安置，便催著移石放猱。到了崖後一看，連連已餓得有氣無力，滿臉淚痕，眼巴巴朝著石隙外望。一見虎兒到來，宛如見了親人，又哭又叫。

一會，換了康康，也是如此。虎兒便問道：「日前因你們抓傷了我的手臂，我才把你兩個餓了這些天。我有心將這大石搬開放你兩個出來，如肯一生一世永遠跟隨我在此，我就放你們。為了你們，我連家都不回去，靜等我的仙師來了學本事。你們肯服我麼？」

康康聞言，臉上頓現驚喜交集之容，叫了起來。連連也跟著在洞內啞聲應和。虎兒聽出二猱叫聲直是喜出望外，萬分願意，特地先給甜頭，遞了兩塊糌粑、兩大捧山栗過去，吩咐分食，不許爭搶，吃完再說。

這時二猱已有人性，不過性情猛烈而已。多日饑餓，忽得美食，喜歡到難以形容。忙接過去，又伸出頭面，把虎兒的手親了親，才退向洞中，邊吃邊喜嘯不已。一會吃完，從隙中現出毛臉，面露感激希冀之容，不住口曼聲媚叫，意求虎兒踐言，去石開放。

虎兒笑道：「關你們受苦的並不是我。要不是白哥哥和我說，天天多老遠到此看望，給你們吃的，怕不早餓死了呢。放你們不難，你們要是出來，會聽話，不嘔人嗎？」

連連聞言，連叫兩聲：「一定永遠相從，死生惟命。」便退下去，和康康低叫相商了幾聲，倏地伸爪，遞出兩根金髮。

虎兒見果如白猿之言，忙向白猿示意。又朝石隙喝道：「現在我就放你們，但這石頭太大太重，你兩個可躲向洞角，將臉朝裡，不要來外邊看，免得我弄它不動。」二猱應了，立即退下。這裡猿、虎同時從旁用力，一陣轟隆之聲，竟將那萬斤大石移開了些，回到母猱未移時的原來地方，現出一個一人來高的洞穴。

虎兒高興已極，剛喊得一聲：「康康、連連，你兩個東西還不出來我看？」二猱便飛也似竄出，伏向虎兒腳底，各捧一手，不住亂親亂聞。虎兒見二猱生得一般高矮，一紅一黑，都是油光水滑，一身細茸毛，腦後長髮燦若黃金，閃閃生輝，煞是靈巧好看，不禁大喜。

二猱正喜叫不休，猛一回頭，看見白猿拿著一根去掉枝葉的長藤，蹲踞石上。大仇對面，分外眼紅，無奈敬畏虎兒，不敢上前，只急得把滿嘴鋼牙直錯，不時窺視虎兒臉色。虎兒見狀，笑道：「你兩個莫這樣。你們的媽是仙人殺死，不是我白哥哥。真要不信，講打，你兩個也打不過牠，不信就試試。可是，今朝要打不過時，就永不許再爭打了。」二猱聞言，康康首先起立，奔了過去，將身一縱，伸出長爪，往白猿臉上便抓。

白猿更是靈活，身子微閃，讓開來勢，兩手持著長藤，當頭套下去，往起一兜一甩。剛將康康甩出去二三十丈遠近，跌落地上，說時遲，那時快，連連見虎兒沒有出聲喝禁康康，也跟縱繼至，白猿就著甩出餘勢，反手一兜，又將連連雙足兜住，跌了個仰八叉。

二猱就地縱起，怔了一怔，互相怒嘯兩聲，同時齊上。白猿將身一縱，二猱也忙跟著縱起，誰知上了白猿的當。白猿猛地將長藤由上套下，恰將二猱同時套住，套近腿際，又是用力一兜。二猱身在空中，用不得力，這一兜，連翻了好幾個筋斗，才行跌趴地上。

白猿借這一兜的勁，卻從牠們頭上一個魚鷹人水之勢，斜穿出老遠去。二猱吃了虧，益發暴怒，猛力上前。白猿身法真個神妙莫測，搖晃起那根長藤，連縱帶舞，或上或下，或前或後，單來單兜，雙來雙套，從不空發。二猱被牠兜上，便是一跤跌落。似這佯鬥有個把時辰，白猿仍是從容應付，二猱卻被兜得手足慌亂，不知如何是好了。

虎兒看得有趣，忽聽白猿一嘯，知是時候了，忙喝道：「康康、連連，你這兩個東西，打些什麼？你們怎打得過我白哥哥呢？你爹媽又不是牠殺的。牠要是生了氣，你兩個就沒命了。」康、連二猱先時那般猛惡，聞聲竟然停住，滿臉帶著羞憤之容，走將過來，趴伏在虎兒腳下。虎兒便道：「以後你兩個就跟我用的人一樣了，不聽話，我是要打的。放乖些，給我做事看家採果子，等我長大拜了仙師，自有你們的好處，曉得麼？」

虎兒又取了好些東西與二猱吃，一會看看這個，一會摸摸那個，心裡真說不出來的喜歡，坐在山石頭上，也想不起作甚事好。

待了一會，白猿走近虎兒身側，往高崖上一指。二猱怨氣未消，雖未敢公然撲鬥，卻把怪眼圓瞪，牙齒錯得山響。虎兒見狀正要喝罵，猛想起神虎不知何往，方欲詢問白猿，忽然山風大作，西北角上萬馬奔騰之聲震動山嶽，由遠而近。二猱倏地一聲長嘯，便要迎聲飛縱前去。白猿在側早有防備，不等二猱縱去，由側面一探身，夾頸皮一爪一個，將二猱抓了起來。再向虎兒一聲長嘯，往崖頂當先跑去。虎兒蹤追上。二猱冷不防吃白猿抓緊，身子懸空，施展不得，一路亂掙，怒嘯不已。一人三獸同到崖頂，白猿才行放手。二猱自然激怒，一落地便張牙舞爪，怒嘯連聲，欲與白猿拚命。

虎兒喝道：「連我都聽白哥哥的話，你兩個再要這樣，我仍把你們關在山洞裡去餓死，不救你們了。」二猱見虎兒發怒，恨恨而退，同蹲一旁，交頭接耳，低聲微語。虎兒也未在意。

這時，騷動之聲漸微，白猿指著下面直喊：「來了！」虎兒順牠指處一看，只見西北方坡陀林莽，起伏如潮。遙望草際林隙之間，似有黃黑相間的影子閃動，此竄彼逐，彷彿為數甚多，卻不似往崖前走近。林莽深密，也看不出是甚野物。隔了一會，忽聽震天價一聲虎嘯，那些黃黑色的野物才聚做一群，緩緩迎面走來。這才看出是大小數百隻花斑豹子，有的冂中還啣有山羊、野鹿之類的野獸，神虎卻在豹群後面督隊，漸行漸近。

康、連二猱天生是各種猛獸的凶煞，忍不住在虎兒身側一聲怒嘯。豹群聞聲，立時一陣大亂，紛紛撥轉身往後飛跑。神虎見狀大怒，也是一聲怒吼，爪起處早撲倒了兩個，神虎雖然威猛，無奈物各有制，群豹早已膽寒，終是不敢再進，有的還在覓路亡命奔逃，有的竟伏地哀鳴起來。白猿知道就裡，便和虎兒一說。大意說：這些豹群為數不下千百，原生息在金牛寨附近深山窮谷之間。因吃苗人毒箭火攻獵取，死亡大半，殘餘的四散潛伏。白猿知道鄰近有人群居，恐異日自己去後，虎兒雖有二猱、神虎為助，畢竟勢力單薄，又知虎兒最愛野獸，特地由神虎幾次前去召集攏來。一則托庇虎兒羽下，免受獵人傷害；二則給虎兒閒居解悶。馴練起來，以壯聲勢。二猱有伏獸之威，所以群豹聞聲害怕，不敢近前，連神虎都禁喝不住。只須命二猱前去生逼過來，便可收伏。

虎兒一聽這許多雄壯威猛的野獸，俱可收養來玩，不禁大喜。忙喚：「康康、連連快來。下面那麼多花豹兒俱是我收來玩的，牠們怕你們，不敢近前。快去將牠們趕到崖底下，只不許傷牠們一個。」

二猱見了群豹，早就躍躍欲試，歡嘯一聲，凌空百十丈，往崖下縱去，轉眼及地，比飛還快，相隔里許，接連十幾縱便到了豹群之中。說也真怪，二猱那般小的身量，豹群中最大的與水牛差不許多，起初聞得嘯聲還在想逃，只一見二猱的面，竟是全數嚇倒，趴伏在地，動也不動。二猱也沒怎樣撲擊，只在豹群中轉了幾圈，挨個用長爪在豹頭上摸了一下，等到摸完，群豹齊如待死之囚，瞑目趴伏，聲息全無。二猱又朝前一指，嘯了兩聲，群豹一個個垂頭喪氣，搖著長尾，慢騰騰站起，由連連在前引導，康康、神虎後面督隊，雁行魚貫般走至崖前，又復閉眼，趴伏在地。

虎兒見那麼凶猛的豹子，竟被二猱不知怎樣制得伏伏貼貼，馴善非常，比起神虎專以威力制服群獸要好得多，當時心花怒放，一迭連聲誇好，並拔步往崖下跑去。二猱見主人高興，也是歡呼不已。

虎兒一點，共是大小一百零三隻。便問白猿：「這麼多花豹兒，給牠們吃點糌粑好麼？」白猿搔首說：「牠們俱能自覓野獸充饑，吃的無關緊要。倒是要給牠們尋一個住處，好陪你玩，給你打野獸，免得分散了，被苗人毒箭傷害。」

虎兒想了想，一看地勢，崖側恰好有一個凹洞，甚是寬大，足可容納，便與白猿說了。又命神虎教給群豹住處，不打發出去捕獸時不許離群亂走。虎、豹原是同類，神虎先朝群豹吼嘯了一陣。按著神猱殘殺野獸慣例，先是將獸群聚在一起，然後挑肥揀瘦去摸。被摸中的自知難活，惟有伏地待死，任其生裂頭腦。不過神猱天生靈獸，性喜素食，以靈藥草根及各種山果為糧，一年生食獸腦只有幾次，各依定時，所取無多。每當時至，山中群獸聞聲望影而逃，遇上一被看中，便無倖理。

今天群豹全被摸遍，戰戰兢兢趴伏等死，忽然皇恩大赦。人有人言，獸有獸語，俱都喜出望外，紛紛抬頭朝著虎兒歡嘯，響成一片。虎兒聞聲知意，益發心喜。神虎又一吼，二猱也跟著揮動長臂，作勢指了地方，百餘野豹竟如馴羊一般，乖乖地走向崖凹之中伏下。神虎又奔向前去，將所有豹口中啣的死獸陸續取來，給虎兒留了半隻肥鹿腿。餘下有三四十隻野物，都投入崖凹，仍給群豹自去受用。

虎兒高高興興玩到天黑，留下神虎著守群豹，自己帶了白猿、二猱，上崖頂洞中安歇。第二日起，又仿照苗人關養牲畜之法，與白猿、二猱折木插地為棚，做成豹圈。

第九章　女孕靈胎

話說光陰易逝，晃眼年餘。人獸甚是相安。二猱也不再向白猿尋仇，並且穎悟解人，靈慧無比。虎兒每日馴獸為樂，時率群豹出遊，身材也逐漸長成大人模樣。屢問白猿，父母何時可見，又要牠往金牛寨去探看父母歸未。白猿說歸期遙遠，非等拜了仙師之後不能相見。虎兒雖然極信服白猿的話，無如思親情切，每隔些時日，忍不住要向白猿絮聒，白猿總以前言對答，虎兒想念一陣，也就罷了。

這日，虎兒因天氣漸熱，又嫌舊日帶來衣服大小，緊繃在身上難受，賭氣一脫，忽然看見胸前所佩錦囊，不由觸動孺慕之情，想起前事。除照前向白猿追問父母下落外，並要神虎馱了他往金牛寨查詢一回。

白猿吃他糾纏不過，怒道：「我和黑虎原是你恩師門前聽經靈獸，只因一時淘氣，引你出寺，誤傷後山修煉千年的靈狐，以致害你轉劫；我和黑虎也受了重責。念你平日相待甚厚，又知靈狐必要報仇，向你恩師苦求了七晝夜，才承他老人家說明前因後果，命我兩個去至青狼寨守候。又過好些年，好容易使你離開塵世，接引到此。仗著這裡天然的地勢和你恩師神符，將兩道山口封鎖，以免靈狐跟蹤尋來，難以抵禦。又知此狐最怕神猱利爪，才費了若干心力，代你將康、連二猱收伏，以為護衛。你須在此待滿十四年，耐過靈狐尋你的年歲，你恩師踐了昔日與靈狐的諾言，方始前來度你入門。這期中你避禍還來不及，還敢離山他去？你爹媽現在京中，不久跟著仇人出京，一得手後便另有機緣遇合。所借去的兩件法寶乃仙家降魔利器。再有旬日，我便要趕去取回，送交你恩師行法淬煉。此去歸期難定，弄巧就許隨你恩師同來。我走後黑虎還有兩次災劫。你如不聽我的囑咐，隨意強牠引你去往金牛寨，萬一與靈狐相逢狹路，無異自投羅網，休想脫得性命。不等你重拜恩師，學成劍仙，你爹媽仍是見不著。你又不知途徑，瞎跑亂走，有何用處？」

虎兒一聽白猿不久要走，大是惶急，再三央告留下，情願事事聽從，不再違拗。白猿又道：「我走也是為你將來地步。方有此行。你不出山，靈狐尋你不著，自是無憂。即使萬一相遇，牠和你一樣，轉劫後法力道行也非昔比。除了防牠乘隙暗算而外，你現有黑虎與康、連二猱為助，更有群豹可壯聲勢，牠也未必能奈你何。我至多不出十日必行，既然彼此難捨，我每得閒，定來探望便了。」

說到後半截行期時，恰值康康、連連走來獻果，相處已慣，人、猿全未理會。虎兒因和白猿分手在即，小孩子心性，當時難受了好半天，經猿虎引逗他一遊玩，也就丟開。

一連數日，無事可記。

這日，白猿因時屆行期，又和虎兒說，再有兩日就要起身，遲恐無及。囑咐他只可在山中遊息，多服二猱所採靈藥、異果，日久自有功效，不可遠離生事。說時，康、連二猱又在旁諦聽。虎兒自是怏怏不樂，知道攔牠不住，悶了一陣，一賭氣，連飯也不吃，逕去睡了。

那康、連二猱蓄志報仇，原非一日，無奈白猿已是通靈，每晚大多靜坐吐納，絕少睡眠，稍有動作，便即驚醒，所以隔了年餘，一直未敢妄動。日前一聽說白猿要走，愈發報仇情急。借著給虎兒採果之便，不知從哪裡尋來一株迷魂草。假裝惜別親近，康康持草，驟出不意，向白猿鼻端一指。白猿何等靈警，聞得異香，知有變故，一伸長臂，奪草過來，也拂向康康臉上。剛厲嘯得一聲，頭腦便覺昏暈，連連已從右側伸利爪襲來。

迷惘中無力迎拒，只得將兩條長臂往自己頸間一繞，護住要害，緊閉雙目，跌倒在地上。同時康康也受迷暈倒。連連縱身上前，便去分牠雙臂，想抓裂白猿頭頸，偏生白猿臂長，其堅如鋼，其柔如帶，一見中計，便向頸間一環，連繞數匝，急切間難以分開。

連連這裡正在下手，崖腳臥守的神虎已被白猿嘯聲驚覺，飛也似往崖頂跑上，不等近前，便已發威怒吼。連連還在不捨，虎兒也被虎嘯之聲驚醒出來，見狀大怒，大喝一聲：「該死的狗畜生！好大膽子。」一奔過去，舉拳便打。

二猱與虎兒本有前緣，又處了年餘，更是愛服，連連見神虎與恩主同時到來，嚇得捨了白猿，抱起地下昏倒的康康，接連幾縱，便往崖下逃去。

虎兒過去一看，白猿昏迷不醒，氣得直跳，大罵畜生。一面命神虎速將二猱抓回打死；一面撲在白猿身上，連喊帶哭，鬧了一會。還算好，白猿適才見機，應變神速，一照面，先奪過毒草將康康迷倒，去了一個敵手；覺頭一昏，立即護住頸間要害；神虎與虎兒又發覺得快，一點傷也未受到，昏迷了沒多時，便已醒轉。翻身縱起一看，虎兒在側，二猱不見，略問了兩句，飛身往崖下便跑。

虎兒平日極愛二猱，先時雖然痛恨，一見白猿無恙，氣便消了一多半。反因神虎未歸，恐二猱害怕，從此遠逃；又恐白猿追去傷害。急忙在崖上高喊：「白哥哥，你只將牠兩個捉回來，我自己打牠們替你出氣，千萬不要傷牠們。」邊喊邊往崖下追去。

這晚又值陰晦，雲霧滿山，暗影中，虎兒只見白猿如一條白線也似，疾逾流星，轉眼沒入崖下濃霧之中。下面崖凹裡的群豹也齊聲吼嘯起來，震得山鳴谷應。使暗夜荒山，越顯淒厲。虎兒上下崖徑雖熟，任是身輕目敏，體力強健，這般濃霧，也是難行。勉強追到崖下，看不出猿、虎追向何方，只得廢然止步，站在崖腳，不住口直喊。

約有個把時辰，猿、虎方始一同歸來，康、連二猱卻未回轉。虎兒一問，白猿說牠和神虎直追出二百多里，並未見康、連二猱影子。夜深霧重。恐虎兒一人在崖下懸念，或發生別的變故，只得相約回來，明日再去尋找，好歹也將二猱尋回再走。虎兒先因二猱暗害白猿，恨不得打牠們一頓。及見牠們畏罪逃走，又難割捨。聞言無法，只得同了白猿回洞。累了多半夜，人已疲極，頭一著榻，便已睡著。

第二早，虎兒醒來，見洞外陽光已然射入。猛想起昨晚之事，知天不早，跳下石榻，忙往洞外跑去。一看昨晚那株迷人異草尚在地下放著，一找猿、虎，卻不見蹤跡，連喊並無應聲，料是尋找康、連去了。見那草花隔一夜，沾了些晨露，越發鮮豔，並沒枯萎。

虎兒從小有愛花之癖，平時還在搜羅，移植崖間，不捨拋棄，隨手拿起。跑下崖來，不知猿、虎往何方追尋，正拿不定主意，恰值一頭教練馴熟的巨豹從崖側凹洞中搖尾走來，虎兒心中一動，就問道：「你知今早白哥哥牠兩個往哪邊走了麼?快馱我找牠們去。」

豹將頭一偏，向著崖西一聲長嘯，身子往虎兒身前一湊。虎兒解意，一縱身上了豹背，手拍豹頸，喝聲：「快走!」豹便放開四足，連縱帶跳，飛也似朝西方林莽中奔去。

虎兒初下崖時，原想將那株異草在崖下擇一地方種上，心中又惦著尋找康、連二猱，這一忙，沒顧得種，也沒放下，仍舊拿在手上。騎著豹，一路穿山過澗，飛越險阻。走有個把時辰，見前面現出一條山峽，兩旁危崖高聳，藤蔭蔽日。峽中還有淺水流出。奔湍激石，音甚幽越。看去陰森森的，竟是一個從來未到過的所在。那豹行近峽口澗邊，忽然停住，低頭不住聞嗅。虎兒知牠尋嗅猿、虎和康、連二猱的氣息，便由牠去。那豹繞著峽外崖壁來回走了數十步，好似崖高無路，露出為難神氣。末後，又轉身去尋路，正經峽口，倏地峽內一陣山風吹來。那豹昂首迎風嗅了一下，猛地一側身，縱過峽口一條丈許寬的橫澗，逕踏著峽底淺水逆流而上。峽中山水出沒無常，時淺時深。虎兒進時正當水淺之際，還齊不到豹腹。那吃山水沖落的石塊，星羅棋佈，散在峽底。豹行遇到水深之處，便踏著亂石飛縱過去。走了一陣，又迎著風頭嗅了幾嗅，不時停頓遲疑。

虎兒漸漸看出牠意似畏怯，以為牠怕尋到康、連二猱，拿牠出氣，便拍著豹頸喝道：「你只管領我去，有我在，你怕牠們則甚？」這一說不打緊，那豹索性停了下來，又望空嗅了幾嗅，撥轉身，回頭要走。虎兒哪知這老豹已有靈性，迎風嗅味，覺出前面有險，知難而退。只道白在峽中走了十來里，濺了一身的水，臨了卻又往回走，沒好氣罵道：「該打的蠢東西，我正心急，你卻慢騰騰的。牠們四個不在此，你馱我跑這些冤枉路，又不好好地走，把我周身都弄濕了。」那豹吃虎兒一喝罵，重又折轉身子，緩步前行。

虎兒見牠自從到了峽口便未吼叫，始終靜悄悄地走著，時進時退，不知是什麼意思，忍不住又問道：「牠們到底是在前邊麼？」

豹點了點頭，仍不作聲。

虎兒怒罵道：「蠢畜生，既這樣，還不快走，適才又往回走則甚？」

虎兒儘自催速，豹卻不睬，走幾步，嗅幾步，一會又停了下來，徘徊遲疑。如非虎兒再三督飭，那意思，恨不得退回身才好。

虎兒騎獸出遊已成習慣，起先並未想到下了豹涉水自行。後見豹行越遲，一賭氣，縱將下來，大罵：「畜生，懶蛇一樣。反正我身上都濕透了，你既不願馱我去，我自己莫非不會走給你看？少時尋到牠們，回去再收拾你。」越說越氣，踢了那豹一腳。正要踏石迎波，飛身前行，剛一舉步，身後衣襟忽被那豹一口咬住。虎兒力大，起得勢猛，冷不防被豹一扯，嗤的一聲，將上身一件麻布短衣撕裂半邊，人還差一點跌撲峽底，濺得滿頭滿臉的水。近來虎兒身子逐日暴長，幼年衣服已不能穿。僅有這一身短衣褲，原是顏覥的舊衣，行時不曾帶去，虎兒移居時收拾衣物，將它攜至山中，倒還穿著合身，更無二件，這一下被豹撕裂，不由氣上加氣，大罵：「畜生！」回身便要踢打。豹知他手腳厲害，嚇得回身便逃。

虎兒因急於尋到猿、虎、康、連，見豹逃得飛快，不願再挨時候，只得忍著暴怒，手拿著花，縱躍前行。進約半里，峽道忽然彎轉。順峽徑剛往左一拐，前面奇景豁然呈露。正眺望欲進間，倏地眼前白影一閃，連眼帶嘴，忽吃一個毛茸茸的東西塞了個密不透風，同時身子也被一條東西攔腰捲住，憑空往上提起，不一會，便帶了他跑起來，只聽耳際風生，迅速已極。虎兒自幼與神虎、靈猿在山中廝混，嗅覺很靈。先因事起倉猝，心中慌急，不住拚命掙扎。嗣覺對方力量絕大，自己身、首像被鐵箍著一般，掙扎簡直無效，剛一鬆勁，便覺出那毛手氣息極熟。只苦於口被塞緊，做聲不得。正想出其不意，設法脫身，腳忽沾地。頭上毛手去處，眼前一亮，正是白猿在側。虎兒喜怒交集，跳腳大嚷道：「白哥哥，你找著康康、連連了嗎？我被那老豹兒該死的蠢畜生氣苦了，你還要這樣嘔我玩。」

白猿等他嚷完，嘻著滿口銀牙笑道：「我就知你見我要高聲亂說，才這樣做的。你先莫亂，聽我細說。你去的地方，正離那妖人巢穴不遠，幸而正當午時，他在打坐，如被察覺，你也休想活命。我同黑虎為救康、連二猱，老早來此，用了多少心機，俱都不敢現身近前。後來遙望了些時無法，黑虎便去山北尋找你恩師當年好友清波上人求救去了。我正隱藏峽谷老藤中想主意，並等牠請人來，遠遠聽見你在喊罵，忙迎上去。那老豹聞著了我們的氣味，想又聞出妖人邪味，知道不妙，想阻你前進，牠原是好意，你卻將牠趕走。我知道你見了我必定高喊，早想提你上來，偏生地勢不好，一動手便會被你看見。又跟你在上面走了幾步，才伸手下來，將你提到此地。如今康康、連連，已被烏柏山岩洞中妖人捉去，今天晚間就要送命了。」

虎兒聞言，大驚道：「康康、連連是我心愛之物，怎捨得牠死？你說那妖人現在哪裡？快些領我去，把他殺死，不是就好救牠兩個了嗎？」

白猿道：「你倒說得容易。那妖人會使邪法，我們一伸手，稍微驚動他，他只需將手一動，我們便中迷倒地，由他殺害。除非清波上人肯來，我們簡直近他不得。」

虎兒忽然失驚道：「都是你不先說一句，就把我抱來，嚇了我一跳，又把我一株心愛的草花丟了。」

白猿笑道：「枉自你前世有半仙之分，一轉世，小孩子終是小孩子。康康、連連將來是你膀臂，現在正話沒說完，什麼花也值這般稀罕？說出樣兒，我明天給你採，要多少有多少。」

虎兒說：「你給我崖上下種的花也多了，這花卻是頭一回見，真好看極了。也不知牠兩個哪裡採的。可惜有毒，不好聞它。」

白猿驚問：「你說的可是昨晚康康、連連拿來迷我的異草？你今日聞了麼？」

虎兒答道：「正是那草花。我因昨晚回洞時，你說康康用迷魂毒草迷你，你不留神聞了花香暈倒，當時我要睡，也沒細看。今早見那花真好看，根也還在。想起你的話，沒敢聞，打算種在崖下。忙著騎豹找你們，無心拿著，路上沒捨得丟。適才你往上提我，一著急，舉拳打你，隨手甩落了。嘴也被你捂住，乾著急，喊不出來。」還要往下說時，白猿忙止住他。

白猿微一尋思，面帶喜容道：「我正想清波上人白雲封洞已數十年，未必肯管我們的事。適才只顧著急，沒想到此花用處，如今被你提醒。只要此花能重尋到，妖人這一打坐，要到日落黃昏才完。此花昨晚連我聞了還昏迷呢，只須輕輕到他身前向鼻孔一擦，縱然驚醒，也昏迷過去，就不怕他了。」

虎兒聞言，喜得亂蹦。忙叫：「我們快到原地方找去。」白猿先要獨往下手，以免虎兒涉險，虎兒不允。

後來白猿又想了想，先商量好下手之策，再三叮囑：「事要機密神速，不可大意。妖道雖在打坐，稍有聲息，仍會驚醒，便難免禍。」

虎兒應了，仍由白猿抱了他，攀援縱躍，上下於危壁峭崖之間，一會到了原處。那花從虎兒手中落下時，並未墜入峽底，恰巧絆住在壁間藤蔓之上。白猿持花向前，俟將妖人迷倒，再行近身。

虎兒經了白猿指點，才看出那妖人打坐之處。原來一過峽灣，左半邊崖壁中間大半截便向裡平塌下去，形如一個橫立著沒有蓋的長方匣子，其大約有百畝，平地面上大小怪石森列，宛如劍戟，高低不一。離虎兒藏身的峽灣約有四五十丈，是匣最中心處。每一根石劍尖上，都有一朵碧綠明亮的碗大星花，照得三面石壁都成翠色。妖人打坐在數十根怪石中間的石榻上。因為裝束奇詭，非僧非道，衣服又是綠色，星光照處，通體一碧。身子又被怪石擋住，只現出半邊側影，乍看時很難辨認。這時各怪石尖上的星光時暗時明，閃耀不定。

白猿手持草花，躡足潛蹤，掩掩藏藏地往妖人身旁走近。不時回首朝虎兒打手勢，叫他不要出聲妄動。行止甚是謹慎。一會掩到那百十根有星光的怪石下面，便停步遲疑起來。虎兒性暴，先見白猿動作遲緩，迥非平日矯捷神速之狀，已是發急，又見牠這般光景，越發忍耐不住。他自從出生，幾曾遇見過大敵。心想：「我道這惡人有甚了得，原來是這樣一個怪人，怕他怎的？」因白猿先後叮囑示意，雖沒出聲呼喚，人卻從藤蔓中現身，輕輕縱落，跟蹤上前。

白猿原是看出妖人身側事先設有防範，不敢造次，意欲審視好了行事，聚精會神向前探索門戶。偶一回首，見虎兒不聽招呼，跟蹤走來，這一驚真是非同小可，恐將怪人驚醒，必陷羅網，連忙搖手禁止，示意躲向石後隱身之處。虎兒偏不肯，一面用手勢回答，一面腳底益發加速往前跑去。白猿知虎兒心性，此時如果回身強阻，必然出聲怪叫無疑，只好咬牙切齒，做出痛恨憂急神氣。虎兒仍是不聽。白猿一著急，猛地靈機一動，剛將主意想好，虎兒已從地上抓起一根茶杯粗細，二尺長短的斷石筍，當做兵器奔來。

不料腳底一不小心，踢起一塊碎石，無巧不巧，正落在一根上有星光的怪石柱上，噹的一聲，發為巨響，空穴傳聲，震得澗壑起了回音，半晌不停。這一來，那還不將妖人驚醒，妖人眼睛睜開，看見對面奔來一個有根基的童子，不由心花怒放，一聲獰笑，便下位走將出來，雙方恰好迎個止著。

虎兒見那妖人生得又高又瘦，臉色碧綠，鷹鼻拱起，兩顴高聳，下面一蓬連鬢絡腮鬍子，隱隱露出一張闊口，兩根翹出唇外的獠牙。圓眼白多仁少，兩粒豆般大的黃瞳仁滴溜亂轉，閃閃放光。笑聲淒厲，和梟鳥夜鳴相似，從百十根放光怪石林內緩步往外走來。真個相貌猙獰，醜惡非常。

虎兒因二猱失陷，痛恨妖人已極。原以為既然他是在閉目坐睡，衝上前去，一下即可打倒，不必像白猿那般費事。及至將妖人驚醒，見了這等醜形怪狀，心裡一納悶，不由止住腳步，呆呆地望著，反倒忘了當時動手。等到妖人走近，一望前側面怪石旁站定的白猿不在，這才想起前事。喝問道：「你就是把我康康、連連捉去關住，今晚要害死牠兩個的妖怪麼？快給我放出來，我不打死你；要是不放，我就要打死你了。」

那妖人聞言又是一聲獰笑，慢騰騰從袍袖中伸出一雙精瘦細長，與枯骨相似，帶著半尺多長指甲的怪手，向虎兒作勢抓來。

虎兒見狀，笑罵道：「你這有氣無力的妖怪，還想和我打麼，我這塊石頭你接得住便算你贏。」嘴裡說著，手中石筍早朝妖人當胸擲去。妖人看見石到，也不往旁躲閃，逕伸手指一彈，那塊數十斤重，數百斤力量的石筍，竟如彈丸一般拋起，從虎兒頭上飛過，墜落澗中去了。

虎兒滿以為自己兩膀神力，妖人行動又遲緩，這石筍一發出去，必將他打倒。不料妖人力氣比自己似要大得多，一彈指間石便飛出；哪知是妖法禁製作用。知道不妙，罵聲：「該死的妖怪！」縱身上前，舉拳便打。妖人一身邪術，虎兒全仗天生神力，自敵不過。也是妖人欺虎兒是個幼童，送上門的買賣，輕敵太甚，以為自己手長，舉手便抓。

虎兒身剛縱起，一拳打向妖人臉上。見妖人舉手來抓，猛想起他手力比自己還大，不可被他抓住，仗著動作神速，未容抓到，倏地雙手一收，身子往後一個倒仰，兩隻鐵腿雙雙踹向妖道胸腹之間，借勁使勁一登，倒縱出去。妖人原以為虎兒身已懸空，只須雙手往上一合，便可攔腰抓住，捉個清醒的好問話。不料卻中了虎兒的道兒，一下踹了個結實。驟出不備，胸腹間如被巨大鐵杵猛擊了一下，痛得內腑震動，頭腦昏黑，如非有多年苦修之功，幾乎傷重身死。當時急怒攻心，忙一定神，將手一摸胸腹，先用禁法止痛。

然後行使妖法，朝著虎兒將手一揚。

虎兒倒身縱起，雙腳落地。見妖人身子晃了幾晃，幾乎跌倒，知已受傷不輕，甚是高興。正在得意，還想再來，作勢將起，忽見妖人手一揚，自己便不由自主地朝前撲去。

眼看妖人縮頸躬身，張開兩臂，獰目詭笑，聚精會神，做出欲抓之勢迎了上來，無奈身子似被大力吸住，轉瞬就要被他抓住。正在惶急，倏地從妖人身後大石筍旁，飛也似射出一條白影，只一晃間，妖人立時暈倒，昏迷不醒，自己也跟著跌落在妖人手旁，言動不得。

原來白猿見妖人驚醒，便知虎兒無有倖理。自己不退也是白白饒上一命，反不如見機藏起，還可設法解救虎兒。不等妖人開目，一聞石響，先已隱過一旁。加上虎兒不該遭害，小孩子心性，只顧看妖人生得異樣，臨危不進，未入埋伏。這又是個下三門的妖人，道行尚淺。因見來人只是璞玉渾金，未有師承，只當路過誤入，把事情看得太易，沒想到還有一個厲害同伴潛伺在側，一心打算吸取他的真靈。偏生虎兒仙根深厚，多服靈藥，人雖中迷撲來，本身靈元卻未搖動。妖人見狀驚奇，只顧全神貫注到前面幼童身上，不料禍發瞬息。

白猿見他被虎兒用腳踢傷，已看出其能為有限，當下出伏來鬥，便減了三分畏懼。再一看妖人當時便行法害人，辣手下得太快，遲必無救，一時情急，便不顧危險，如良鷹搏兔，乘隙出擊，用手中迷魂異草逕向妖人鼻間一按，妖人聞得異香，知中暗算，欲行法解救，已是無及，立即昏迷過去。白猿恐時久生變，妖人一倒地，先用異草將他鼻子塞滿，以防回醒。然後一找妖人身旁，從腰間搜出一把碧光熒熒的小匕首，刺向妖人胸前，只一下，便腹破腸流，結果了性命。

虎兒倒在地上，看得清楚，心裡也明白，只是不能言動。直到妖人死後，過有半盞茶時，才緩醒過來，跳起身，氣得踢了妖人好幾腳。拉了白猿，便要去尋康、連二猱。

白猿正對著那百十根上有星光的怪石林中端詳，聞言答道：「都是你不聽話，險些被妖人將你害死。你當事情就這容易嗎？適才多虧你還沒有闖進這裡頭，要不的話，除非清波上人當時趕到，連我也救不了你。牠兩個就在石林那邊岩洞中綁吊著，過去非穿行石林不可。妖人已死，不知怎的，石上星光並不熄滅，只不過無人主持，光稍呆些，不似先前閃動罷了。妖法想必未解，一進去，定又遭殃。最好等清波上人到來，破了妖法，再行穿過。你若性急，寧可回走原路，翻上崖頂，由我背著你繞行後山，再抄到那邊去，雖遠幾十里路，卻免得中了道兒。」

虎兒見石林內無甚動靜，急於尋到康、連二猱，又因妖人已死，哪裡肯信。力說：「這些石頭都不甚高，白哥哥你怕受害，何不帶我縱了過去，也省走許多的路？」

白猿怒道：「你年輕，懂得什麼？如若不信，你站遠些，待我來試給你看看。」說罷，將虎兒攔遠了些，就地下提起妖人屍首，對準石林空隙，往妖人生前打坐處擲去。說時遲，那時快，妖人屍首剛一擲入，每根怪石尖上的星光忽然爆散開來，一陣陰風起處，碧焰中似有數十百個惡鬼現出半截身形，各從石尖上伸下一條長臂，將妖人屍首抓住。就在互相爭扯之間，地下又冒起一團濃煙，連那百十根怪石和妖人屍首一齊裹住。一會工夫，邪煙散盡，惡鬼全隱，石上星光復明。再看妖人屍首，俱是一條條黑影，像繩索一般綁了個緊。

白猿吐了吐舌頭，說道：「你看見了沒有？石林裡面除妖法埋伏外，暗中還藏有邪教中練就的法寶呢。這時行法的妖人已死。尚且這般厲害，你看行得過去麼？」

虎兒雖然膽大，鬼魅妖物卻是初見，這才有了畏心。正要拉了白猿由回路上崖繞到後山過去，忽聽遠遠傳來一聲虎嘯，正是神虎到來。

白猿喜道：「你且莫忙，這定是牠將你清波師叔請得來了，不然牠不會叫的。他們來得快，沒等我們繞到他們就先到了，忙他怎的？」

言還未了，接連又是兩聲虎嘯。虎兒聽末後一聲已達崖頂，卻不見人、虎下來。白猿聽出來意，似還未知妖人已死，在崖上怒吼誘敵，心中奇怪，立即長嘯相應。虎兒也跟著亂喊。兩邊應和，沒有幾聲，一團黑影忽自來路崖口飛將下來。虎兒定睛一看，正是神虎，背上還馱著一個年約十三四歲的小孩，一露面便喝問：「妖道現在何處？快領我殺他去！」

白猿不等說完，便已上前拜倒。小孩也跳下虎來。

虎兒見那小孩生得還沒有自己雄偉。一個拳頭般大的頭，前髮齊額，後髮披肩，又黃又密。兩道濃眉幾乎連成一字，緊壓著眉底下一雙三角怪眼，閃閃放光。兩顴高凸，鼻樑卻塌了下去，露出一雙朝天的大鼻孔。尖嘴縮腮，暴牙外露，兩隻兔耳貼肉倒立。

上身穿著一件黃葛蓮花雲肩，下穿白麻短褲，赤腿芒鞋，背插雙劍。舉動跳跳蹦蹦，活似一個猴子。白猿對他禮數恭敬，卻是平生僅見，心想：「這樣一個猴頭猴腦，比小童不如的醜小孩，難道說就是清波上人不成？」

虎兒正在有些氣不服，白猿已用獸語要虎兒上前拜見，說那孩子是清波上人愛徒，叫虎兒稱他作師兄，並向他述說經過，請他行法將妖人妖法破去，以便救出康、連二猱。

也是合該虎兒結一同道好友，為異日之助。那小孩天生古怪性情，最重恩怨，此時一生嫌隙，異日便難和好。虎兒先本看他不起，及聽白猿一說，忽然觸動靈機。暗忖：「那妖人看去也不甚打眼，怎會敵他不過？白哥哥從沒說錯，還是聽他話好。現在石林過不去，正好看看他的本領再說。他又不是對頭，和他鬥啥子？」想到這裡，便學白猿的樣，也跑上前跪倒，喊了一聲：「師兄！」

那小孩本不通獸語，見前面沒有妖陣，並無妖人出戰。知道虎兒必是師父所說那孩子，見他那般生相，先甚喜愛。只奇怪白猿尚知禮數，他聽完自己問話並不回答，卻睜著一雙大眼朝自己上下打量，頗有輕視神色。正在氣忿，欲待發作，忽見白猿朝虎兒叫了幾聲，虎兒便走過來跪倒，口稱師兄。這才看出他能通獸語，先是不知自己來歷，所以發呆，並非輕視，益發心喜。連忙拉起說道：「師弟，你今生姓顏麼？莫多禮，我承師父教養才十三年，論起來，你前生還是我的師兄呢。」

虎兒哪有心腸聽這個，便叫道：「師兄，你來得太好了。妖人已被我白哥哥殺死，偏生石林裡有好些惡鬼和怪煙子捉人，我們都不敢過去。我的康康、連連被妖人綁吊在那邊石洞裡面，師兄快此想個法兒，代我救出牠兩個來，我給你叩頭呢。」

那小孩聞言，才知妖人已死。又見虎兒著急神氣，便笑道：「我背了師父偷偷跑來，還當妖道活著呢。難怪師父說你一會便能脫險。這點小事有甚打緊，你們隨我來。」隨說，拉了虎兒，走向怪石林前，見妖人屍橫地上，滿地鮮血，不禁詫道：「這妖人聽師父說，是邪教中最下等的披麻教。道行深的，死後尚能還魂。怎他六陽魁首並未斬裂，只破了他肚皮，就人事不知呢？」白猿聞言，知自己一時疏忽，未斬妖人首級，如非給他鼻中堵塞迷魂異草，幾乎種下禍根。便叫虎兒將前事轉述了一遍。

小孩道：「這就是了。這陣法只是他煉就的惡魂厲魄作怪，他座位前還暗張著九十六根陰索，破它容易。」說罷，吩咐虎兒、猿、虎暫立林外。腳一點，縱入陣內。陰風起處，石尖上的百十惡鬼，又在碧光中出現，伸臂來攫，下面濃霧也同時升起。小孩早有防備，一入內便將雙臂一搖，刷刷兩聲，兩道白光，似長虹一般飛將出來，勢如蛇驚龍舞，飛向妖光邪霧之中。白光到處，只聽鬼聲淒厲，霧散煙消，頃刻工夫，星光全滅，惡鬼化為殘煙，隨風四散。虎兒見狀，正喜得亂蹦，忽又聽一聲斷喝，白光斂處，小孩伸手相招。再看地下妖人，業已從頭至股斬為兩半。

虎兒萬想不到小孩有如此大的本領，不禁又是欽羨，又是佩服。忙跑進去拉著小孩的手，滿口師兄喊個不住。當下由白猿領路，穿過那百十根怪石林，沿壁而行。走約半里，才見壁凹中現一小洞，高僅丈許，洞外石門緊閉，側耳遙聞二猱在洞內呼救之聲。

小孩放出劍光，向石門一掃，門便開裂。人、猿、虎一同入內，深入幾及三重，方到二猱被困的一間石室外面。

白猿在路上又教虎兒問小孩的姓名。才知清波上人自從歸隱虔修，久不出洞。十三年前，忽然一日心動，想往滇黔一帶遊散，就便在莽蒼山採些靈藥回來煉丹。行經思明山中，忽見一個健足苗女，用紅錦包著一個東西，飛也似往左側山谷中奔去。苗疆之中原多毒嵐惡瘴，尤以凌晨、傍晚為甚。毒霧氤氳，浮光、紅彩籠罩山凹、沼澤之間，聚而不散。常人一不小心為瘴毒所中，重則毒發，當時身死；輕亦周身浮腫，久治難痊。無論是漢人、苗人，望見它，沒有不躲避的。

清波上人見這時天方見曙，谷中瘴氣正濃，那苗女卻往谷中飛跑，好似不知死活一般，心中奇怪。忙一縱遁光，飛向谷口，擋住苗女去路，喝道：「裡面瘴氣正濃，看你也是本地人，難道就不知厲害麼？」

那苗女遇人攔路，忙回頭往身後看了看，一言不答，仍往前闖。清波上人見她不應，左閃右避，一味想闖過去，面上神色甚是張惶，料知有事，越發不放。苗女亂闖了幾次無效，急得臉脹通紅，低聲哀懇道：「道爺，你行個好，這事關係大著呢，我死當得甚緊？快些放我過去吧，要被他家的人看見，我主僕的命都沒有了。」

清波上人先見苗女資稟不俗，手腳矯健，似曾練過武藝，已覺少見。再一聽口音，竟是土裝的漢女，語氣中含有冤抑，不由動了惻隱之心。便好言安慰道：「你且莫急。我非歹人，你只要把事情說將出來，天大的事我都擔當，如何？」

女子哪裡肯信，口中哀懇放行，仍是乘隙就往前走。又相持了一陣，清波上人一面攔她前進，一面仔細端詳她兩手緊持的錦袱。見包的是一個圓球般的東西，隱隱在動，微聞血腥氣味，疑似人頭，又有些不類。便指問道：「你紅錦包中何物？如說出來，也許放你走。」

女子回顧墟煙漸起，朝陽已升，道人力大身靈，實強不過，低頭一尋思，又對道人細看了看，歎口氣說道：「道爺，你不該攔我去路。如今人都快起來了，我也趕不回去了。反正是我主僕的性命。就對你說，看道爺有甚法子能救我們。」

清波上人笑道：「你只管放心，遇著我，你主僕決死不了。」當下女子把清波上人引到谷側山石後僻靜之處詳說經過。

原來，紅錦包中是個怪胎，女子的主人姓塗，也是個少女。乃父病故於思明知府任上，除孤女璉珍外，尚有繼妻朱氏，原是浙東名武師萬里飛鵬朱英之女，曾有一身好武藝。塗知府娶朱女時，原因萬里為官，道途險阻，床頭人有些本領，諸多倚傍，誰知朱女天性淫蕩。過了門，夫妻感情尚好，因為無子，對前室之女也頗相安，無事時，還常教璉珍和女婢菱菱武藝消遣，本來一家安樂無事。及至塗知府染病身死，正要扶櫬歸葬之際，不知怎的孽緣遇合，朱氏不耐孤衾，竟和塗知府所用官親、前室內弟尤克家苟合起來。這一雙狗男女先是支吾，不肯回籍。後來戀姦情熱，索性將塗知府多年積下的宦囊，在思明一個大寨墟中置了田產過活，不再提起歸字。同時對於璉珍主僕也改了虐待，日常凌踐，無所不至。

當時璉珍主僕才只十來歲。先因看不慣那些醜態，又心懸父骨，略形詞色，挨了好些毒打。後來怵於積威，謹慎小心，去仰狗男女的鼻息，又被逼認仇作父，方得免禍。

主僕二人，相依為命。力弱知非仇人之敵，每日早夜背人習武。滿心只想將武藝練成，合力將狗男女殺死，報了父仇，再行負骨逃轉故鄉。無奈朱氏家學淵源，本領高強，自從變節以後，已不傳二人武藝。無師之承，除根基紮得牢固，身手矯健外，別無進境。

有一次萋萋冒著險，故攖朱氏之怒，等她打時，微一防禦，以試能否。結果白挨了一頓好打，相差仍是太遠。主僕二人枉自背後痛哭。

二人正忍苦待時，無可如何，偏又禍從天降。朱氏淫妒成性，一晃數年，璉珍出落得十分美貌，本就防到姦夫染指。幸是尤克家素來怕她，不敢妄動，璉珍主僕也懼狼子野心，防閑周密，未生變故。

也是合該魔難！這時，璉珍已積慮處心，將浮厝父骨起出，背人焚化，裝在瓦罈之內，準備萬一時至，下手後逃去。骨殖罈就藏在附近錦雞谷內岩凹之中，常借採樵為名，去往谷中哭奠。朱氏年屆狼虎之交，日常白晝宣淫，本就嫌她主僕礙眼，此舉正合心意，還當她有心避開，這一層倒沒去拘束。那谷中早晚瘴氣極重，二人先頗畏避。日子一久，無心中發現一種靈草，不特可禦瘴毒，中毒之後也可醫治。

璉珍因父骨在彼，又愛谷中景物奇麗，輕易無人敢作深入，如有不幸，還可作為避禍藏身之所。那靈草凹谷中甚多，卻無人知，二人各採了些，秘藏身旁備用。近一二年中，幾乎無日不到。

禍發前半年，二人又去哭奠，因值忌辰，採了些山花供在靈前，痛哭了一陣。菱菱去捉山雞來烤吃，前往谷底未歸。璉珍一時神昏，便在崖凹大石上沉沉睡去。過有個把時辰，忽被狂風迅雷之聲驚醒。睜眼一看，暴雨傾盆，狂風拔木，山洪怒瀉，谷中都成了河，奔流夾著石沙滾滾流出，勢如飛馬，聲勢甚是嚇人。菱菱阻雨，未曾歸來。所幸岩凹頗深，雨打不到璉珍身上。

正懸念菱菱之間，猛地震天價一個大霹靂，離身不遠打將下來，雷聲猛烈，震得人耳目昏眩。前面暗雲低壓中，似有一個尖嘴鳥翼，雷公般的怪物影子閃了一下，當時因為受震過甚，精神恍惚，覺著心裡跳動了一下，也未怎樣在意。迅雷之後，驟雨忽止。谷中地形原本有點往外溜斜，存不住水，雨一止，頃刻之間全都流盡。

二女當下忙著回家，雖然歸晚，朱氏知道阻雨，也未深問。璉珍飯後安歇，忽然腹中隱隱作痛，轉側了一夜。第二早起腹痛雖止，可是由此吞酸嘔吐，不思飲食，患起冤孽病來。其實，此時璉珍如若告知朱氏，延醫診治，或者也能免禍。無如璉珍性情剛毅，認作雨中冒寒，沒有和朱氏說。

一晃數日，璉珍的病漸好，飲食也復了原。只是腰圍漸大，身子總軟軟的。主僕二人均不知是甚緣故，正疑慮間，偏巧這日狗男女約好去趕苗人墟集，行前，尤克家忽患頭風，不能同往。朱氏因要往墟集中購辦一些待用的物品，又帶了兩名長隨相隨，任尤克家在家養病。朱氏去時，璉珍主僕正在谷中閒遊，不曾在家。等遊倦歸來，璉珍不知姦夫因病獨留，偶往朱氏房內取針線，進房，才看見床上躺著姦夫。

正要退出房去，姦夫頭風剛好一些，口渴思飲，正要喚人取茶，見璉珍入內，便喚她取。璉珍本來恨他切骨，無奈心怯淫威，恐怕他在朱氏面前使壞，不敢違拗。剛強忍奇忿，將茶端過，放向姦夫床邊，恰值朱氏回轉，行至院內，聞得姦夫語聲，三不知蜇了進來。朱氏天性多疑，因璉珍素日不特不和姦夫相近，連話都不肯多說一句，今日竟會背了人給他取茶，雖沒看出有甚舉動，總覺情形可疑。當時強壓著滿腔酸眼沒有發作，卻惡狠狠瞪了姦夫一眼。

璉珍見朱氏輕悄悄掩了進來，本就有些吃驚，喊了一聲：「娘。」沒聽答應。偷覷神色不善，益知不妙，忙即避了出來。

朱氏何等留神，見璉珍臉色不定，越猜是情弊顯然。璉珍一出門，便按住姦夫查究根底。尤克家原也冤枉，急得賭神罰咒，叫了無數聲的撞天屈，後來，朱氏又查問二女回家的時刻，經了姦夫種種解釋，兀自不肯深信。除留神觀察外，又故意出門躲避，放姦夫一人在家，然後拿出當年本領，暗中回來，伏身屋上，準備拿著真贓實犯再行算帳。

二女機智，自看出朱氏生疑，無時無地不加小心。尤克家原本不敢妄動，這一來，也更兢兢業業。雙方又是深仇，璉珍主僕避之惟恐不逞，哪裡會再有同樣的事兒發生。朱氏試探窺查了多次，始終無跡可尋，疑雲漸解。原可無事。

誰知璉珍的肚皮大不爭氣，定要給她惹禍，一天比一天大將起來，簡直像有了身孕一般。日久竟被朱氏看出，想起前事，誣定與尤克家有姦，定要將她置之死地。姦夫知道朱氏心毒，事若弄假成真，自己也脫不了干係，極力苦辯，力說無染，惡咒賭了千萬。

朱氏哪裡肯信，把璉珍主僕喚來，拷問了數次。二女身受奇冤，有關名節的事，寧被打死，也不肯招認。朱氏認是強詞抵賴，便命人去請墟上的走方郎中，來診斷是孕不是。

總算璉珍有救，尤克家料知朱氏有此一著，早暗中用銀子買通好了郎中，到來做張做智了一陣，說是大腹臌，並非有喜。朱氏聞言，惡陣仗方始緩和了些。但又屢次聲言，且等到了日期再看。如若是臌症，自然生不下來；如若足月生了，莫說兩個賤人休想再活，連姦夫也決不輕饒。

璉珍主僕俱是幼女，以為自身清白，好端端怎會有孕？醫生說是臌症，定然不差。想醫，朱氏不許，恐二女使了手腳，存心要觀察個水落石出。不特不准醫治，還時常向墟集中查問，以防暗中就醫，將胎打去。璉珍見她禁醫，好在除腹大外別無痛楚，也就置之不理。

又過有半年多光景，朱氏默察她肚子近三四月來不曾再大，孕期早過，不見分娩，已覺果然是臓非孕，以前冤枉了她。

不料這一天晚間璉珍忽然腹中作痛，一陣緊似一陣，水下甚多，完全與平日耳聞婦人臨產情形相似，璉珍這一驚真是非同小可。朱氏以前又說過那些狠話，被她害死還是小事，一則父仇未報，二則冤枉死了還留下一個汙名。連氣帶急，又負著萬分痛楚，還不敢哭出聲音，以防警覺狗男女，只管抱著被角，蒙了頭吞聲飲位，哭了個死去活來好幾次。菱菱在旁也急得眼含痛淚，心如刀割，只恨自己替她不來。

後見情形越來越像，無可奈何，只得照著平時耳聞，勉強偷偷準備好了剪刀，盆水等必用之物。好容易挨到亥子之交，璉珍腹中一陣奇痛之後，猛覺下體脹裂，疼如刀割，一個支持不住，疼暈過去。菱菱早脫了她的中衣準備，一見璉珍閉過氣去，忙過去掐著人中，輕聲呼喚，忽聽璉珍哎呀了一聲。

菱菱聽她大叫，心裡一驚，剛伸開手掌去捂她嘴，猛一眼瞥見璉珍兩條玉腿伸張處，血水橫流，產門已開，露出小半個紅裡透白的圓球一般的東西，比西瓜小不了多少，緊擠產門，似要脫穎而出。先還當是胎兒的頭，驚慌駭亂中，手托璉珍玉股，才說得一句：「小姐，再使點氣力就下來了。」

那胎皮微一動彈之間，猛然噗地一聲，連臍帶滾將出來，血水如泉，濺得到處都是。菱菱慌不迭地將臍帶如法剪了，湊向枕邊，問了聲：「小姐，怎樣？」

璉珍呻吟著說道：「下邊有點麻，比適才好得多了。你快想法丟了吧。」

菱菱聞言，略為放心。因知小姐和自己行止坐臥寸步不離，不夫而孕定是怪物。因一心惦著病人，雖彷彿覺著生的不似小孩，並未及於細看。這時才想起天剛半夜，正可滅跡。忙又到璉珍腳邊一看，那怪胎果然無頭無腳，只是一個圓肉球，好似比初生時已長大有一倍光景。菱菱心中又氣又憤，隨手取了一片舊紅錦，低聲指罵道：「該死的冤孽！你害我苦命主僕做啥子？」隨說隨包，無意中，指頭把怪胎戳了一下，那胎竟有知覺，倏地蹦了起來。菱菱忙用手去按，力猛了些，哧的一聲，肉球忽然綻裂一個小孔，孔裡面伸出一隻鳥爪一般的烏黑小手，四外亂抓，彷彿包中怪物就要裂皮而出。嚇得菱菱心慌意亂，連忙包好。璉珍聞聲，又問怎樣了。

菱菱哪敢和她實說，便道：「小姐放心，你生的不是胎兒，是塊血團，恐淫婦早起見了又是禍事，趁他們睡熟，天方半夜，我收拾了。你明早用了棉花包墊在肚上，仍裝大肚，強掙起床，當著淫婦，裝作腹痛，大解回來把棉包去掉，說解了些髒東西，膨病忽然好了。連夜將這東西往谷中澗底一扔，便無事了。」璉珍點了點頭。

菱菱雖然精幹，身是少女，幾曾服侍過月子。血跡又多，心慮憂危，越發手忙腳亂。等到收拾清楚，又給璉珍揩洗乾淨，才將穢被等藏過，拿了包中怪胎往錦雞谷跑去。

二女也是少不更事，情急之間沒有細想，只欲滅跡了事，卻不想尋常婦人產後，汙血往往經旬逾月才能止住，璉珍是個未婚少女，生的又是怪胎，下血更多，豈是一揩洗便可乾淨的？再者，產後身子何等虛弱，怎能行動自如？朱氏狼虎之年，已成老獪，哪會瞞得過去？當晚如果實話實說，一發動便去喚醒淫婦，以表無私，或是生後喚其看視，朱氏原意，即使璉珍真個與人通姦有孕，只要與她姦夫無染，也無關緊要，如見是個怪胎，更去疑心，至多不過罵上幾句而已。這一來，滅跡不成，反倒弄巧成拙。如非胎兒仙緣前定，璉珍主僕該當難滿，菱菱棄胎之時巧遇清波上人，幾乎又惹下殺身之禍。

菱菱這裡剛把一切經過與滿腹奇冤說完，便問：「道爺怎生救我主僕？」

清波上人偶然側耳一聽，喊聲：「不好！快隨我救你主人去。」說罷，伸手提著菱菱衣領，喝了一聲：「疾！」便已破空飛起。

菱菱人本聰慧，先因去路被道人阻住，不說明原因決不放過，又見其氣度不凡，和畫上的神仙一般，又有天大的禍他都擔承的話，一時觸動靈機，忍著氣忿，把實情說出。

雖望道人路見不平，拔刀相助，但是朱氏勇武絕倫，除了道人真是神仙中人，決非敵手，心中只管希冀，並未敢信。不料一席話剛剛說完，道人便提了自己衣領，光華閃處，凌空而起。知道遇見神仙垂救，喜出望外，連害怕也都忘了。

菱菱目視下方山石林木，一排排，一堆堆，疾如駭浪驚濤，從腳底下往後捲去，不到半盞茶時，家門已然在望。迎面天風又急又勁，連向側面透氣都覺艱難，哪裡張得開口。心恐道人初來，認不得門戶，正發急間，前望家門越近，晃眼工夫，身子忽如彈丸飛墜，直往鎮上人家中落去。驚駭昏眩中，也沒看清楚是否到家。腳才點地，便聞璉珍悲泣與朱氏怒罵之聲。心剛一跳，道人已是鬆手。勉強定神一看，正落在璉珍臥房外面天井之中。道人恰似來過的熟人一樣，一放手，便向璉珍房內走去。

這時菱菱救主情急，便不暇再計別的，見房外懸有朱氏舊日用的一枝鐵杖，放了手中錦包怪胎，隨手抄起，忙跟著進房。一看，璉珍伏臥床上，身子縮在被窩裡面，雖在悲泣，臉上卻帶著驚詫之容。

菱菱見狀痛心，腳底一點勁，從道人身旁擦過，往床上縱去。剛要慰問打傷沒有，璉珍含著痛淚，朝外一使眼色，菱菱才想起朱氏怒罵正烈。往前一看，朱氏手持皮鞭，站離床前約有七八尺遠近，兇神惡煞一般，手指璉珍，揚鞭惡罵，罵得鐵青一張臉皮，卻不打將過來。道人就立在她身後，也似沒有覺察。姦夫尤克家已打得青一條，紫一條，滿頭滿臉都是傷痕。菱菱心中好生驚訝，暗忖：「姦夫實未敢勾引璉珍，朱氏戀姦之情極熱，就算多疑，何致沒先拷問明白，就下毒手，將姦夫打得這樣？」

菱菱尋思未已，朱氏在急怒之中，忽然發現菱菱從外奔回，縱向床上，手裡還拿著一枝鐵杖。知她護衛主人，意欲相抗，不禁怒上加怒，口中大罵：「該萬死的小賤人！你將私娃藏到哪裡去了？」隨罵，縱身上前，揚鞭就向菱菱頭上打去。

菱菱一則準備拚死，二則有了仗恃，忙喊：「神仙快救我們！」

第十章　孺子思親

話說菱菱一橫手中鐵杖，正要抵擋，卻不料朱氏的鞭還未接觸自己，猛覺眼前一花，耳聽得一聲慘叫，只見尤克家連肩帶臉早著了朱氏一皮鞭，跌倒在地上，疼得滿地打滾。

朱氏也是情急暴怒，忘了適才打璉珍時所受教訓，殊不知菱菱義婢一樣也是打她不得，仇人沒挨著分毫，自己心上人反倒又著一下最重的。嚇得忙跑過去，就地上將姦夫抱起，扶向椅上坐定，再看兩個仇人，一蹲一臥，在床上仍是好好的。這一來，才知道果然厲害。時正清晨，太陽光正從窗根中斜射進來。大白日裡，房中更無異狀，不似鬧鬼神氣，怎會一而再，再而三打人不成，反傷自己人？這時朱氏心情，真是又急又怒又羞，又心疼又害怕。明知不是好兆，只是無法下台，心恨二女切骨，打不出絲毫主意。

璉珍先見朱氏看破形跡，嚇得膽落魂飛，以為決無生理，幾乎死過去，後見姦夫連吃大虧，自己似有神靈默佑，一下也未被朱氏打上。接著菱菱縱入，又是姦夫挨打，與前一般。再見房中添了一個道人，朱氏是久經大敵的能手，卻並未覺察，定是神仙降凡解救，朱氏才會如此顛倒。

膽子一壯，心裡痛快，不覺止了悲泣，口角微現笑容。菱菱早查看主人並未受傷，姦夫反是重傷狼狽，自然心喜。但震於朱氏積威，又在匆匆之中，雖還不敢細問經過，誠中形外，驚喜之色，也是無形流露。

朱氏哪裡容得，立時暴怒，大喝一聲，「我與狗賤婢拚了！」鞭一揚，二次又要打上前去。忽然念頭一轉，強忍怒氣，獰笑道：「今天有鬼，姑且容你們多活些日。只要將姦情招出，說出私娃丟在哪裡，我便免打。」

菱菱方要答言，一抬頭，見道人站在朱氏身後，含笑示意，搖了搖頭，菱菱心已稍定，想道：「我主僕有仙人相助，怕她何來？如真不行，怕一會也免不了死。」便也冷笑一聲道：「你做夢呢。我小姐玉潔冰清，多年來和我寸步不離，幾曾見有野男人和她說話過？明明是因臌症生下一個肉團，怕你疑心，害她的命，把來扔了。你血口噴人，天都不容，無怪把你心上人打成那個樣兒。這是神仙菩薩教你先心痛個夠，真報應還在後頭呢。」

朱氏聽她出言無狀，平生未聞，不禁怒火千丈。因恐又蹈前轍，先不動手。忙出房喚來了兩個長年，將尤克家扶回自己房內，安置床上養傷。因是急怒攻心，全沒絲毫悔悟之意，一面匆匆摘下牆上懸掛著的苗刀、鏢囊，一面吩咐長年準備那狗汙血備用，又取了一塊穢布掖在身旁。原意是二女房中有了邪祟，此去先拿菱菱試刀，砍不到時再用鏢打，先殺菱菱，後取璉珍的性命。如還試出不濟，使用汙血穢物潑向二女床上，然後下手。無論怎樣，也須出了這口惡氣。及至奔回二女房中一看，璉珍仍臥床上，菱菱也下床持棍相候，秀眉上翹，滿臉忿激之容，全不似日常恭順畏葸，大有拚死氣概。朱氏連罵都不顧得，一橫手中苗刀，正要縱砍上去，猛覺身側冷風，似有人影一閃，朱氏也是久經大敵，加以適才種種怪事，不禁心驚。忙一回頭，室中除二女外，哪有第三人影。

菱菱自朱氏扶了姦夫回房，一問璉珍經過，膽子大壯。這時又見道人明明從身側閃向她身後，動作甚是從容，並不急遽，朱氏卻偏往相反的一方查看，近在咫尺，竟未看出。加上見到朱氏連受捉弄，氣急敗壞，臉色鐵青，頭如飛蓬，狼狽之狀。想起主僕多年來含冤負屈，飽受凌虐，居然也有今日，不禁又好氣，又好笑。便指著朱氏喝道：「我小姐孝心感動，今天這屋裡有神仙降凡，我們看得見，你卻看不見。你遭報應的時候到了，看啥子？」朱氏正沒好氣，聞言怒吼一聲，一縱身，擺刀上前，照準菱菱就砍。

原來璉珍當菱菱未回以前，下體由麻轉痛，血流不已，忍不住低聲呻吟，不料竟被朱氏走來聽見，看出璉珍臉色有異，嚇得身子發抖，心中起疑，猛揭被一看，滿是血跡，知是生產。怒喚菱菱不見，伸手打了璉珍一下。氣得跑回房去，就熱被窩中拉起姦夫，穿好衣服，持了皮鞭跑來，定要璉珍供招與誰通姦。璉珍被適才朱氏一掌，連驚帶急，暈死過去。剛剛回醒，又見朱氏凶神附體般，怒沖沖拉了姦夫持鞭進房，四肢無力，逃遁不得，知無生理，不由心膽俱裂。驚駭迷惘中，似聞一個老婆子的口音在耳旁說道：「小姑娘莫怕，有我在此，保她害不了你就是。」

璉珍雖覺奇怪，並未想到真有能人解救，仍是傷心悲痛，無言可答。

朱氏見狀，益當情實，上前劈頭劈臉就是一皮鞭打下。璉珍知她手狠，剛伸手一護面目，沒想到皮鞭並未打到身上。耳聽哎呀一聲急叫，悄悄睜眼一看，反是姦夫連肩帶臉挨了一下，疼得狼嗥鬼叫，抱著頭肩亂抖，跪向朱氏面前。

朱氏明明存心先將璉珍拷打出實情，再問姦夫，並沒打他的心思。一見姦夫受傷，又急又疼。先以為氣急神迷，打錯了人，還想將錯就錯，就勢忍著心疼逼問姦夫。把姦夫嚇得負痛跪在她面前，戰戰兢兢沒口子叫起撞天屈來。朱氏不捨二次下手真打，只白了一眼，喝退一旁，重又掄鞭照璉珍打去。

璉珍也不知有人捉弄，心想：「這淫婦對姦夫尚且毒打，何況自己，這一下打上，不死也得重傷。」誰知朱氏的鞭方用力打下，璉珍仍是好好的。姦夫尤克家卻不知怎的，二次又著了一下，疼得殺豬也似慘嗥起來，朱氏忙跑過去，將姦夫抱起慰問，心疼已是無用，這才知道有異。正在急怒交加，菱菱已隨清波上人趕回。璉珍始終不知來了兩個救星，見了菱菱，正悲泣間，忽又聽耳旁小語道：「清波客來，你更不用害怕了。」接著又見姦夫挨了第三下，而且比前打得更重。一抬頭，見朱氏身後立著一仙風道骨的道人，方知神仙垂救。

及至朱氏扶了姦夫走出，主僕二人才說經過。璉珍因未穿小衣，便在被上叩頭致謝。

清波上人搖頭笑道：「我還晚來了一步，另有救你之人。可將胎兒抱來，留神受凍。」

菱菱領命，忙下床將怪胎抱進。剛往床角一放，朱氏已惡狠狠持刀奔入。

菱菱雖然有恃無恐，終因積威之下，有些怯敵。一見刀到，勉強舉棍一迎，覺著有人在棍上推了一下。朱氏來得勢猛，萬不料菱菱忽增神力，琤的一聲，刀棍相接，朱氏虎口立被震裂。那柄苗刀再也把握不住，撒手飛出。身子晃了一晃，幾乎跌倒。不由大驚，腳底搖動，忙即縱開。一情急，左手取鏢，照定菱菱連珠打去。菱菱知她飛鏢厲害，方在心驚欲避。偏那鏢全沒個準頭，三支直向菱菱身旁穿壁而過。朱氏尚欲再發，忽聽後屋長年驚呼之聲。心剛一動，便聽長年高喊：「大娘快來，尤相公被鏢打死了。」

朱氏聞言，急痛交加，不知如何是好。慌不迭地正要跑將出去查看，倏地眼前人影一晃，猛聽一人怒喝道：「賊淫婦！報應臨頭，還往哪走？」話言未了，臉上已著了一掌。立時眼冒金花，順嘴直流鮮血，倒於地上。

二女一聽姦夫身死，方在心喜，忽見房門口現出一個瘦小枯乾的老年道婆，一掌將朱氏打倒。菱菱恨她切齒，上前一棍。正趕朱氏掙扎欲起，一下子打了一個筋斷骨折。

朱氏雖然武勇，多年錦衣玉食，酒色淘虛，菱菱用的力猛，哪能禁受，不由痛徹心髓，暈死過去。菱菱方知屋中還有一位神仙，打倒朱氏之後，忙跑過來跪下叩頭，直喊：「神仙菩薩救命！」璉珍也伏枕叩頭不止。

清波上人道：「你主僕無須發急，快快起來聽這位天缺大師的安排，自然消災脫難，轉禍為福了。」

道婆聞言，笑道：「清波道友說得好輕鬆的話兒。我昨夜由九華金頂訪友歸來，今早天明前路經此間，聞得女人悲泣之聲甚是慘切，偶然心動，入房查看，見此女雖然臨蓐，血污狼藉，室中卻無穢氣。再一查看她的面目神情，料定所生是個異胎。後聽她低聲哭訴，得知所受奇冤。方欲現身詢問底細，潑婦已拉了姦夫進房拷打。被我略用禁制之法，使姦夫代挨了幾下，道兄便救了此婢和胎兒趕回。我不過路見不平，發了惻隱，所救只是為了此女。如今姦夫被鏢打死，潑婦也奄奄待斃，我事已了，亟應別去。道兄起意救她主僕，自應救援，怎又推在貧道頭上？」

清波上人陪笑道：「話不是這麼說。大師法力無邊，勝強貧道百倍。在此救善除惡，自是分所應為。既然法駕臨降，便是她主僕的曠世仙緣。貧道門下並無女弟子，加以息影多年，不欲多事，縱思越俎為謀，亦屬事所不能，適見二女均非凡質，又復孝義感人，仍望大師大發慈悲，救人救徹，功德無量。」

道婆笑道：「道友明明當時激於義俠，想救二女脫難，不過既恐安置費事，又恐胎兒血光汙了法體。知貧道所學不是玄門正宗，不畏血污，門下本有女弟子，多收兩個也不妨事，樂得都推在貧道身上罷了。就算我生來好事，難道道友救人一場，因貧道在此，就一點不相干麼？」

清波上人道：「大師明鑒。貧道如救二女，誠如尊言，確有諸多礙難。當時事在危急，不容坐視，正苦無法善後，難得無心巧遇大師，如終始玉成，所有難題俱都迎刃而解。大師既不許貧道置身事外，也不敢就此卸責。謹煩大師將二女收歸門下，連胎兒帶回山去。等此子離乳之後，大師如與無緣，再賜交貧道收養，或有其他吩咐，無不惟命。」

道婆笑道：「無怪同道中人都說你巧，說了半天，還是照你的心意辦理，胎兒實實與我無緣。好在他感氣而生，本具異稟，無乳亦復可活。我代道友將胎兒取出，略施小術，去了血污，再給他服一粒丹藥，助其成長，骨肉堅凝，仍在這裡交與道友，攜回山去收養，如何？」

清波上人聞言大喜，忙命菱菱抱來怪胎。天缺大師接了過去一看，那胎兒已將皮撐破，露出漆黑雞爪子一般的兩隻小手，四下亂抓，身子仍在胞裡不住亂掙，一個厚厚的胞衣已被撐得成了長圓形。

大師笑道：「這小冤孽性子還烈呢。」隨說，左手托定胎胞，右手戟指照著胞皮當中一劃。胎兒本在裡面用力掙扎，「嘶」的一聲，胞皮中分，胞內一個尖嘴火眼，形似雷公般的怪物早一躍而起，伸開兩手，逕照準大師頸間抓去，一下抓了個結實。緊接著張開那雷公嘴，又照大師面門咬去。

菱菱見狀嚇了一跳，忙上前伸手搶拉。忽聽大師喝令：「速取盆水應用。」再看胎兒，已被大師擺脫利爪，抓在手內舉起。菱菱忙從床下拉出一個木盆，正要衝出門去取水，大師早隨手提了几旁水壺倒了些下去，將胎兒往盆中一按。手指處，一團熱氣射落盆中，水便自然往上飛起，一股股像溫泉噴射般，圍著胎兒周身灌注不已。胎兒意似不耐，齜著滿口密牙吱哇怪叫，一雙火眼精光閃閃，幾次想掙出門外。無奈身子被大師禁法制住，只在盆裡打滾翻跌，縱不出來。似這樣約有刻許工夫。

所有佣人俱已知道姦夫鏢傷慘死，朱氏也受了重傷暈倒在房內，只當是菱菱由外勾來道人所為。加以朱氏平時極能買惑人心，所用長年又多半苗人，有甚知識？此時看出主人吃了大虧，遂各持器械蜂擁而來，將房門口堵滿，無奈大師早施禁法攔阻，眾人一味互相推擠喧嘩，齊喊：「快救出大娘，莫放兇手逃走。」只是擠不進房去。

大師和清波上人看了好笑，也不去理他們，從容在裡施為。等到胎兒性氣稍殺，大師才走過去夾頸一把提起，硬給口中塞了一粒丹藥。又拉過一條乾淨棉被，包了個密不透風。交與清波上人道：「貧道效勞已畢，且喜道友有了傳人。只是此子秉賦戾氣太重，不得不令他吃點苦頭，少時悶死回生，當可變化氣質了。」清波上人連聲稱謝，接了過去。

璉珍因知仙人已允度化入門，喜之不勝，幾番掙起，俱被大師攔住。一見事完，又要起來拜師同行。大師連說：「你本元已虧，縱服靈藥，暫時也動轉不得。我既收你為徒，無須拘此形跡，日後再補行見師之禮不晚。」說罷，又取出四粒丹藥，一粒賜與菱菱，三粒賜與璉珍，俱令服下。略停片刻，見屋外的人越聚越多，連左鄰右舍也俱聞聲趕來，大師將眉頭一皺，吩咐菱菱：「速將你主僕衣物收拾帶去，另取兩床乾淨棉被備用。」菱菱忙去收拾。

也是朱氏該死！她被菱菱打傷暈倒，一會便已疼醒，睜眼偷覷，見室中添了兩個道裝生人。

她自幼隨定乃父闖蕩江湖，見識異人甚多，知道菱菱天不亮就出外棄嬰，一去多時，又將嬰胎帶回，必在棄嬰之時遇見能人訴苦，搬請來了救兵。自己行為不正，無可諱言。看來人本領高強，兼通法術，決非好相與。他們已被菱菱說動，彼強我弱，情勢相差懸遠，此刻如不甘認吃虧，稍不知機，命必難保。

朱氏心中雖然痛恨二女入骨，卻連大氣不敢出，一味忍痛，躺在地下裝死，偷偷察聽仇人動作。原以為腿上雖受重傷，二女仍非己敵。璉珍新產，不能行動，出家人不見得肯抱了產婦同走，至多再警戒威嚇自己一頓。只盼當時能逃毒手，臨去不傷害自己，挨到那兩個厲害幫手一走，便可相機報仇。或用懷中暗器，或用辣手，先毀了賤婢菱菱。剩下一產婦，命還不是提在自己手上？誰知後來越聽越不對，來人竟是救人救徹，連二女與嬰兒也一齊帶了同走。這一來，不但仇報不成，還有許多後患。想起姦夫多年情愛，心如刀割。認定菱菱是個罪魁禍首，縱死也饒她不得。姦夫已死，身又受傷，難免殘廢。妖道借鏢殺人，那兇器本是己物，還得去打人命官司，縱能脫死，有何意味？

想到這裡，把心一橫，反正他們臨走未必輕饒，一死沒有兩死，終以報了仇再死合算。雖明知來人精通法術，私心總以為詐死了好一會，並未被仇人們看出；菱菱又在收拾衣物，臨去匆忙之際必然不知防範。朱氏一面微睜妙目，覷定室中仇人們的動作；一面暗中徐徐伸手入囊，取了一支飛鏢握在手內。因為大敵當前，作賊心虛，深恐露出馬腳，動作甚慢。等將鏢取到手，菱菱已將衣物用具收拾齊備，打成了兩個包裹。璉珍服了靈藥，也止血住痛，體氣漸復，在床上穿好衣服。房外長年人等看出兇手要走，益發喧吵，七張八口，人聲如沸。室中諸人卻通不理會。

朱氏見那道人懷抱嬰兒，目視道婆，神態暇逸。道婆正取了一床乾淨被褥，將璉珍連頭裹好。只那不知死活的菱菱還在忙亂著找東找西，拿起一床新被，待學璉珍的樣，要往身上裹，站處相隔甚近，正好下手。時機瞬息，更不怠慢，暗中一錯銀牙，將周身之力運向手臂，照準菱菱當胸便打。手剛揚起，朱氏猛見那道婆倏地回身，雙瞳炯炯，正注定自己。不禁大驚，嚇得忙把眼睛一閉，手中鏢業已發出，心還想：「只要報得了仇，雖死無恨。」一聽菱菱並沒出聲喊，再睜眼一看，菱菱已被道婆用被裹好，與璉珍用帶子紮在一起，提向手中。說了句：「這惡婦萬萬便宜她不得！」

朱氏方暗道得一聲：「不好！」猛見道婆手揚處，霹靂一聲，立時震死過去。

隔有多時，朱氏醒轉，覺得周身骨碎，痛楚非常，耳旁人聲嘈雜。再睜眼一看，身臥床板之上，面前聚了不少的人。手足四體好似受傷寸折，動轉不得，奇痛無比。強忍著痛，細問就裡。原來璉珍主僕已被道婆帶走，臨去之時，房中一聲大霹靂，將房頂生揭去了大半邊，屋瓦驚飛，人被打傷了好些。眼看那道婆夾著兩個大包，電光閃閃，往天上飛去，晃眼工夫，不知去向。眾人才知神仙降凡，嚇得個個叩頭禮拜不迭。過有好一會不見動靜，進房一找，見朱氏頭破血流，遍體鱗傷，骨頭有好幾處都被震斷，鼻息全無，只胸前還有微溫，當她必死，一面分人去向墟裡司官稟報，一面用床板將她抬起，準備司官到來驗看之後，再行備棺成殮。不料朱氏孽難未滿，竟會醒轉。

朱氏當初本是一時血氣，因姦夫慘死，又被丫頭打傷，急怒痛恨，憤不欲生。及至死後還陽，見仇敵已走，雖然遍體重傷，痛楚非常，反倒怕死起來。心想：「留得命在，總還有報仇之日。」忙呻吟著叫身側長年泡了一碗參湯，用紅糖水兌服下去，又將乃父家傳秘製的止痛藥，吞咽了好些丸，是傷處都敷上金創藥。一切弄好，還想移向床上安臥，無奈四肢微一轉動，便作劇痛，只得暫時仍躺在木板上面。

仗著她平日馭下甚厚，人也外場，對於近鄰都有個人緣。加以苗人素畏神鬼，明見許多奇跡，都當神仙下凡。朱氏所居之處正當寨墟，地方上事慣例都由苗人司官處置。

一會，司官率了手下兵到來，見眾口一詞，都說神仙降凡為禍，打死尤克家，朱氏在旁受了連累，被雷震傷。苦主就是本家，又受了重傷，無人出頭告狀。況且又是寄居的漢人，更有新被大雷揭去的房頂為證。七張八嘴，越說越神，鬧得那司官和眾人也害起怕來，恭恭敬敬朝著破房禮拜了一陣，竟然走去。

朱氏等司官去後，令人從豐埋殮了姦夫。因自己從小就精通外科，知道傷勢雖然奇重，除五官略受雷震，兩耳整日嗡嗡外，內裡並未受著大傷。寨墟絕少良醫，也沒延醫診治，就以自身經驗，內服補心益氣之藥，外用家製傷藥敷洗，咬定牙關，專心忍痛將養。每日輾轉床褥，連便溺都不能自理。

朱氏也算生具異稟，難為她熬煎了半年多，受了無窮的苦痛，才將傷勢完全治好。右腿骨節已被菱菱一棍打折，雖經人工和藥力，將傷處用生狗皮裹好治癒，無奈當時流血過多，成了殘廢，僅能扶杖而行。痛定思痛，想起自身成了一個孤鬼，痛恨璉珍主僕切齒。無奈仇人已在異人門下，又不知來歷居所，此仇怎樣報法？籌思多日，覺著當地再住下去，徒是令人傷心，毫無生趣。便將田地變賣成了金條、珠寶。凡拿不走的產業用具，都分給了家中長年人等。獨自一人離了苗疆，往湖廣一帶走去。

朱氏原意是多年未和老父通信，不知生死存亡，打算先取道湖廣，回到江南故鄉看望一次。自己僅入中年，傷癒以後，反因床上養了半年多，面容較前豐腴，看去還是花信年華的美婦。雖然左腿微跛。但是還有一身絕好武功，早晚必能練得將杖棄去。手邊又有不少金珠，就算報仇無望，總可遇見良緣，圖一個後半世的快活歸宿。

誰知淫孽前定，天缺大師臨去時只加重懲，未傷她命，留下後來許多隱患。朱氏一入湖南省境，便有了一番奇遇，異日璉珍主僕幾遭毒手。此是後話不提。

且說清波上人抱了嬰兒，與天缺大師分手後，也顧不得再採靈藥，逕自帶回黑蠻山鐵花塢洞府之中。解開包一看，只見那怪嬰已比初出胎胞時長了好些，遍體漆黑，又精又瘦。稀疏疏地長著一頭金髮。兩道濃眉幾乎連成一字，緊壓在眼皮上面。鼻樑凹陷，兩顴高聳，露出一對朝天大鼻孔，下面是一張雷公嘴，嘴裡生就兩排雪白細齒，兩隻免耳貼肉倒立，一雙三角怪眼骨碌碌亂轉放光。看去相貌雖然十分怪醜，但是骨格清奇，皮肉結實，天生異稟奇資，從來罕見。又是從小隨師，不染塵惡，異日造就，大未可量。不禁越看越愛。

因他落地便離母，降生以前又當鬼胎，一切嬰兒衣服通未置備，仗著蠻山氣候溫和，四時皆春，嬰兒本非凡物，能耐寒冷。上人又給他服了一粒靈藥，助他堅強骨髓，早日成長。取了些豹皮，用山麻縫成一條圍腰、一件披肩，權充衣服。下面就任他赤著一雙雞爪般的雙足。因對他期許甚殷，認為他今後必是光大門戶的衣缽傳人，故從小就不給他煙火食吃，每日只用些黃精、首烏之類研碎成糊，以代乳食。

怪嬰自從服了天缺大師的靈藥，把先天中帶來猛惡的氣質去了多半，加以與清波上人本有師徒的緣分，竟和尋常嬰兒戀乳一般，與清波上人親熱異常。清波上人為了逗弄他，好些次連本身應作的功課都耽誤了。他一出生本就能縱躍爬行，再加多服黃精、首烏之類的靈藥，又有清波上人教導，不消數日，已能隨定乃師進出，滿山亂跑，爬樹穿枝，絕塵飛馳。身量卻不見大長。清波上人見他如此好的資質，自然格外喜愛。過了一年，漸漸傳他道家吐納導引和本門中劍法。因是感雷而孕，相貌又生得和雷公相似，無父而生，從了母姓，取名塗雷。不消三年，已將初步入門根基紮得穩固，清波上人這才將本門道法、劍術挨次一一傳授。

一晃十年。塗雷天資穎異，又極好強，任多艱難的修為，一點便透，一學便精，天性更極純厚。上人愛極，益發加意教導。一面又教他道家各種經典，以及正邪各派修為異同，遇上妖術邪法時如何應付。所以塗雷年紀雖輕，論本領道行，已非常人可比。但他天性純孝，從三五歲起便屢生孺慕之思，不時朝上人懇求，要尋找天缺大師探母。

上人俱說：「你年紀還輕，身劍尚未練到合一地步，你不好生事，目前正邪各派互相仇視，循環報復，外面能人甚多，你雖進境神速，畢竟功候太差，還出去歷練不得。」雖再三嚴阻不許，塗雷仍是不聽，隔兩日便向上人苦求。上人被他攪得無法，因說道：「你頭有厄紋，煞氣更重，近數年內終是下山不得。我憐你這一片孝思，天缺大師已有十年不見，不知你母修為如何，等我修書問她一問，如有成就，便著她自來看你如何？」塗雷大喜，並請上人急速修書去問。上人便用飛劍傳書之法，給滇邊伏波崖上元宮天缺大師送了一封信去。當日劍光飛回，接著覆信。

原來璉珍、菱菱自隨大師出家，十年光景，已學會一身驚人道法，還各煉成了二十四口飛刀，當時相偕出山採藥行道去了。

璉珍因當初生塗雷時是不夫而孕，受了無窮冤苦羞辱，生時又差點沒送了性命，當他是冤孽，恨到極處。及至因禍得福，明白胎兒來歷，隨大師入山之後，畢竟是自己身上掉下的肉，漸漸動了母子天性，轉仇為愛。心想：「如非此子，怎得巧遇仙緣？由兒成就，怎便還去恨他？」日常無事，璉珍背地和菱菱談起，甚為想念。

旁門道法，入手容易，不消三年，有了點成就。便和菱菱稟明大師，前往錦雞谷藏骨之所，將乃父骨罈起出，送回原籍，埋入祖塋安葬。歸途原想略繞點路，往黑蠻山鐵花塢探看兒子，就便向清波上人拜謝當年救助之德。無奈天缺大師雖近旁門一派，與尋常左道妖邪大不相同，家法最是嚴峻，犯了毫不寬恕。因出來忘了稟明，不敢私自擅專，只好作罷回山。先想稟明而行，屢用言語試探，大師未理。末兩次實忍不住，只得率直稟告。大師聞言，眉頭一皺，不置可否。二女看出大師不喜乃子，以前又有「此子與我無緣」的話，由此不敢再提前事。

這一天二女新從外面回來，正與諸同門等在宮後製煉救人的丹藥，忽然大師命人來喚。二女忙即走去一看，大師又是眉頭微皺，面上似有不悅之容，手拿一封柬帖，殿角上停著一道劍光，正往外飛去。

大師見二女走來，說道：「適才清波道友飛劍傳書，因我不喜見你孽子，不敢命來相見，但是此子頗有孝思，朝夕向乃師絮聒不休。清波道友書中情詞頗為謙婉，未便不許。以前你二人和我說，沒有明許，實因此子殺孽太重，異日道成，必向我這裡無事生非，甚且於我有害。當初本可不去救他。一則事前不知，無心巧遇；二則意欲借這救你母子恩德，解釋冤愆；三則清波道友已然先救了他，我縱不救，他也必加援手；再加他已看出此事，盛意相讓，使我獨成其事，樂得現成人情。我先見你二人痛恨此子，生前冤遭連累，以為或者可以割斷恩愛。後見你母子天性日久油然發動，常慮未來，時謀善處之方。清波道友不令他來，也是為了我故。

「現在我想運數雖然前定，但我自成道以來，除前世孽冤外，從未再犯無心之過，近年外功積得更多。休說各異派旁門中無人似我，就連峨嵋、崑崙各正派中道友，對我也一致推許，好些結了方外之交。這次總算與你母子有過一番救命之恩，如若善於預防，人定當可勝天。你此去可不時將當年母子難中遇救之事，不厭求詳，加以申說，使他常記在心。此子天性甚厚，或者到時不致忘恩背本，種下惡因，也不在你隨我一場。須知為師並非懼他，也非取巧規避，無奈此中別有好幾生的因果在內，令我輕重都難罷了。」

璉珍聞言，嚇得跪稟道：「弟子等受師門再造之恩，粉身碎骨難以圖報，怎能為了孽子，使恩師心憂未來？拚著割斷母子之愛，弟子不願再見他了。」

大師笑道：「你二人極有至性，我已深知。倫常最重，世無不忠不孝的神仙。你二人如非孝義，怎能到我門下？前和我說時，我雖未置可否，並非明禁你去，你卻不敢背師私往，足見真誠。以後你不必稟告，盡可隨時與他相見。我別有謀劃，無庸逆數而行。況我回信已答應了清波道友，言說等你們三日後製煉好了丹藥，即行前往，怎能食言？只管到時去吧。」

璉珍只得謝恩遵命。因想：「恩師道妙通玄，又極愛護門人。相隨十年以來，無論遇見多凶險的事，從沒見她為過難，怎對這小小頑童，反有許多顧忌？」料知事關重大，好生躊躇。如非大師回信已發，堅命前往，幾乎不想與乃子見面了。

這裡清波上人接了回書，與塗雷看了，自是喜出望外。塗雷孺慕情深，由第二日便站在鐵花塢對面山頭上面，向東南方盼起，直盼到第四天將近黃昏。清波上人也出洞閑眺，見他目不轉睛，癡立呆望，至性天真，誠中形外，不禁暗中點頭，甚是贊許。塗雷正凝望間，忽見暝色蒼茫，東南方天際密雲中，似有幾縷青紅光線掣動。知來了異教中人，忙喊：「師父快看，來的甚人？」

清波上人笑道：「那不就是你朝夕懸盼要想見面的母親麼？」

塗雷聞言，驚喜道：「師父，你不是常說天缺大師道法高妙，不在師父以下麼？怎弟子母親卻練這左道旁門中的劍術呢？」

上人本知他的來歷因果，聞言微慍道：「為師雖常和你說起各派劍術，但是哪一派中也有正人能手，不可一概而論。你年輕識淺，知道什麼？當年你母子如非天缺大師，命早沒有，還能到今日？以後下山行道，無論遇見什麼旁門之士，首先需要查明他的行徑，用邪正分清敵友，切忌躁妄操切。一個處置不善，惹下亂子，便是為師也護庇你不得。」

這時那青紅光線已越飛越近。塗雷口中唯唯答著乃師的話，心頭怦怦跳動，恨不得飛身迎上前去相見才好。想和上人開口，還沒有說出，晃眼間嗖的一聲，一青一紅兩道光線已如流星飛墜，自天直下，投在山頭，現出兩個道裝女子，走近前朝著上人納頭便拜。上人含笑命起，指著二女對塗雷道：「這個穿黑衣的是你母親。那一個原是你母親的義婢金菱菱，如今已與你母結為姊妹，同門學道。快些上前分別拜見。」

塗雷先望見璉珍，便覺心動目潤，聞言大叫了一聲：「娘啊！」第二句話顧不得說，已是撲上前去，抱定雙膝跪倒。因為喜歡過度，反倒流下淚來。璉珍有了乃師先人之見，來時本不想愛他，經這一來，不知不覺中激發了母子天性，遂忙一把扶起，抱在懷中，直喊：「我兒不要傷心，從此可常見面了。那是菱姑，快上前見過。」

塗雷遵命拜罷，菱菱忙也扶起。二女學道十年，已非俗眼。這時仔細一看塗雷，不特生得骨格清奇，迥非凡品，而且一身道氣，天性又是那般淳厚，好生心喜。菱菱更是讚不絕口。塗雷好強，性猛如火，自來沒聽人這般誇獎過，不知不覺對菱菱起了許多好感。

清波上人等他母子見禮後，便命同往洞府中相聚長談。二女、塗雷遵命，隨同入內，重又跪倒，拜謝當年救命之恩與救養塗雷之德。往事傷心，不禁淚下。上人含笑喊起，慰勉了幾句，吩咐同坐敘話。塗雷依母、師之側，真是說不出來的喜歡。二女先向上人稟過別後之事。末了又向塗雷提起當年感孕遇救情形，反覆申說，再三命塗雷不可忘了天缺大師與清波上人再造深恩。

塗雷聽到乃母往錦雞谷取祖父遺骨歸葬之時，便道曾往墟中打探，得知朱氏並未被天缺大師神雷震死，調養痊癒，即將家產變賣成了金珠，忽然走去，氣得攢緊兩個雞爪般的小拳頭，眼孔內都要冒出火來。聽完說道：「天缺師祖人這樣好，真叫兒子感激，異日恩將恩報，自不消說。只可恨朱氏賤人漏了網，娘和菱姑俱有一身道法，怎不尋她報仇去去？」璉珍聞言，猛想起最近由武夷回來，聽一同門至好偷偷說起那件事兒，女的頗似當年對頭朱氏，名姓年貌，有好些相合之處，如若不差，將來弄巧，還是一個隱患。看塗雷性甚猛烈，知被他知曉，早晚難免尋上門去生事。朱氏不打緊，這裡頭有好些關礙，還是不說的好。當時呆了一下，話到口邊，沒有說出。

塗雷見乃母臉上似有忿容，忽又沉吟不語，便問何故。璉珍道：「我想朱氏雖然可惡，論輩分她是你祖父側室扶正，也算我的繼母，總是尊長。現在事隔十年，縱在世間，人已老了，我兒不值與她生氣。萬一日後出外行道，無心巧遇，裝作不理也罷。」

塗雷聞言，怒道：「她已背了去世祖父，私通外人，已不算我家人，況又凌虐娘和菱姑。日後不遇上便罷，遇上決饒她不得。」

清波上人喝道：「雷兒怎的出言挺撞你母親？事以順為孝，你只說朱氏該殺，可知你也有罪麼？你母別有苦衷，你哪裡知道？就是天缺大師，人雖正直善好，但她門人、侄兒甚多，難免有不肖之人背了她在外橫行，她又有護短之習，日後與你難免狹路相逢，難道你也不分青白，不論情面，忘了昔日恩德，逕下辣手麼？」

塗雷聞訓，心中雖然有些不服，因上人規矩嚴正，並不一味溺愛，當時不得不躬身斂容，口稱：「弟子知罪。」並說：「心感師祖恩德，圖報尚且不逞，怎敢恩將仇報？異日遇見異派中人，必先問明姓名來歷，才行動手。如是師祖門下，但能避開，就吃點虧，也絕不還手就是。」

璉珍喜道：「我兒謹遵恩師慈訓，我便安心了。」塗雷話雖如此，因上人說乃母別有苦衷，未敢再問，兀自狐疑不解。

菱菱因為塗雷劫後重逢，目前已是他的尊長，仍未免卻世俗之見，想不起打發什麼東西好，便將自己近三年來煉的一件旁門護身法寶「小旁門六戊遁形旗」算做見面禮。上人一見甚喜，立命塗雷拜謝收下。說道：「此子天性疾惡如仇，異日出外行道，遇見異派中能手，難免不受挫折。天缺大師防身遁形各種法術有無窮妙用，今得此旗，大可防身免患了。」璉珍也給了塗雷一塊古玉符，乃上古修道人壓邪之寶。塗雷一一跪謝拜領。

傳了用法，二女方始起身，向清波上人行禮作別。

塗雷數年孺慕，好容易盼到今日得見生身之母，如何能捨分離，只管依依璉珍肘腋之間，牽衣挽袂，堅乞暫留，不覺聲淚俱下，璉珍見狀，也是心酸，強作笑容道：「雷兒休得如此。你是個有來歷的孩子，又在仙師門下；我也忝列玄門，得勉清修。日後仙緣深厚，相見日長，怎學那世上兒女一般，難捨這片時的離別？況且你師祖已然允我隨時可來看望，無須稟命而行。即使勤於修煉，不克分身，依我想，至多隔上三月五月，必和你菱姑姑同來看你一次。只要彼此勉力修為，有了成就，我母子得在一處修道，同參正果，也在意中，要這般難受則甚？」

塗雷無法，又再三央懇：「三五月期限太長，務請娘和菱姑姑改成每月來此相見一次。」並說：「娘如過期不來，兒便到祖師上元宮找娘去。」

璉珍知天缺大師不喜此子，聞言大驚，無奈糾纏，只得允他每月來一次，又力戒塗雷不可往上元宮去。並說：「因祖師家法至嚴，宮中俱是女弟子，不奉命，任何人不許擅入，門人更不許擅自延款外人。如若犯了，不特你有飛劍之厄，累得為娘也受嚴譴。弄不好重責之後，還要追回法寶、飛劍，逐出門牆，豈不把十年功行休於一旦？這事萬萬做不得。我不時奉命出外採藥行道，不必限定一準時日，總在一月前後，不過兩個月的期間，來看望你一次就是。」

塗雷聞言，把兩隻怪眼翻了翻，兀自不解，答道：「想不到師祖家法如此嚴刻。如不是怕累我娘受責，兒子真想請問她一問：娘是師祖徒弟，我是她徒孫，又有救命之恩，並非外人，就說娘不在那裡學道，也應該容我登門拜謁叩謝，怎這般不近情理，拒人於千里之外？真叫人心裡不得明白。」

璉珍聞言，無可答覆，假裝微慍道：「你年輕輕，懂得什麼？各派有各派的家法，豈容紊亂？你如感恩，只要永記在心，遇機圖報，即使暗中默祝，望空遙拜，她老人家也必知道。當初救你，莫非為了你今日登門叩拜麼？如若能去，恩師早就命你前往，我也不必如此阻攔了。」塗雷聞言，不敢再說。戀戀然重申後會之期，方始放開乃母。等其和菱菱拜別完了清波上人，恭送出去，眼看仍駕兩線光華破空入雲，飛得不見影子，才行回洞。

由此二女每隔一月前後，必來看望塗雷一次。去時必定叮囑：「邇來正在加緊修為，今日抽空趕來，萬一過期不能分身，千萬不可冒昧往探，累娘與菱姑受苦。」塗雷雖然應允，心裡越發起疑。無奈師父也和娘口吻大半相同，不敢多問，老是悶在心裡。

一晃過了三年，除母子按時相見外，無甚可記。這一晚，璉珍忽然神色匆匆，獨自飛臨。這次母子相隔才只半月光景，別期比歷來都短得多。一到，先背了塗雷，與清波上人密語片時，方和塗雷相見，再三叮囑說：「近因奉師命下山行道濟世，途遇一人發生要事，須覓一隱僻洞府祭煉法寶。你菱姑姑現還留在那裡。此去多則半年以上，最早也須三五個月方能相見，惟恐我兒見我到期不來心又懸念，特地抽空趕來，與你見上一面，略說此事。我並不在上元宮內，那煉寶的地方你也找不著；即使找到，我和你菱姑姑已行法封閉洞門，也進不去。這三五月中，務要聽恩師吩咐，無論如何想我，也不可往上元宮去給我惹禍，尤其不可下山亂跑。我事一辦完，定即趕來看你。我聽你恩師說，只等我再來，你也不久就要下山歷練，積修外功去了。千萬不可毛暴，累我心懸兩地。」

塗雷因乃母每次來都是歡歡喜喜的，惟獨這次顯得神色遑遽，面有憂色，把上項話，反覆叮囑，料出事體重大，暗藏危機，否則不會如此。再一尋思：「自從與母親重逢，每日只專心學道，盼母常臨，並未有過出山之想，怎會叮囑到這上頭去？來時又和恩師背人私語，此事大有可疑。猜那路遇之人定是母親的冤家對頭，必因我不久下山行道，恐在外得知此事，趕去尋仇，敵不過人家，吃了虧苦，特地抽身趕來。一則稟明恩師，暫緩下山之命；二則告誡自己一番，以免盼母不來，前往上元宮探問，犯了天缺大師規矩。」塗雷越想越對。心中雖然疑慮，但他為人至孝，這三年中已看出乃母最擔心的，便是怕自己前往上元宮去，或與天缺大師門下為敵，此時若稍拂其意，必使慈母格外焦急。聞言想了想，和顏婉答道：「娘既有要事不能分身，兒子怎敢違命往上元宮去探望？況且娘又不在那裡。下山的話，自從見娘以後，兒子從無此意，娘知道的。

再者，恩師也不准兒亂走一步啊。娘只管放心前去就是。不過娘遇那人是好是壞，為何發生此事，娘有什麼妨礙沒有，所煉是何寶物，也要請說出來，好使兒子放心呀。」

璉珍聞言，不由顏色更變，因恐乃子看出，忙又定神斂住。說道：「這些事，你暫不用打聽。我事忙，即刻要走，也無暇多說。到了半年我如不來，再問恩師，便知詳情。我去了。」說罷，把塗雷抱在懷中摟了一摟，便即進入雲房，向清波上人叩別，重囑塗雷勿忘母訓，竟自出洞破空飛去。

塗雷何等機警，早將乃母憂急之狀，看在眼裡，當時不敢深說，滿口答應。追送出門，目送乃母去後，心如刀割，撥轉身跑進房去，跪在清波上人面前，含淚請問，不肯起立。

清波上人原知璉珍有難臨身，異日仍得塗雷解圍，不過此時說出，塗雷必然違命偷往，轉致僨事，貽患無窮。便故作笑容道：「雷兒癡了，你母親她怎會有甚對頭？漫說她為人善良，不至有甚災危，就有也必逢凶化吉，遇難成祥。我對你母子自來關切，如見不了，我就決不至於旁觀。何況她師父天缺大師道法高妙，平日最為庇護門人，難道坐視愛徒有難，卻漠不關心？不過此事曲折甚多，所煉法寶又須避人。在這封洞煉寶的三五月中，因你近來殺氣大重，惟恐思親情切，久等不耐，到處胡亂尋找，給她惹下事不好收拾，所以托我管束，向你告誡。別期較久，母子情長，難受自所不免，為何胡思亂想起來？快快站起。你目前已能身與劍合，只要從此用功，到了運用變化，無不如意之時，她雖不來，我也必令你下山尋找，就便行道濟世如何？」

塗雷聞言，仍是將信將疑，意欲再問，見上人已帶微慍之容，只得站起。暗忖：「前日師父說，自己飛劍功候已離成功不遠，今日又說，練到運用由心便可下山。何不多加苦功，以期早日練成，豈不來去可隨意了麼？師父從未打過誑語，適才雖略覺含糊其詞，但是母親就有大難，別說師父，天缺師祖頭一個不會不管。想是母親出了點小周折，發生阻礙，決不至於要緊。」想到這裡，心中略寬。雖仍是懸念不已，無奈師父也不肯說出實地實情，急也枉然，只得晝夜加功，苦苦修為。他那等的異稟天資，又加玄機劍法早已悟徹，所差只是點功候而已，哪消三月，居然練到變化無窮，運行自如地步。末兩次和清波上人試劍相鬥，差一點便可匹敵。休說塗雷心裡高興，連清波上人也喜愛非常，贊獎頻頻。

塗雷滿擬劍成可以下山，上人只說還差，出外遇敵，尚難以應付。屢問乃母蹤跡，仍不明告。塗雷力請先在近處歷練一回，找點對頭試試。

上人笑道：「事有機遇。下山行道全為積修外功，濟眾而須除惡，多是狹路相逢，不得已而為之，豈是容你到處找對頭試身手的麼？說出這話來，更教人難以放心了。」塗雷又變了話頭，婉言堅請遇上事時，命他略試鋒芒，以便看看能否應付，為下山之證，並非成心見人就樹敵結怨。

上人被他糾纏不過，便說：「目前無事，且看機遇再說。如見可為，必令你去。否則滿了半年期限，也必放行。」塗雷方覺期近為快。

第二日，正隨侍上人在洞中論道，忽聽洞外有重物觸門之聲。出外一看，乃是一隻絕大黑虎。心想：「因為常在洞前練習飛劍，本山猛獸從不敢在近洞一帶走動，這隻大黑虎從未見過，哪裡來的？看牠屈爪跪伏地上，向洞微嘯，意似有所申訴，並不似平時山行所遇猛獸見人發威之狀。」好生奇怪。試上前一揪虎耳，那虎竟毫不倔強，站起身來，隨了就走。

虎隨塗雷走到上人面前，便照前跪伏在地，將頭連點。上人指虎道：「你和白猿這兩個業障引人為惡，惹下許多是非，慘死的慘死，轉劫的轉劫，如今不去深山古洞潛伏苦修，以謀懺悔，卻來我洞中則甚？」

那虎聞言，竟低聲嗚嘯起來。上人屈指算了一算，說道：「難得你這兩個業障還有良心，居然敢在你恩主前討命，挑上這副千斤重擔，保定轉劫人隱居山野，避禍待時。我看你恩主面上，助你不難。但今日所遇乃左道中無知小輩，又非那孩子自己遇難，不過關了兩個異獸在內。適算此人少時便遭劫數，你回去時即有應驗。不過他雖受傷破腹，元神未死，草毒一解，仍要回醒，為禍更烈。回去可對白猿說，可用妖人匕首將他六陽之首割裂，便不復為害了。」黑虎又點首連叩，仍不起身。

後來上人怒道：「我已多年不出問事，今日之事實無庸我去，已然明示，為何還要強求？再如不走，妖人毒解回生，豈非誤事？」黑虎聞言，這才又叩了兩下站起，低頭戢尾。緩步退出門去。

塗雷見上人與虎說話直似素識，那虎更靈慧能解人意，不禁動了好奇之心，忙向上人問那黑虎來歷。

上人道：「這話說起來，恰是你的好榜樣呢。」塗雷問故。上人便把虎兒前生學道經過向塗雷說了個大概。

話說虎兒前生原是四川岷山白馬坡妙音寺神僧一塵禪師的弟子，俗家名叫李棄，法名能濟。只因禪師宏通佛法，妙講禪經，感得山中猛獸齊來聽經聞道。就中有一隻黑虎，一隻白猿，本來通靈，皈依更切。偏生聽經第二年上，猿、虎閒行山中，遇見紅蟒，苦鬥三日夜，堪堪待斃。禪師升殿宏宣妙法，見往日群獸咸集，惟獨不見虎、猿到來。

默運玄機，內觀反視，得知猿、虎有難，便命能濟帶了靈丹前往解救。行時曾囑咐：「那紅蟒已有數百年吐納之功，往救猿、虎，只可解冤懲戒，不可傷害結怨，又種孽因。」

能濟到了一看，猿、虎已被紅蟒纏住，仗著虎、猿前爪厲害，雙雙抓住蟒頭，死力撐拒，不使近身來咬，雖未送命，已顯出精力交敝之狀。那紅蟒頭被虎、猿抓住，毒口中一二尺長火焰一般的紅信吞吐不歇，只要虎、猿稍一不支，被牠咬中要害，立時準死無疑。能濟因虎、猿神情危殆，見自己到來，不住哀嘯悲鳴，看去可憐，動了惻隱，又知虎、猿俱是素食，與尋常猛獸不同，從不輕易傷生，又有平日相處的情感，不知不覺先有了偏向。而那紅蟒潛伏山中，雖不曾見牠出山害人，但是性極殘忍，以前幾次見牠橫山曬鱗，空中如有鳥群經過，牠只一昂首，呼吸之間，成群飛鳥便連翩自墜，投入牠那火口之中，晃眼間噴將出來，只剩滿空毛羽，映日紛飛。這多年來，不知傷害多少生靈。心中痛恨已極，屢欲除牠，只恐給禪師知道受責罰而止。這時見牠緊纏猿、虎，磨牙吮血，獰惡狠毒之狀，越憎恨。

其實紅蟒也是通靈之物，不是不知禪師師徒厲害，見能濟走來，自知無幸，本欲逃跑。無奈頭被猿。虎抓緊，脫身不得，急得斜眼望著能濟，那水桶粗細紅錦一般的長大身子不住屈伸鼓動使勁，猿、虎受不得緊束，悲鳴更急。能濟不知牠是掙扎圖逃，以為對自己也存了不利之心，不由怒火上升，頓忘師戒，大喝一聲，一揚手，把戒刀化成一道金光，照準紅蟒連繞數匝的長軀中間經過，立時將牠斬成了數十段。紅蟒身遭劍斬，靈氣尚存，蛇頭被猿、虎抓著的一段，兀自怒目如火，赤信頻伸，口中噓噓怪叫不止。

惱得能濟性起，喝令猿、虎鬆爪，擲向地上，那蟒竟拚了命，一落地，便向能濟縱去，如何能是對手，吃能濟一指金光，當頭先劈成了兩半。接著金光一陣亂攪，把那數十丈長一條紅鱗毒蟒，全身斬成血泥，方始收住。再行法禁制，聚石一堆，埋入地下深處。

一看猿、虎俱都軟癱地上，動轉不得，忙用禪師所賜靈丹與牠們服了，候到毒消回醒，才行領回寺去。見了禪師，稟除蟒之事，說牠死纏不捨，妄殺實非得已。

禪師早知就裡，宿孽難解，錯已鑄成，只朝他看了一眼，並未深說。能濟隨侍禪師多年，頗有道力，偷觀師父神色不善，心裡吃驚，從此修持益發謹嚴。隔了多日，見禪師始終不加責怪，也未再提前事，心才略放。誰知一波未平，一波又起。

那黑虎、白猿自從遇救，死裡逃生，服了禪師靈丹之後，不消三二日便已復原。虎猿因感能濟救命之恩，知道後山有一靈狐苦煉多年，內丹已成，每歲三五月圓，必向空吐納，吸取月華。修道人如得了此丹吞服下去，足抵得千百年修為之功，便想由白猿盜來送與能濟。知道禪師門下戒律謹嚴，明說定然不允，每次慫恿能濟乘月出遊，覬便下手。能濟因新犯殺戒，每日勤謹自勵，惟恐有失，哪還有閒心出遊，俱沒答應。

一晃過有半年，虎、猿無計可施，又知靈狐不久滿了功候，就要脫體飛升，成為天狐，益發不可捉摸。正打算不告而行，逕去盜來獻上，偏巧禪師適在望前三日，前往吳門上方山石門寺，應覺照禪師之請，講經說法，救度眾生，不在寺內。

白猿忽生一計，乘著月明去見能濟，假說：「後山新近出了一個妖物，昨晚並親見牠由山外飛回，帶了許多新死人頭向月大嚼，留下骷髏，望月煉丹。我和黑虎本想弄死牠，為世人除害，估量妖物厲害，恐敵牠不過，沒敢下手。今晚那妖物又從山外帶回七個人頭，正在大嚼大吃。本山是老禪師恩主清修之所，怎能容妖物在此盤踞猖狂，每晚出山傷生害命？特來報知，請示定奪。」

能濟天性疾惡如仇，聞言大怒。暗忖：「師父雖有戒殺之命，但是斬妖降魔，為世除害，分所應為，想必不致怪責。」立命白猿引路同往。

剛出寺門，黑虎業已迎候路隅，便騎了上去。這時離靈狐吐納之時尚還沒到，猿、虎不料能濟如此易於說動，知道先期趕往，難免不被能濟看破，故意馱著他在深谷中滿處跑，延宕時光，卻不往後山跑去。

能濟喝問白猿：「你適說妖物，已然在後山出現，怎還不去，卻引我在這谷中亂跑？」白猿急口分辯說：「妖物雖藏後山，每晚拜月大嚼人頭，卻多在這谷中一帶，此來正為尋牠。走完此谷如再不遇，必已迴轉巢穴無疑。總之，今晚定能除牠。不過這東西已然通靈變化，去時最要縝密，輕悄悄的，一掩到立即下手，才可成功；稍微驚動，便被逃走，難再尋蹤了。」

能濟原本精通獸語，只當猿、虎素來忠誠，決無虛假。又因寺中數月苦行，久未出門，見月滿空山，清景如畫，沿途觀賞，頗洽心意。便也不再問，一任猿、虎馱著他緩步前跑。

一會兒工夫，到了亥末，快交子初。白猿見是時候了，私朝黑虎一打招呼。又朝能濟叮囑道：「妖物不在這裡，此時必在巢穴外頂著死人頭，向月煉丹。少禪師到了那裡，下手必須神速，一驚走就難除了。」

能濟自小出家，隨禪師參修上乘功果，雖有降龍伏虎之能，畢竟沒有奉命下山行道。禪師道妙通玄，法力無邊，一切邪魔外教，從來不敢輕易侵犯；間或相遇，也有禪師在前驅除誅滅。當初斬蟒，還是第一次出手，因而見聞不多，經歷尤少，對於這種踏罡拜鬥，採煉月華的異類，哪知底細，便跟著到了後山。

忽覺白猿不在身側，那虎也輕悄悄走上山去，停在一塊可藏身的怪石後面，趴伏不動。

心知到了地點，探頭石外一看，恰值那黑狐煉形拜月到了緊要關頭，地下鋪著一張人皮，面前大方石上供著六個人頭骨，兩隻前爪還捧著一個人頭骨，如轉風車一般，正在月光底下舞蹈不歇。

黑狐因為成功在即，又在本山修煉多年，知道禪師慈悲，只要不害人，不但無事可做，還可仰仗他的法力，任何異類妖邪不敢來此窺伺，因而放心大膽，早晚苦修，毫無顧忌，哪知禍生瞬息。因牠舞蹈飛速，能濟那目力，先並未看出牠的原形。又有白猿先人之言，一見死人皮和幾個人骷髏，證實白猿所說不虛。再一看那東西，只是一團油光水滑的黑毛，中藏火一般的雙眼，在月光下繞地疾轉了一陣，倏地往平鋪的人皮上一個滾打去，立時起身變成一個千嬌百媚的赤身少女，粉彎雪股，玉立亭亭，秀髮如雲，柔腰欲折。

月光下看去，越覺得膚比花妍，顏同玉潤，珠靨星眸，掩映流輝。端的容光照人，蕩心融魄，儀態萬方，不可逼視，能濟益發斷定是個害人的妖物，傷生的邪魅，不禁怒從心起，遽下無情，一指手中戒刀，化成一道清光，直飛下去。黑狐如不將內丹吐出，也能化形遁走，偏是大劫臨身，不能避免。因見自己化身為人，形神完全無異，當時情不自禁，喜極忘形，向天一聲長嘯，竟將那粒內丹吐出，化成一團透明五彩、熒熒欲活的晶光，向月中飛起。牠這裡內丹飛高才百餘丈，能濟的刀光也似電閃一般飛來，不由嚇得亡魂皆冒。驚慌失措中意欲收丹遁走，已是無及，刀光過處，屍橫就地，從頭自尾斬成兩半。

這時只喜壞了石旁窺伺的白猿，趕忙搶上前去，覷準那團載沉載浮正往下降的晶光，縱身一躍，便搶到手內，捧好不放。同時，能濟因想看看妖物原形，也從山頭飛到。一見是個身披死人皮臉的黑狐，左手上還抓著一個骷髏，仍還當是個傷害生靈的妖狐，並未在意。一回首，見白猿滿面歡容跪在地上，雙手捧著那團晶光，要請自己吞服下去，知是那黑狐煉的內丹，才明白了黑虎、白猿用意。

心想：「佛門戒條，最忌貪殺。誅妖為了除害還可，怎能動這貪欲？」便把白猿數說了幾句，命將此丹，連同妖狐與死人皮骨等一齊葬埋。白猿正極口勸說不可如此，忽聽寺內鐘聲催動。能濟知道師父歸來，忙說：「誰要妖物的內丹，快給我拿去一同埋了。」說完，便匆匆飛回。

能濟到了一看，禪師正升大殿，眾弟子和全寺人眾，俱都合掌閉目，肅立侍側，面上若有憂懼之色，便知情形不妙，忙即上前參拜。

禪師吩咐起立，說道：「能濟，你知罪麼？」

能濟惶恐道：「弟子自從恩師出門，每日捧經虔修，兢兢業業，實未敢犯戒律。只今晚白猿來說後山出了妖物，每日傷生害命，弟子上體我佛慈悲之旨，及師門降魔除害，救濟眾生宏願，前往誅除。果然看見妖物在彼煉形拜斗，被弟子飛出戒刀將牠劈死。恩師說弟子有罪，想必指此而言了。」

還要往下說時，禪師喝道：「好個糊塗東西！你說那妖物傷生害命，是你親見的麼？為師自居此山多年，幾曾見有甚妖物敢來窺視過？何況明目張膽，公然在此盤踞麼？你前此誤殺紅蟒，還可說那東西雖未害及人類，但也多傷生物，劫數臨頭，咎有應得。為師見你錯已鑄成，正借佛法為你解除孽冤，怎奈你道淺魔高，殺戒一開，便難遏止，平白地又種下惡因，犯我本門戒條。你即日便要轉劫入世，負我多年期許，還在夢裡麼？」

能濟聞言，嚇得戰戰兢兢跪伏在地，哀聲稟道：「弟子一心除妖，並無惡念，況且當時明明見妖物身披人皮，面前供著幾個死人頭，才下的手，以為這等害人精魅，理應誅戮，不能說是有背本門戒條。恩師如此說法，弟子死也不得明白。」說罷，痛哭起來。

禪師道：「你真糊塗！你仗我降魔真傳，任牠多厲害的山精野魅，三百里內不能逃死，何故如此心急，怎不細看看那些人皮頭骨，是否新死之物？毫不審視，遽下毒手，可知道家旁門原有煉氣變形之法？那黑狐不特得道以來不曾害過生靈，便是那一張人皮、七個人頭骨，也是向青螺峪凌真人處明白乞取，得諸妖人囊內，並非偷盜兇殺而來。牠因自知無罪，才想仰借佛力，在此寄跡，早夜公然修煉，並不避人。誰知千年苦修之功，敗於一旦。休說牠不能甘休，便是我也無從寬縱。何況你又是本門傳人，如不使你轉這一劫，了此冤愆，怎能受我衣缽？那猿、虎只為報恩情切，想奪那粒內丹與你，不想愛之實以害之。還算你未起貪心，未將此丹據為己有，總算是無心之失；否則後患更是不堪設想，只恐轉劫再來都無望了。這一來，為師又須多等你好些年，方得完成正果。話已說完，你自己前往後殿荼毗去吧。」

能濟知禪師戒律極嚴，言出法隨，無可寬免。略一尋思，把心一橫，跪求道：「弟子道淺魔高，此去轉劫，又有這兩層冤孽，自作自受，夫復何言？所望恩師念在弟子從小隨侍，親逾父子，大發慈悲，施大法力解難消災，度化接引，以免墮落濁世。」說罷痛哭不止。

禪師道：「你荼毗以後，我為你先煉真神，再使入世，便是莫大鴻恩。我遲卻數十年飛升，所為何來？這個你可放心。你只要此行不昧夙根，努力修為，自有重來之日。雖說你冤孽太重，一轉世便成凡人，狹路逢仇，難以抵禦，但你夙根深厚，到了那時，自能轉危為安，一切不消慮得。現距托生之期還早，你自去吧。」

第十一章　獨撲妖神

那白猿、黑虎見能濟執意不收那粒內丹，又聞鐘聲催動，禪師恰在此時回轉，也恐事情敗露，必受斥責，萬不料能濟為此一事已墮一劫。當下由黑虎用前爪匆匆扒地，埋好黑狐，正欲趕到寺中窺探動靜，誰知那內丹只是一團光華，又輕又柔軟，彷彿吹彈得破一般，捧在手上，虛飄飄的，似要乘風飛去。

白猿用兩手合攏捧持著沒走幾步，內丹光華倏地往裡一收，立時縮小大半。白猿深知此物靈異，惟恐化去，剛把手一緊，內丹忽又長大，彩光熒熒，照眼生纈，比起先前還要鮮明瑩澈得多。等把手一鬆，又復往回縮小。似這樣，幾收幾放過去。白猿不知靈狐本身真神已由散而聚，那粒內丹是牠千年吐納苦功煉就的元嬰，當時沒有將牠消滅，此時軀殼雖死，真神猶在，白猿又不諳禁制之法，如何能保持得住。見它消長無定，只料有異，卻想不出應付之法。末一次收得更小，長得更大。

白猿心裡一著慌，把持未免緊了一些，奇彩輝幻中，耳聽叭的一聲，那團光華立時爆散，化成彈丸大小一點奇亮奪目的銀光，流星電射般往上空升起。白猿縱身數十丈，一把沒撈住，轉瞬它已高出雲表。再漸長漸大，往下緩緩落來，流輝四射，照得山石林木都成銀色。

白猿妄想失而復得，運足周身力氣，還在作勢相待，等夠得到時向上躍取。眼看那團銀光長有栲栳般大小，離地也只一二百丈左右時，忽聽黑虎一聲怒嘯，向來路直撲過去。回頭一看，黑虎撲處，有一團黑氣影影綽綽裹著一個黑狐形體，身後帶起一溜黑煙，其疾如矢，直朝當空銀光中射去。兩下裡才一接觸，黑影不見，銀光閃了兩閃，立時化散開來。晃眼間又由分而合，變成蝌蚪形一道光華，頭大尾小，略一撥轉，後面帶起一條芒尾，無數大小明光恰似長慧飛馳，萬點流星過渡，逕向東南方投去，一瞥即逝。猿、虎俱看得呆了，白喜歡一場，到手之物又復失去，好生掃興。

猿、虎再回到寺中，伏在殿外一聽，正趕上能濟痛哭陳詞，行即轉劫之際，才知鑄成大錯，害了恩人，這一驚真非同小可。也不顧禪師責罰，雙雙躍上殿去，趴伏在地，不住以頭撞地，極口悲鳴，願以身代。禪師早知前孽註定，能濟該有這場劫難，並沒深責猿、虎。只喝道：「你這兩個孽畜，才脫大難，不安分虔修，卻去誘人為惡，使我門下弟子犯戒遭劫。本當將爾等斬首，永墮泥犁，方足蔽辜。今姑念畜類無知，事由報恩情切，素行無他，暫且免死，還敢代人求恩麼？能濟犯我家法，咎有應得，自作之孽，誰也不能替他。」說罷，便命旁立侍者：「將這兩個孽畜逐出寺外，不能再來聽經了。」

這時能濟已跪謝完了師恩，自往後殿引用本身真火，荼毗轉劫去了。猿、虎見侍者持杖喝逐，知禪師意甚堅決，無可求恩。只得戰戰兢兢站起，不住悲鳴哀嘯，倒退出去。因恩人為己所誤，甚為傷心，雖被禪師逐出，仍然不肯遠離，不分日夜，在寺門外伏地哀聲嗚嘯。口吐獸語，求禪師大發慈悲，寬恕既往，指點明路，許其自保恩人，直到仙緣遇合，引渡入門，以免中途為仇敵所害。接連幾天未離開寺門一步，一片真誠，竟將禪師感動，出寺面示機宜：命黑虎先去青狼寨等待，白猿隨後即去。直到能濟轉生顏家，窮途落魄，朝夕相隨，守護不離。白猿更是靈異，知道清波上人是禪師好友，意欲借著搭救康、連二猱為名，將上人請動。事完，再引虎兒前往拜謁，日後好多個奧援。所以黑虎雖被上人喝出，仍在洞外徘徊未走。

塗雷聽上人說完大概，既想乘機一試身手，又想和虎兒見面，看看這轉劫再生的能濟是何等人物，故連請求幾次。上人明知他與虎兒別有因緣，因受乃母之托，恐明許了他，異日出去久了，又往別處生事，故作不允，拂袖而入。塗雷絕頂聰明，看出乃師意非堅決，又一想：「日前師父原答應過，只要有機緣到來，即可往試，今天有了事，偏又不許。反正相隔不遠，且背了他去去就回，想必無礙。」便又趕進房去和上人說，要往北山採些果子。

上人點了點頭。塗雷大喜。出門時猛想起：「路雖不遠，卻未去過，忘了向師父探問一下，縱駕遁光尋找，免不了仍要費事。」正覺美中不足，一出洞門，忽見那隻黑虎仍在門外趴伏，見人走出，不住點首，好似識得自己意思一般。知牠通靈，便問：「我現在背著師父，同你去殺死那妖道好麼？」黑虎點了點頭，挨近塗雷身側，把前腿一伸，四足趴伏在地。塗雷知要他騎，心想反正得虎引路，便騎了上去。

那虎等人上了背，將頭一昂，放開四足，往前跑去。塗雷先還以為騎虎比起御劍飛行相差天地，誰知那虎竟如飛的一般，一路躥山跳澗，上下於峻崖峻嶺之間。只覺耳際呼呼風生，林木坡陀成排成陣，如浪濤起伏，迎面奔來，再往身後倒瀉下去。略一回顧的工夫，便飛越了一二十里的崎嶇山徑，奇景萬千，目不暇接，一瞥即逝。自己穩坐其上，迎風長驅，真是又舒服又壯觀，比起初習御劍飛行，別是一番情趣，高興之極。恨不能也收一隻虎豹之類的猛獸，來充坐騎，才稱心意。

塗雷正尋思間，忽聽那虎嘯聲連連，接著又聽崖下猿嘯相應，已到了妖人巢穴上面。一會轉到崖下，一見虎兒生相，先自心喜。後來斬了妖道，破去邪法，一同前往救康、連二猱，路上彼此通問姓名，一說經過，益發投機，由此成了至契。

康、連二猱被困的那間石室，只是邪教中的尋常禁閉之法，本無足奇，妖道一死，不攻自破。當下由塗雷上前放出飛劍，斬關直入。裡面地方不大，甚是汙穢陰濕。康、連二猱被妖道用蛟筋倒綁，吊在室頂當中，看見主人、猿、虎進來，哀鳴求救。塗雷見二猱遍體金毛，油光水滑，生得甚是異樣，不禁喜愛。正欲上前解救，被虎兒一把攔住道：「師兄莫忙，這兩個狗東西太可惡了，我還有話問牠們呢。」

虎兒說罷，指著二猱發氣罵道：「你這兩個該死的狗東西！當初如不是白哥哥引我救你們出來，你們早在山窟窿裡餓死了。牠雖和你娘打過架，你娘又不是牠弄死的，你怎不聽我話，三番兩次朝牠行兇？憑牠氣力本事，弄死你兩個，還不是和掐死一個蟲子一樣？不過因我還喜歡你們，牠看在我的情分，不肯動手罷了。你們怎還起壞心，不知從哪個鬼地方弄一枝鬼花朵來，想把牠迷倒害死？害牠不成，又敢背了我逃跑，偏生報應，被妖道捉來。如不是我白哥哥寬宏大量，打發黑哥哥到清波師叔那裡請來我塗師兄將妖道殺死，你們今晚便沒命了。該死的狗東西，太可惡了。我也不打你們，仍由你們在這裡吊上幾個月，我再來放，看你們還弄鬼花樣害人不？反正不是我白哥哥害你們吃苦，莫非這也恨他？」

二猱一聽這次遇救全仗白猿，這一半日工夫苦頭業已吃足，又悔又怕，哪裡還敢絲毫倔強，望著虎兒不住哀聲乞憐，表示誠心悔過。虎兒本來愛牠們，原是故意威嚇，顯出白猿恩惠，以免日後一個顧不到，又去背地尋仇。假裝發怒，又喝罵了幾句，經白猿一講情，這才轉請塗雷解救。

塗雷先見虎兒小小年紀，獨居深山，有通靈猿、虎為伴，已是驚奇。及聽喝罵二猱，不知就裡。後來用飛劍解綁，問起詳情，才知他不只有此靈猿、神虎常相廝守，還有這兩個善解人意、靈慧奇猛的金星神猱，以及千百金錢花斑大豹朝夕服役，隨同出入，不禁欲羨已極。等二猱一一跪叩謝罪謝恩之後，便要伴送虎兒回去，認清門戶，以便暇中時常過訪。虎兒、白猿巴不得日後和他時常來往盤桓，聞言大喜。

兩人四獸離了妖窟，因虎兒來時所騎之豹仍在峽外，欲循原路回轉。白猿卻說：「來路迂迴繞遠，無須如此。可命康康招豹回去，大家仍由崖上回轉。」塗雷本要飛行前去，虎兒因荒山獨處，從不見人，不意空谷足音，得此良友，真是喜出望外，和塗雷親熱已極，堅邀一同騎虎回去。塗雷雖恐出來久了，回去招恩師責罰，但一則年幼貪玩，二則生平頭一次交到這樣好友，又心想主人未歸，自己先去了也是無用，立即應了。

二人手挽手臂，並肩騎上虎背，不消頓飯光景，便到了虎兒洞中。虎兒引將進去，一同坐下。白猿和連連慌不迭地獻上山果食物。塗雷、虎兒邊吃邊說，越談越對勁，俱都相見恨晚。一會兒，康康引豹歸來。塗雷要見群豹，虎兒便陪了出來。一聲長嘯，崖下豹柵中大小金錢花斑野豹千百成群，紛紛跑出，一同擁到崖前，面朝上跪伏在地，似練習有素的一般。虎兒又是一聲長嘯，群豹俱各昂首，齊聲吼嘯，立時山鳴谷應，怪風四起，沙石驚飛，山花亂墜，宛如紅雨，聲勢雄壯威猛，若撼山嶽。喜得塗雷心花怒放，也跟著引吭高呼，歡躍不已。群豹怒嘯了一陣，虎兒把手一揮，轟的一聲，戛然頓止。

只剩四山回應之聲，嗡嗡震盪，半晌不絕。塗雷拉著虎兒雙手，笑嘻嘻讚不絕口。

虎兒看出他喜歡這些猛獸，便說道：「康康、連連性子太野，不肯跟隨生人，白哥哥要出門找我爹和娘去。黑哥哥從小陪我在一處，永不離開。除開牠們這四個，還有這麼多豹兒，只要塗師兄喜歡，隨便挑了帶走，要多少有多少。如怕其野性不聽你的話，牠們都怕康康、連連，只須吼上幾聲，也就不敢強了。」

塗雷原知虎、猿與虎兒有前生宿契，漫說不肯相贈，縱肯也絕不會跟了同去。心中頗愛康、連二猱，想分牠一個，又不便開口。繼而一想：「君子不奪人之所好。康、連一母雙生，何苦給牠拆散？」正把念頭轉在豹身上，聞言大喜。因虎兒有恐豹性野難制的話，暗忖：「他小小年紀便能降伏群獸，難道自己一身遁法本領還不如他？」不願示弱，接口答道：「我原有此心，既承兄弟盛意，我此時還不知師父心意如何，且先挑兩個大豹和一個小豹崽吧。」

虎兒正要張口呼喚康、連二猱，塗雷忙把手連搖道：「這倒不消，我自會降伏牠們。」說罷，朝豹群中仔細看了一看，覷準兩隻又大又雄壯好看的金錢花斑大豹，一縱遁光，往崖下飛去，滿擬手到擒來，誰知物各有制，野豹生性猛惡，憑塗雷本領，盡殺群豹不難，要想馴服牠們，卻非容易。就是虎兒，如非先有猿、虎與康、連二猱相助，這上千大小野豹，也休想制服得住。

塗雷剛剛飛起，腳還沒有踏地，群豹先是一陣大亂，互相擠撞。先看中的那兩隻大的，早不知擠向何處。一片金錢花斑錦毛中，千頭攢動，擠成一團，簡直分辨不出來。等落地收住劍光再找群豹，又各齊聲咆哮，紛紛躥起，同向塗雷撲來。豹是虎兒家養，塗雷是客，又不便真用飛劍斬殺。虎兒偏又過信塗雷本領，想看看他伏獸之法，群豹見主人沒有喝止，益發膽大，來勢猛惡非常。塗雷無法，只得飛身縱起。因這一遲疑之間起得稍慢了些，將身著短衣抓裂了一大片。如非生就銅筋鐵骨，差點沒被豹爪抓得骨碎筋裂，鬧了個老大不是意思。

塗雷不禁心頭火起，在空中盤旋了兩轉，二次覷準一隻大的，想好主意，電射星流般朝豹群中直落下去。就在群豹二次駭亂驚竄中，一伸雙手，抓住那隻大豹的頭頸皮，大喝一聲：「起！」便提了起來，往崖上飛去。這隻大豹恰巧是虎兒先騎的那隻，最是猛烈，加以人小豹大，抓的地方只是頭頸一處，急得那豹在空中不住亂掙亂舞，怒吼連聲，下面群豹見狀，俱各發威怒吼，風起塵昏，聲震山谷，比起適才勢子還要來得驚人。

塗雷飛到虎兒身側，剛將手一鬆，往地一擲，那豹便一打滾翻起，張牙舞爪，惡狠狠向塗雷撲去。塗雷見那豹如此凶猛，喊聲：「來得好！」身子往下微俯，讓過來勢，再略一偏，便閃向豹的左側。貼著豹腹飛身縱起，一伸右手，又將豹頸皮抓住，奮起神威，口裡嗯了一聲，往下一拉。

那豹撲時正在情急暴怒之際，勢於絕猛，吃塗雷神力逆著勢子硬拉回來，兩下裡都是個急勁，那豹身不由己，兩隻後腿朝天向上彎轉。山中猛獸，豹類身子最是靈活。這隻又是多年老豹，群中之王，更為厲害。就著上翻之勢，前腿一掙，後腿索性連身反轉過來，伸出兩隻鋼鐵般的利爪，便朝塗雷身上抓去。這一下力量何止千斤，塗雷縱是生就異稟，如被抓在要害之處，也難保不受傷害。

幸是塗雷身靈力大，內外功均到上乘地步，頭一次吃豹將衣服抓裂乃是偶然大意。知豹難制，早留了心，一見豹的後半身上翻，手中豹頸皮一扭，便知要出花樣，說時遲，那時快，就在這雙方動作瞬息之際，人與豹全未落地，未容那豹整個翻身扭轉，塗雷倏地右手一鬆豹頸，身子往上微升，左手早攥住那豹手臂粗細的一條長尾，掄將起來，在空中一連悠蕩了好幾十下。悠得那豹頭暈眼花，張著血盆大口，腥涎直流，吼叫不出。

虎兒不忍那豹吃苦，連忙勸止時，下面群豹怒吼之聲越厲，已然陰雲四起，狂風大作，加上山谷回音，直如驚濤怒卷，地陷天崩，貼耳欲聾，哪裡還聽得出說話來。還是白猿、黑虎和康、連二猱看出虎兒心意，紛紛往崖下豹群之中飛落，一聲吼嘯，群豹見了剋星，才逐漸靜止。等到虎兒喚住塗雷，那豹已亂噴白沫，急暈過去。

虎兒笑對塗雷道：「師兄，你本事真大。但是這樣硬收拾牠，就算降伏了，日後也不會好好跟你在一處的。」

塗雷問故，虎兒便說：「我因承白猿指點，不只能通獸語，並且深明獸性。因為獸類除豺狼等有限幾種外，大半義烈。馴養牠們，須得恩威並用，尤其是威不可妄發，只要使牠們時時刻刻對主人都有懼怕，而又感激非常，則自然馴服，生死不二，任何驅遣，無不如意，硬制未始不可，但是只能使牠們當時害怕，心中卻憤恨已極，過後不是遇機圖逃，便是乘隙報復。似這般只有畏心，並無情義，只能制服，不能馴養，有甚趣味？這隻老豹更是群豹之王，頗有靈性，你如此待牠，死也不會歸心。

「適才群豹怒吼，固由於未加禁止，卻也因見豹王受難，奮不顧身之故，如非崖上現有兩個剋星，早一同拚命撲上來了。還是我來代你另挑一公一母兩隻大的，再將這兩隻新生的小豹崽一同帶去，本是一窩，使牠們有所依戀。再叫白哥哥和康康、連連與牠們說明，永遠隨你，不准離開。牠們已見過你適才的本事，一點不用費事，自然害怕，聽你驅使了。」說時，那豹已然回醒，怒吼一聲，果有想朝塗雷撲去之念。經虎兒喝止，撫慰了幾句，命康康領入洞內給些肉食。又問：「師兄心意如何？」塗雷正覺有力無處使，便也就此下台。

虎兒陪了他，帶著白猿和連連縱下崖去，走入豹群，將適才所說大小四豹指與塗雷，問中意否。說也奇怪，起初塗雷單身下來，群豹那等凶威，這次竟是馴善異常，一個個趴伏在地，動也不動。塗雷見那隻公豹只比豹王略小一些，周身全是金錢花斑，目光如電，形甚威猛，比前豹似還要好看些，很是中意，母豹也不算小，爪牙犀利，靈活非常。

那兩隻小豹，只有狗大，錦毛細密，身子雄壯，甚為可愛。心中大喜，連忙謝了。因出來時久，告辭要走。白猿又教虎兒隨去拜渴清波上人致謝，也認清門戶，日後便於來往。

塗雷首次背師行事，來時沒有說明，恐跟去受責，但又心愛虎兒，極願其去。想了想，與虎兒商妥，當日同去只認門戶，先不見清波上人，等塗雷日後伺便禀明，再來引去相見。

當下虎兒、塗雷仍乘黑虎，與白猿二猱帶了四豹，往黑蠻山鐵花塢跑去。塗雷還以為出來時辰比往日差不了多少，師父不致察覺。行近山麓，一眼望見清波上人正在洞外閑眺，知道隱瞞不住。咧著一張雷公嘴，笑對虎兒道：「我們行藏已被師父看破，左右招罵，你前生是他師侄，索性就見了他吧。只罵我時，你們不許笑我。」

虎兒聞言大喜，連聲應諾。白猿又叫虎兒速下坐騎，步行上去。快要到達時，塗雷涎著臉，笑嘻嘻先跑上去，高喊道：「師父，我把虎師弟領來了。」

虎兒早有白猿叮囑，也跟著跑近，跪下行禮，口尊：「師叔，弟子顏虎拜見。」

清波上人看了塗雷一眼，也沒理他。先命虎兒起立，說道：「你雖轉劫再生，並未忘卻本來，實可慶幸。今日之事，我已盡知。雷兒背我行事，大犯家規，姑念初犯，又看在你的面上，權且記責。再不悛改，二罪歸一，一定從重處治了。相見不易，可隨我至洞中落座，還有話說。」虎兒領命。清波上人便命虎、豹、猿、猱暫留洞外，逕往洞中步去。

塗雷見師父只略說了兩句，並未深究，大出意料。上人一轉背，塗雷朝虎兒扮了個鬼臉，喜洋洋走過來，拉了虎兒的手一同進入。虎兒到了裡面一看，石室修廣，洞壁如玉，雲床丹灶，陳設井然，通體明朗，淨無纖塵。洞甚深宏，石室不下數十間，也不知光從何來，比起自己所居崖洞終年陰暗，真有天淵之別。心想：「幾時也找這麼一處山洞來住才好。」

正懸想間，清波上人已將二人引入丹房之內，各命坐下。先將虎兒前生因果一一告知。然後說道：「那靈狐因你壞了牠的道行，啣恨入骨，尋你報仇，已非一日。只因你荼毗以後，令師將你真靈禁閉內殿，傳你煉氣凝形之法。過了數十年，形神俱固，才令轉世。所以你生具異稟，大異常人。靈狐先時固無奈你何，如今你已轉世，宿根雖厚，因令師要使你險阻備嘗，歷應災劫，前生法力已化烏有，僅仗虎、猿等靈獸護持，如何能是敵手？尚幸牠目前還不知你托生在此，你所居之處又有令師預設禁法，暫時或者不受侵害，但是靈狐神通廣大，事頗難料。適才令師托髯仙李元化路過傳語：因鐵花塢與你所居密邇，囑我代為隨時照應，以防不測，恰值雷兒將你引來。

「現已將你前生因果說明，少時我再傳你入門功夫，以後如有事時，我不親去，也必命雷兒前往。你來時須要經過斑竹澗，那一帶相隔靈狐修煉的北斗坪扯旗峰甚近，如被窺見，便生禍變。回去好好修為，靜待仙緣遇合。此地不可常來，平日出遊也以山南一帶為宜，切忌走過斑竹澗。

「比如好好天氣，忽然天地晦冥，陰風四起，少停風止，現出生人，不論男女老少，俱是那靈狐幻化。此狐得道千年，精通邪術，千萬不可使之近前。速將第一道靈符展開，便生妙用。如還不退，再將二、三兩道靈符依次招展。縱然不能傷牠，也可借以脫身，暫避當時之禍。」說罷，傳了坐功與使用靈符之法，命塗雷陪了他在洞內外遊散片時，再行護送回去。

塗雷乘間稟說虎兒送了他大小四隻野豹，請准留養。

清波上人笑道：「你師弟能馴猛獸，半由宿根天賦，半由靈物輔佐，你如何也想學樣？你不久下山，這類猛惡野性東西不能隨帶了去，我日常修煉，又沒工夫教化。你童心甚盛，一個不好，將來反要惹禍。仍由你師弟帶回去吧。」

塗雷如何肯捨，涎著臉再三苦求說：「這些豹兒都解人意，來時師弟已然告誡，決不致闖禍。異日師父出門，留牠看守洞府也是好的。」

上人見他情詞惶急，虎兒又代求說，便答道：「你這孩子實是淘氣，為了你，不知要添我多少糾纏。你既再三求說，也罷，答應你不難，只你未奉命下山以前，不許騎了牠滿處亂跑。如若違背，或在外惹禍，連同今日，二罪歸一，定然重責不饒。每日還須由你抽出空來教練，使其變得馴善，可能應得？」

塗雷原想日常騎著豹出門遊玩，聞言雖覺有些美中不足。終因師命難違，只得應了。清波上人適有日課，虎兒先行跪拜謝別，隨了塗雷出來。

小弟兄二人到了洞外，同在山石之上落座，暢談一切。一面叫白猿、二猱用獸語告誡四豹，此後務須長隨新主，不許違逆生事。盤桓到了日落黃昏，虎兒兀是不捨言歸，嗣經白猿幾次催促，方行上路。將四豹留在洞外，仍由塗雷送回。因有上人前言，路過斑竹澗時，虎兒、塗雷俱都留神四處查看，並無異狀。

塗雷對虎兒道：「師弟你不要害怕。那狐精不來惹你，是牠福氣；牠要是動你一根頭髮，我便尋上門去，非把牠斬成肉泥才罷。」

白猿一聽塗雷高聲口出狂言，大吃一驚，慌囑虎兒勸止。虎兒雖是幼童心性，但極信服白猿，忙向塗雷道：「師兄請勿高聲。你話雖好，只是當初還是怪我不該殺牠，照師叔說，明明是我不好，怎麼能怪牠尋我？如今我打牠不過，你又不和我常在一起，如被牠聽見，有你牠不敢出來，等你一走，我就糟了。」

塗雷聞言，當時雖然住口，心中卻存了尋找靈狐與虎兒除害的念頭。

虎兒等回崖之後，康、連二猱點起火炬，二次又搬出果品食物款客。虎兒堅留塗雷用完晚餐再走。因清波上人已久斷煙火，黑蠻山周圍千百里，到處都是窮山惡水，奇峰怪石，鐵花塢境極靈秀，可供修道人果腹的山糧卻絕少。上人每日閉洞虔修，無暇他去。

而塗雷年幼道淺，所學又是降魔出世的功夫，不能遽絕食飲，求糧不易，所以自幼出家，並未禁其肉食。可是上人不欲無故殺生，又不許塗雷遠離洞府，經年中除偶獵一兩隻為害生物的猛獸外，塗雷日常多半以少許松子、黃精之類為糧，難得大嚼一回，至於鹿肉之類的馴獸，簡直從未吃過。不比虎兒，自身既無拘束，更能驅使群獸，有猿、虎、二猱隨時服侍，好多珍奇的山餚異果，都成了他家常便飯。白猿又給他釀了幾瓦罐果子酒，香冽異常，醇美無比。今日遇上佳客初來，恨不能把所有家當全擺出來待承，羅列滿前，殷勤勸嚼。加以猿猱靈慧，爭先捧奉，應接不遑，塗雷大半都沒見過，吃到口裡，更覺腴美非常，不住口開懷食飲，越吃越高興。

塗雷笑對虎兒道：「師弟，你小小年紀，一個人住此荒山，竟有許多好東西吃。聽你說，這都是白哥哥和康康、連連替你弄來的。我人小食量卻大，如非略知服氣的話，早餓死了。我那裡出產少，師父又不許隨便打野東西吃，除師父兩三年難得一回去城市上帶些米糧回來，能吃上些外，每日只吃一點首烏、黃精。最焦人的是剝松子仁吃，費了好多事，肚皮還是空的，我一賭氣，就懶得吃了。雖然因我學習吐納導引，從不知餓，但總覺極少有吃夠的時候。方才你到我那裡，連果子都拿不出一個來，真怪寒酸的。幾時我也能夠有像牠們三個這樣聰明的猿猱，我就喜歡極了。」

白猿便叫虎兒告訴塗雷說，牠此去岷山，那裡同類甚多，必代他物色一個靈慧之猱帶來，供他驅使。塗雷益發心喜。

一會兒，吃了個酒足肉飽。天已深夜，正要說走，又想起洞中沒肉食，無法餵那四豹，發起愁來。虎兒笑道：「師兄你真想得到。要照你說，我有這麼多豹兒，牠們肚子雖沒虎大，一個豹兒也和我吃的差不了多少，一隻大肥鹿不過夠七八隻豹兒吃的，我還餵得起麼？牠雖歸你收養坐騎，吃的牠卻自會去找的。我過斑竹澗時，見近側不遠山坡上，灰的黃的一大片，羊兒很多，那都是牠們口裡的好東西。這裡老豹兒都有點靈性，牠們跟隨我們不去，一則是怕康康、連連；二則是山外土人打獵的人多，因我們有本事，遇上時好護庇牠們，不許苗人傷害，牠們圖的只是這一樣。要圖吃的時，我一個人就有白哥哥和康、連幫助，也找不了許多，那每天不叫人心焦死麼？

「牠們自從歸我，我第一不許牠們不聽我話就傷人；第二找吃的，得由我成群帶了出去，不許單走。因有白哥哥、康、連兩個幫助，力大腿快，眼睛又尖，打上一回野物，就能吃上好幾天。多餘的風乾了，防備下雨、下雪不能出門時吃。從沒操過一天心。你共總才四個，焦急啥子？我另送你四條肥鹿腿，四條黃羊腿，都是一條鮮的，三條風乾的。怕師叔等久，你自駕劍光飛回。我叫康康、連連用草藤紮好，挑兩個大豹馱著，由白哥哥隨後給你送去。可留一半自吃，一半作你頭一回給四豹打牙祭。」

塗雷聞言，喜得沒口子稱謝。出來時久，不便再事留連，方與虎兒握手殷殷，訂了後會，出洞駕劍光破空飛去。

白猿忙與康、連二猱將八條羊腿紮好，連夜押送前往，未明回轉。虎兒累了一日，已是睡熟。白猿將他喚醒，說肉送到時，塗雷同了四豹正在洞外守候，見白猿去甚喜。

現在大援已有，二猱從此馴服，諸事就緒，早晚終須分手，不如早行。白猿因叮囑虎兒厚結塗雷，謹守清波上人之戒，靜候仙緣到來。自己事一辦完，便即歸來。縱與禪師同至，也必先期趕回送信。雖然早去數日，卻可早日相見，也是一樣。

虎兒萬不料牠當夜就走，聞言猛然驚起，再四堅留。經白猿力說利害，此行愈早愈妙，虎兒知留不住，只得含淚出洞相送。黑虎和二猱已早得信，伺伏在側。白猿重又向虎、猱告誡，善事主人，勿得擅離，防虎兒日久淡忘，切忌往斑竹澗去。說罷，與虎兒作別下山。這時晨光欲吐，殘月初墜，只見白猿化作一條白線，其疾如矢，出沒昏林暗影之中，俄頃不見。虎兒目送白猿去後，直到看不見影跡，方始怏怏回洞。

由此，塗雷每隔些日，必來虎兒洞中看望，並將乃母給的古玉符轉贈虎兒，作緊急時防身禦邪之用，兩人成了至交莫逆。虎兒日常無事，便騎了黑虎，帶著康、連二猱，驅使群豹滿山行獵為樂。一晃數年，無事可記。中間塗雷業已下山兩次，往往一去經年。白猿也沒歸來。虎兒越發覺著不慣。

這日虎兒正苦念白猿、塗雷，康康見主人心煩，勸主人出遊解悶。連連又說：早起出外採鮮果，因為時當秋暮，附近果林都是桃、李、梨、杏之類，業已過時，想往離此較遠的紅橘山去看橘兒熟未，就便挑幾個紅大的橘兒回來與主人嘗新。歸途因追一隻落單的小角鹿，走岔了道。遠望鄰近高峰上面，花開甚奇，花旁似盤著一條紅蛇。同時峰下面還有好些竹樓野人。

天已不早，恐主人起床呼喚，又恐遇見生人，言語不通惹事，趕了回來。主人日前因青稞早吃絕了種，老是想吃。那谷中苗民必有主人愛吃的東西，何不前去和他要些？說時天已將近黃昏。

照例，虎兒傍晚歸來，即在崖前馴獸為樂，不再出遊。只因以青稞、獸肉為糧，久不食米穀，想換一換口味，加以性又愛花，聞言立被說動。忙喚黑虎，卻不在跟前。康、連二猱到處尋呼不見。連連一問豹王，說黑虎自隨虎兒出獵歸來，沒隔多一會，便往南跑了下去，走得飛快。

連連聽黑虎所去之處正是同路，才想起適才曾和牠說過凌晨往紅橘山之事，莫非牠已先去？便和虎兒說了。虎兒近來益發身輕體健，神力大長，翻山越嶺，其捷如飛，本用不著騎虎，又當望後一二日間，月光正明之際，以為路上可以與虎相遇，便率二猱趕去。恐驚苗人，連豹群也不帶。

那峰相隔約有二百里遠近，在一個深谷的盡頭處，偏向紅橘山西南二十來里。外有茂林密莽掩蔽，內中藏伏不少苗人村寨，田園屋舍，漁獵畜牧，別是一個天地。雖有出入之路，便是谷中野猓，也經年難得通行。外面看去，只是叢草森林，荊榛匝地，密壓壓連山蔽野，一望無涯，形勢險惡異常。

虎兒行至紅橘山，已是黃昏月上。望後明月，分外皎潔，加上秋空晴霽，萬里無雲，似一個大晶盤低懸於林梢崖角之間。僅有數得出的數十顆明星，稀落落散置天空，與它做陪襯。清光所被，照得近嶺遙岑，岩石草樹，明澈如畫。越覺靜曠寂寥，夜色幽麗。

虎兒不禁脫口喊了聲：「好大月亮！」極目四顧，月光下除卻來去紅橘山的那條山路而外，到處都是林木蓊翳，叢莽茂密，隨著山勢高下起伏，看不見片石寸土，腳旁時有不知名的野花秋菊之類，在微風中亭亭搖曳，淡紅淺翠，薄紫浮金，五色繽紛，天生麗色。

再被月光一照，花上面又泛出一層異彩，恰似雨花台的五色寶石，浸在玉碗清泉裡一般珠圓玉潤，更顯明潔。有時清風吹動，花影娟娟，因風零亂。緊跟著便是密莽波顫，簌簌有聲，林枝舞動，聲如濤湧。真是奇景萬千，筆難盡舉。虎兒雖然久處山中，因守白猿行時之誡，絕少夜出；所居山崖，石多樹少，縱然多植奇花，皆由人工佈置，加以年幼，胸少丘壑，那比得上這等天然雄奇幽麗的境界。佳景當前，只覺應接不暇。暗忖：

「這裡以前也曾來過，春夏時滿山是花，都不覺怎樣，想不到夜間景致這般好法。」由此動了夜遊之想。正想把腳步放慢，沿途觀賞流連，不捨疾走，康、連二猱忽引虎兒往左一拐，走向樹林之中。林森枝繁，盡是松、檜、槐、楠之類的千百年間老樹。上面亂柯虯結，互為穿插。下面一株緊挨一株，密匝匝排立挺生，大都數圍，小亦成抱。人行其中，最密接處直須斜肩側背而過。

隙地上又時有叢草沒脛，荊榛礙路。若在春夏之交，鎮日陰暗，冥如長夜，草更高密，幾及林枝，休想見著一線天光。幸是九秋時節，山風勁道，木葉多脫，草莽也漸黃萎，除了幾種長春的樹木而外，有的地方還能從無葉繁枝中漏下些月光，化為無數條粗細橫直的暗影交織地上，略可分辨方向路徑。

虎兒入林走沒多遠，便不耐煩道：「路這樣難走，老黑也沒找著，多會才到呢？」

連連道：「這裡要抄近些，還不是正路。主人嫌黑，我們繞過去吧。」說罷，領了虎兒，經行之處，盡是松柏等類的長春林木，比先走的一段還要陰森黑暗，叢草荊榛卻不多見，路也平坦得多。虎兒正要喝問，地勢轉高，攀越過一條崎嶇的崗脊。再走不一會，便走向入谷的幽徑。前半截仍在森林之中，路寬丈許、數尺不等，時有危石坡陀間阻。徑頗彎曲，如無連連引導，即便得入，照樣也要走迷。谷中野猓當初為闢這條通路，曾將當路的林木砍去，道側雖是老樹參天，卻不甚妨礙天光。松風稷稷，清蔭匝地，人行其中，別有一番幽趣。虎兒不禁又高興起來，一催二猱，便撒開腿往下跑去。

約行七八里路，進了谷口。那谷上下四方俱有林莽包蔽，隱秘非常。谷口甚狹，谷內卻極修廣。虎兒見兩邊山腰上俱有梯田，高低錯落，時有竹樓依崖高建，蘆棚木架，製甚粗劣，沒有青狼寨所居精細。過時屢屢聞見血腥之氣。越往裡走進，竹樓越多。只是靜悄悄的，不見一個野人影子，也沒聽到一點聲息。心想：「苗民愛月，今晚月亮這麼大，天黑沒多時候，難道都睡熟了？」

想喚出人來問話，還沒張口，連連在前面想也看出有異，已往一所竹樓上縱去。只探首入門看了一看，便即縱落，又往第二所竹樓縱去。接連幾所，俱似不曾見人，一望而下。虎兒追過去問道：「上面都有人麼？」

言未了，忽聽遠遠傳來一聲虎嘯。虎兒和康、連二猱一聽，便知是黑虎被陷，呼喚二猱求救之聲，俱都大驚，更不暇再說別的。虎兒忙喝：「老黑吃了虧，在喊我們，你兩個還不快走？」康、連二猱原是神獸，耳目是最精靈敏銳的，又能繞樹穿枝，踏葉飛行，捷逾飛鳥，真走起來，自比虎兒要快得多。知道黑虎尋常人欺牠不了，這求救之聲，尚是第一次聽到，必在危難之中無疑。沒等虎兒把話說完，各自躍上高處，首先引吭長嘯了幾聲，其音清越悠長，響振林樾。

嘯罷飛落，空谷傳聲與四山迴響，兀自嗡嗡不歇。二猱向黑虎打了回應，又向家中豹群遙嘯，發下號令。便即縱落，腳一點地，長臂向上一揚，身體向前一躥，月光下便似兩支離了弦的金箭，當先往前飛去。

虎兒知道二猱嘯聲極能傳遠，多老遠都能聽見，既然呼喚群豹，路上又見那麼多竹屋田舍，料知谷中苗人必多，特地喚來以壯聲勢。黑虎有難，想起白猿行時之言，心急如焚，跟著二猱忘命一般飛跑下去。跑約里許，又聽黑虎連嘯了幾聲，越發心慌。這時康、連二猱早跑得沒有蹤跡，所幸兩邊山崖谷徑雖然曲折，卻只有一條，不患迷路。虎兒加勁狂奔，跑出約有八九里路，虎嘯之聲由悲壯變為猛厲。

漸聞人聲鼎沸，夾著婦女悲號，恍如潮湧。聽去黑虎已經脫險，因為關切太過，心中尚拿不定準。這時谷徑已被前峰阻住，須往左面倒轉。身子剛一拐過崖角，地勢忽然展開，平疇曠野，竹屋雲連，當中一片寬大的廣場，直達最前面的高峰之下。峰腳下烈火熊熊，大約數畝，焰高丈許，無數上身赤裸，頭插鳥羽的野人，紛紛吶喊，各用刀矛矢石，正向對面山峰隔火擲去。

人叢中還有一條黃影，縱橫飛躍，中雜哀號悲叫之聲，野人漸有退勢。再趕前幾步，定睛一看，黑虎半伏半蹲，倒貼在火對面筆立孤峰腰上。背後康康用雙足倒掛樹根，一條長臂緊緊撈住黑虎那條長尾，一條長臂去撥落那群苗人射擲過去的刀矛矢石。有時得手接了去，還得回敬野人一下。連連卻在野人叢中亂抓亂甩。知道黑虎、二猱周身刀箭不入，只要不射中雙目便不妨事。

二猱在未奉命以前，雖不致多弄死人，但是情勢所迫，估量野人受傷的已不在少。虎兒幾世善根，見虎，猱無恙，氣便消了一半。因不知人虎因何起釁，恐多傷人，忙用土語連聲大喝：「你們快些住手，免得送死。」飛步跑去。

虎兒還未近前，野人婦孺已連哭帶喊，跑過了好幾起。那些野人先見二猱生相雖奇，體格矮小，並沒怎看得起眼。後來吃連連一陣抓打，挨著便皮破血流，骨折肉碎，早已心寒膽怯，疑神疑鬼，紛紛敗退下來。虎兒邊喊邊跑，喝住連連。一看那邊已是谷的盡頭，當中高峰筆立，兩旁崖壁如削，與峰相連，高達百丈，僅比峰頭稍矮，峰下就著地勢，掘成了一個大坑，深逾十丈，火焰熊熊，兀是未熄。再看黑虎，身上皮毛燒焦了好幾處。康康前臂上金毛也燎去了一片。因對峰無可駐足，又有烈火阻隔，非等火熄，除了康、連二猱，人、虎均難往來，只得耐心忍住。

原來黑虎當日回去稍早，無意中聽連連說起谷中野人與峰上異花、紅蛇之事。黑虎一聽，料定是岷山紅蟒轉世，既然到此，早晚必尋虎兒報仇。意欲潛往谷中探看，相機除害，免得虎兒出遊路遇，驟出不意，為牠所傷。誰知那紅蟒專好生吃猿、虎與漢人，卻不傷害野猓，谷中野猓認為神奇，把牠當作天神一般看待，已歷多年。便是那條出谷通路，也是為了月望祭獻，缺乏這三樣祭品時，出谷搜擒猿、虎、漢人而闢。

山南森林內猿、虎原多，因野猓逐年搜殺，存身不住，業已他徙，絕跡將近十年。紅蟒蓄意報仇，又不要別的祭品。野猓因祭品難尋，時常著慌。有幾次不得已，綁了同類活人假充漢人祭獻。那紅蟒也真怪，竟連面都不照。野猓恐蟒神不享降禍，益發愁急。日久幸無甚事，雖略放心，總覺有些缺欠似的。

這樣過了兩三年。中間只遇到四個打獵的漢人，因他們均有武藝，死傷了不少野猓，才得擒到。有兩個被毒箭射傷，當時身死，還不合用，所以共只祭了兩次。然紅蟒不知何故，自從前年生下一條小蟒，吃了最後兩個漢人外，便不常見。同時野猓連遭瘟疫，死去多人，俱以為紅蟒神發怒所致。幸而病過一陣，也就過去，未再蔓延。野猓實在尋不到祭品，又守著祖傳仙巫之戒，不敢多出，枉自焦急，無計可施。

照例每次上祭，都當月望起始，接連三日，將各種生熟糧肉酒飯等祭品堆列峰前，每晚在廣場上向月跳舞，唱歌為樂。等神吞食完了祭品，再將祭餘糧肉酒飯分攜取食。

本日原是第三夜，因紅蟒久未現身，只那條小紅蛇在峰上盤遊，也不過來享用，野猓方覺掃興，忽見谷外奔來了一隻絕大的黑虎。以為祭品自送上門，俱都喜出望外，紛紛上前擒捉。誰知這虎不比常虎，還未怎樣發威，稍一挨近，便被撲倒，周身刀矛不入。野猓正無主意，偏巧黑虎直往峰前跑去。先還想蟒神出來湊現成，比生擒還強，哪知紅蟒偏又他出不在。黑虎一見小紅蛇生相與岷山死蟒無異，誤以為是牠轉生，縱身躍過去，只一下，便抓落坑底。猶恐未死，跟蹤追落，又是兩爪，便即抓死。

那深坑靠來路一面，有一個數丈長尺許寬的巨縫，裡面滿是天產石油，野猓常用此油蘸作火把。一見黑虎把小神抓死，俱都情急，各把刀矛矢石往坑中亂扔。坑深僅十餘丈，以黑虎神力，本不難一躍而上。偏虎性慈，見上面苗人密集，這一躍之勢，至少也許死幾十個人，便在坑中盤旋，向上發喊怒吼。意欲將人驚退一些，稍有空隙，便可縱出。不料苗人俱是死心眼，紅蛇一死，認為奇禍，齊集坑邊，一個也不肯退。

雙方相持了一會，因月光斜照，坑深黑暗，發射矢石刀矛還恐難中要害，好些野猓持有火把。內中一個拿著火把，正伸手向坑中照去，鄰近的人一技長矛從斜刺裡飛擲過來，碰了火把一下，持火把的人一吃驚，手一鬆，火把正順坑邊墜落。殘火飛入油穴之中，一下將石油點燃，轟的一聲，湧起一二十丈高下的烈火，熊熊直上，嚇得野猓紛紛倒退。

幸而油穴深藏凹下，橫嵌坑底，只有一面火勢冒上來，穴口不寬，火苗被束，順石罐斜出，到了口外，再朝上噴起，勢子先減了一半。坑上面看似被火佈滿，坑底近峰一面反倒無火。黑虎只被火燎焦了些皮毛，就地一滾，便已熄滅，當時欲待縱出，無奈出路被火阻斷。那峰又是筆立百丈，溜光油滑。僅近峰腳處有幾塊危石錯落，三兩株老樹挺生，但是勢絕險陡，著身不得。黑虎發急，向峰上躥。頭一次上來，剛抓住一株樹幹，無奈身子大重，用力又猛，喀嚓一聲，齊根折斷，連虎帶樹墜落坑底。虎忙鬆爪時，樹枝已被火苗燎著，燃燒起來。如非爪鬆得快，差點又被燒傷。虎知上躥無望，只得甘休。

坑底雖然有大半無火，無奈火熱猛烈，炙烤難禁，延時久了，不被燒死，也被烤死。黑虎實難禁受，想起二猱耳目聰靈，均能及遠，這才奮起神威，大聲吼嘯求救。自知來時沒有通知虎兒與康、連二猱，不過情勢萬分危急，略作萬一之想而已，誰知虎兒、二猱早跟蹤趕來，才吼兩聲，便有回應。隔不一會，康、連二猱先已追到。

那夥野猓把虎視如殺父之仇，恨牠入骨。先時還想生擒上祭，嗣見刀箭難中，才想起使用火攻之法，把山柴樹枝一齊拋下去，要將牠活活燒死。正隔火喧嘩，飛擲刀矛之際，一聽虎在坑口震天價發出一聲怒吼，立時四山大震，狂風怒號，沙石驚飛，連火苗也冒高了好幾尺。眾野猓吃這山君一震之威，俱嚇得心搖手顫，不知不覺倒退了幾尺。

正驚惶辟易間，黑虎又接連小吼兩聲，康、連二猱也有了回應。野猓看出黑虎聲勢雖然威猛，仍在坑底繞著峰腳迴旋，好似無甚伎倆。雖聽二猱嘯聲有異，深山荒谷異聲原多，急於得虎，為蟒神報仇，仍未在意。心中略定，又是紛紛吶喊，擁到坑邊，拿起山柴、雜草七手八腳往下亂擲，一會便擲了不少在坑裡。

黑虎見上面擲下柴草，坑中到處火起，仗著地面廣大，尚未遍及，人被火逼住，不能近坑對準自己下擲，還有閃避所在。但是野猓眾多，四外柴枝、雜草亂下如雨，時候稍久，定葬身火窟無疑。正惶急竄避間，恰好康、連二猱趕到。先時康、連二猱不知就裡，並未傷人。仗著天賦本能，雙雙一縱身，逕從苗人頭上飛到坑邊。一聽黑虎在坑口吼嘯，略一端詳形勢，竟拔地數十丈，從火頭上似飛鳥般一躍而過，落到對面峰腰一株盤生石隙的老樹幹上。往下一看，黑虎業已被火包圍，正在騰挪撲閃。康康見狀，當先飛下，身才近虎，便被上面擲下來的一束帶火枯枝燎著前臂上的金毛。康康見勢不佳，只得用爪按滅，縱身而上。

黑虎見二猱到來，仍是無法援救，一時情急，便往峰上躥去。一撲撲在峰腰又光又滑的頑石之上，沒有抓住，順勢溜落，石頭卻被虎爪擊碎，成塊下墜了好些。康、連二猱見虎上縱時相隔樹根不遠，猛生一策，便向坑中大叫，教虎再縱高些，康康單足掛緊樹根倒垂下去，連連蹲身碎石之處接應。這時坑底火勢越大，黑虎情勢危險，此外別無生路，便從二猱之教。運足周身神力，在坑中怒吼一聲，朝峰腰上二猱存身所在飛躍而起。這次躍得比前兩次都高得多，勢於更猛，竟飛過了康康存身的老樹。

黑虎躍過了頭，一發急，兩爪一抱，將那古樹上半截連枝抱住了大半。黑虎神力何止於斤，樹枝如何能吃得住。峰是石體，峰腰一帶樹只三五株，僅兩株年久根固，能夠載重。其中一株較小的已被黑虎頭一次上縱時齊根折斷，僅此一株，如再斷落，休想能夠活命。幸而二猱機智靈警，康康腳掛樹根，見黑虎來勢疾驟，不敢當時就接。身子一偏，剛剛讓過，便聽頭上一片喀嚓之聲，柯斷幹折，枝葉紛飛。上半截樹身被虎抱住，往下沉落，勢將斷折。

知道不好，口中忙喊：「快放！」長臂一伸，已將虎尾緊緊撈住。當這千鈞一髮之際，黑虎雙爪一捲，擦著亂枝下落，身子往側一彎，貼著峰石就要滑下。連連早在彼等候，因峰勢陡峭，無法下手，只得四面抓緊山石，奮起神力一擋，勉強將虎身擋住。勢子一緩，樹的上半身已早還了原位，樹也不致再受重壓折斷了。黑虎就勢奮起神威，用力一抓，四隻虎爪全部嵌入石裡，身後再有康康揪住長尾，才得懸伏峰腰之上，脫出險境，不致墜身火窟。

二猱初到時，野猓並未覺察，只見兩條黃影從眾人身後往前飛墜，落地現出兩個似猿非猿的怪獸。因二猱身量矮小，又是那麼輕靈，無甚先聲奪人，還當是兩隻猴子和小拂拂之類。嘩噪忙亂間，有兩個野猓立得較近，手持長矛，正要扎去，二猱已雙雙隔著一二十丈的烈焰飛躍而起，晃眼便在對面的峰腰上出現。方才有些駭異，誰知二猱一到，不消片刻，便將黑虎救上峰去，隔火吼嘯不已，震山撼谷，狂火四起。野猓見狀，益發心驚，漸把虎、猱也當成了神怪，大半追巡欲退。

偏生山酋麻大拉，前次愛妻偶染時疫，向小紅蛇跪求賜藥，等蛇歸洞，爬過峰去，將蛇盤身所在的枯草取了些來服，居然一藥而癒，另外又救活了幾個垂死的同族。他不知蛇盤過的草有毒，乃妻之病原由中了山嵐惡瘴而起，以毒攻毒，所以靈效，只當是小蛇神真個垂佑，益發感激敬奉，視為恩物。一旦死在黑虎爪下，哪得不恨，報仇之心既切，又恐大蟒神歸來怪罪降禍，見手下眾野猓有些畏葸，不由憤怒交加。一面督飭眾野猓加緊使用刀矛石箭上前進攻，不准後退；一面大聲疾呼，曉諭厲害。眾人聞言，也想起紅蟒降禍可畏。再一想，「兩個怪猴雖將黑虎救出火坑，但是峰腰筆立，無處著足，面前又隔著大火，跳不過來。只能互相攀扯，大聲怒吼，仍是上下行動不得，並無甚出奇之處。」膽又頓壯，紛紛吶喊，刀矛石箭，隔火亂擲。

麻大拉見山峰那面隔著一層大火，雖然不比常火，除上頭濃煙飛揚外，中下截顏色青碧，明比澄波，還能觀察對峰仇敵所在，不致擋眼，但畢竟橫著穿火飛投，阻力絕大，力量稍弱，便被火衝浮出，還沒等落到對峰，凡是竹木製成的全都成了灰燼。兩處相隔又遠，極難命中。估量虎、猱懸身趴伏，全仗那株古樹，非將樹弄折，不能奏功。忙即喝令眾苗民，用苗刀、鐵箭、石弩、梭標之類，連虎帶樹一齊投擲，不再使用竹木製成的矛、箭，以免勞而無功，反傷兵器。

二猱見野猓飛刀擲向樹上，常將枝幹砍落，時候久了，那樹早晚必被砍折，不禁大怒。康康忙改用一隻腳爪去揪緊虎尾，身子改懸在大樹幹上，用一條長臂攀定，揮動剩下一臂一爪去接擋刀、箭，上護下半截樹身，下護虎目。

好在虎、猱身上都似精鋼一般，尋常刀、箭休想傷害牠們分毫。野猓鐵箭中有毒汁，只要不被牠傷中面、口、眼等可一刺見血的要害，便不妨事。連連飛過火坑，去奪野猓兵刃。連連性情最暴，見黑虎吃了外人的虧，早就躍躍欲試。因黑虎自知註定災劫，喝止二猱，不令上前對敵。

嗣見野猓一任發威怒吼，終是不退，火大峰滑，存身吃力，忙於出困，方始應允。連連初過來時，猶未忘主人平日之誡，不肯傷人，只在群中起落跳躍，亂奪兵刃。野猓偏不知趣，欺牠瘦小，毫不退讓，反將矛、刀亂砍亂溯。連連利爪身單勢孤，雖然所向無敵，爪無空發，身上免不得挨了兩下。不禁性起，一聲長嘯，發揮天生異稟神力，前後爪並用。有時連人一起抓起，便往人群中擲去。野猓紛紛受傷，這才覺出牠力大身輕，非同小可。那夾在人群中的婦孺首先害怕，往後逃竄。野猓固是驚心，但一則人數大多，二則賦性猛悍，又有麻大拉厲聲督飭，慌亂號叫中，仍將刀、箭往對岸擲去，兀是不肯就退。

連連見眾野猓此仆彼繼，益發暴怒，起落如飛，極力抵抗。野猓挨著牠便筋斷骨折，皮裂肉破。麻大拉還在發號施令，連連看出他是眾猓群之首，飛身過去，一把抓住肩膀，往前甩出去二十多丈遠近。尚幸落在一群奔逃的苗女身上，將人砸倒了兩個，除肩、臂被連連抓傷血流見骨外，沒有喪了性命。眾猓群見狀，登時齊聲呼嘯，一陣大亂。虎兒也恰在這時趕到。

虎兒匆匆略問了一些經過，看虎、猱健在。眾猓群受傷的甚多，有的倒身近側，還在呻吟哀號，轉動不得，動了惻隱之心，本不想再與為敵。正打算喚來為首之人，設法將火救滅，好使黑虎過來，不料這些野猓復仇之心極盛，麻大拉更是凶悍強毅，留不畏死，眾猓群在他積威之下，個個畏服。先見他受傷，暫時逃退。等麻大拉從地上爬起，驚魂一定，越想越不肯甘休，又將眾猓群聚在一起。

遙遙觀望了一會，竟被他看出黑虎、二猱是虎兒家養的，便用土語對眾喝道：「那黑虎只生得大些，無甚出奇。那猴兒卻是凶惡，打牠不過。我看後來那漢人是牠家主，娃兒們不要害怕。今番帶了索圈兒去，能全捉住更好，要不就將牠主人活捉過來吊起，叫他喊住猴兒，由我們捉住，不是把仇報了麼？」眾猓群一聽，轟的應了一聲，紛紛取了藤草絞成的索圈及刀矛石箭，吶喊連天，一擁而上。

虎兒先見眾猓群二次喊殺而來，本心不欲傷人。便喝住連連少動，挺身上前，正要張口喚人答話。誰知猓群一味蠻橫，更不容他張口，手揚處，紛紛先將索圈當頭拋起。

野人投索原是慣技，平時用來打獵擒獸，從無虛發。幸是虎兒力大身輕，一見十餘個圓圈連同七八丈長的索子似長蛇交舞，當頭飛到，估量不是什麼好相與，腳一點處，飛縱起十來丈高下，才算躲過。等到雙足落地，野猓索圈業已抽回。二次又發將出來，虎兒再想躲開，已是無及，身雖縱起，竟被兩個索圈套住。仗著天生神力，縱得又高，不但沒有被人拽去擒住，反將兩個發索的野猓帶出老遠，跌趴在地。同時虎兒被套發了急，落下時兩手挽住長索，用力一抖，二人握索的手指全被抖折。長索鬆處，虎兒身上的圈無人拖拽，自行解脫。

連連護主情殷，早不等招呼，逕往野猓群中飛去，仍舊四爪並用，專往發索的人撲去。所到之處，眾野猓紛紛受傷倒地。立時一陣大亂，互相擠撞踐踏，再想發索已不可能。

虎兒忙喝：「你們快些住手，便不傷你們，要不休想活命！」連喝兩聲，麻大拉仍率眾野猓以死相拚，兀自不退，仍舊刀矛石箭朝著虎兒，連連亂發。虎兒雖然力大矯健，身上結實，皮肉到底沒有黑虎。二猱堅韌，刀箭不入，加以眾野猓人多手眾，忘命爭先，前仆後繼，任是虎兒縱躍輕靈，閃躲敏捷，照樣也受了兩處輕傷。不由怒起來，大喝一聲，便往人叢中縱去，手起處，便打倒近側兩個野猓，就勢奪過一柄長矛，打將起來。

連連見主人動手，益發起勁。麻大拉吃過牠的苦頭，一面督促眾苗民進攻，一面留神注視，始終避著連連，不等近前，便即閃過一旁，連連幾次要想抓他，俱被溜脫，正沒好氣。及至虎兒一動手，麻大拉不知怎的看出便宜，又見連連與虎兒相隔較遠，悄悄從側面眾野猓中繞將過去，縱身躍起，照準虎兒就是一刀。

滿以為與人對敵，總比那怪猴子要容易得多。卻不料虎兒天賦異稟奇資，兩膀神力不下千斤，跳得雖沒二猱高，因為受過白猿指點，也有不少極妙的絕招，野猓全部受傷倒退，休想挨近。因是短兵相接，眾野猓一味混戰，矢、石、索圈全用不上，益發放心應敵，手中一柄長矛舞了個風雨不透。麻大拉如何是他對手，刀砍下去，吃虎兒振臂一撩，迎面正著，喀嚓一聲，矛尖雖被刀砍斷尺許，可是發力太猛，震得麻大拉虎口綻裂，手臂酸麻。手中刀再也把握不住，叮噹兩聲，連同斷矛尖墜落地上。

麻大拉吃了一驚，方欲縱退，正值身後有幾個野猓擁殺上來，撞個滿懷。急切間沒轉開身，虎兒趕過去，一矛杆打在他左肩頭上，噯呀一聲剛喊出口，那旁連連已由人叢中橫躍而至。

連連本意欲與主人會合，一同應敵，身才落地，一眼瞥見為首野猓負傷欲逃，心中大喜，只一撈，便抓在爪內。因恨他不過，頓忘主人不許妄殺之戒，就地飛身縱起，再一把撈住麻大拉的腳，正要勻出原抓的爪，將他撕裂兩半。

虎兒此時仍無殺人之意，對敵均用矛杆橫打直刺，矛尖已經拔去。一見連連欲行兇，忙即喝止時，連連身子懸空，收不住勢。百忙中聽主人厲聲喝令放手，心裡一驚，慌不迭單臂一甩，飛擲出去。不覺用力太猛，那地方離火又近，一下將麻大拉從十來丈高處扔到火坑裡面，死於非命。

山酋一死，眾野猓失了主帥。又見那漢家少年生龍活虎一般，威猛異常；那隻怪猴子更宛如神怪，厲害無比，只一飛近身來，便無倖免。心中一害怕，立時氣餒，不再拚死上前。

當前幾個一喊：「山王死啦！打他不過，快些逃呀！」

四處的人便齊聲應和，一窩蜂逃退下去。

虎兒見狀，忙喝住連連，不令追趕。回身一看，坑內火勢更熾，近坑石岸已然崩裂了好幾處，大有坍塌之狀，虎、猱仍懸峰腰之上，無法飛渡。看神氣，非找當地野猓想法不可。無奈這些野猓來時喊殺連天，敗時更亂，又夾著受傷人悲號之聲，益發貼耳欲聾，怎麼大聲喝止也是無用。正想重命連連超越眾野猓之前阻止，忽聽噭噭吼叫之聲由遠而近。

抬頭往來路上一看，月光底下，先是四五隻大豹，各瞪著一雙碧光閃閃的豹眼，從崖腳折轉處現身跑來，接著又是十來隻成群的大豹跟蹤繼至。當先跑的數十野猓逃得正緊，一見有豹阻路，有兩個便舉手中長矛照豹擲去。

當頭幾隻大豹，豹王恰在其內，原是聽到康、連二猱適才嘯聲，趕來應援。野猓的矛並未打中，卻將豹王激怒，踞地一聲怒吼，後面千百群豹紛紛應和，從轉角處爭先縱撲過來，立時山風大作，塵沙四起。

遠遠望去，除當頭數十豹外，後面只是一片濃煙，夾雜著無數黑影碧星，上下飛躍。加上吼聲震天，蹄聲動地，宛如萬馬衝鋒，戰鼓交鳴，海嘯山崩，怒濤澎湃，聲勢委實驚人。前面野猓躲避不及，早被撲倒了一二十個，後面野猓哪裡還敢上前，嚇得個個狼嗥鬼叫，忘命在廣原中東奔西竄。

因為前有豹群，後有強敵，只管互相踐踏擠撞，如鑽窗凍蠅一般，也不知究竟往哪裡逃好。

虎兒見狀，猛生一計。忙命連連速趕上前，喝住群豹，不許叫嘯聒耳，速向前、左、右三面分散過來，只留自己這一面退路，將眾野猓圈在一起，遇有倔強動手的，只許撲倒，不許傷人性命。連連領命，引吭一聲長嘯。

神猱嘯聲不洪，卻極尖銳悠長，群豹吼嘯立被止住。連連跟著飛起，邊嘯邊縱，一會趕入豹群之中，同了豹王，各率一半豹子，傍著兩邊山麓成一半圓陣式，向眾野猓包圍上去。

眾野猓粗愚，打勝不打敗，一落下風，只知一味亂竄，既無鬥志，又無心計。只有限數十個腿快的，得以拚命攀援上到兩邊山崖外，十有九全被豹群圍住，不住哭喊狂號，欲逃無路。

請續看《青城十九俠》五　群雄盛宴

近代武俠經典復刻版

青城十九俠 (四)煙雲往事

作者：還珠樓主
發行人：陳曉林
出版所：風雲時代出版股份有限公司
地址：10576台北市民生東路五段178號7樓之3
電話：(02) 2756-0949
傳真：(02) 2765-3799
執行主編：劉宇青
美術設計：吳宗潔
業務總監：張瑋鳳

出版日期：2024年10月
ISBN：978-626-7464-89-2
風雲書網：http://www.eastbooks.com.tw
官方部落格：http://eastbooks.pixnet.net/blog
Facebook：http://www.facebook.com/h7560949
E-mail：h7560949@ms15.hinet.net
劃撥帳號：12043291
戶名：風雲時代出版股份有限公司

風雲發行所：33373桃園市龜山區公西村2鄰復興街304巷96號
電話：(03) 318-1378
傳真：(03) 318-1378
法律顧問：永然法律事務所 李永然律師
北辰著作權事務所 蕭雄淋律師

行政院新聞局局版台業字第3595號 營利事業統一編號22759935

定價：320元

國家圖書館出版品預行編目資料

青城十九俠 / 還珠樓主著. -- 臺北市：風雲時代出版股份有限公司, 2024.10
冊；　公分

ISBN 978-626-7464-89-2 (4冊：平裝). --

857.9　　113008573